暗夜里的灯盏烛光

耿立 著

长江出版传媒 | 长江文艺出版社

目　录

第一辑　暗夜中的光

温柔走进良夜 ·······························003

赶在黎明前奔跑 ··························017

暗夜的喉咙 ·······························041

这暗伤，无处可达 ··························057

暗夜里的灯盏烛光 ······················078

肉身考古学 ·······························096

第二辑　大地上的事情

父亲拔了输液器 ··························117

遍地都是棉花 ·····························131

錾磨师傅 ···································161

见龙在田 ·················· 168

编年切片 ·················· 188

羊的们 ··················· 210

一叶如来 ·················· 234

第三辑　木镇风物记

替一只苍耳活着 ·············· 265

童谣是泥做的 ··············· 290

木镇的屋檐 ················ 301

低于一棵草 ················ 305

乡间的雨 ·················· 313

树有其命 ·················· 321

地瓜，地瓜 ················ 333

韭　花 ··················· 338

第一辑｜暗夜中的光

温柔走进良夜

那是三十年前的秋天，我去鲁西平原深处看望诗友，到了他所在县城，已是黄昏，在旅馆租了辆自行车，离他所居住的村子，还剩三十多里路。

出县城，天就进入了夜幕，那是第一次走这还没有铺上柏油的乡间公路，中秋早过了，天气变得更凉爽清澈，一些村庄像许多的岛屿散泊在平原的暮色里。那夜显得发青，而天空是一种深蓝，我沿着乡路，穿过桥梁和树林。秋夜乡下，那些鼻翼翕动闻到的是，满布着成熟兼有腐朽玉米秸秆和割掉豆叶烂掉的味道，还有刚播下麦子的土地的泥味，但田野里还有更多尚未收获的棉花、玉米和地瓜，那些植物，给人的是盼望和等待……

夜越来越黑，四周无人，有点胆怯，想有个动物也好，即使远处有声咳嗽，对我也是亲切安慰。

从乡路下道，还有五里的小路，窄窄的，都是玉米、棉花，还有地瓜，把路挤得更窄，一些地瓜的藤蔓爬到路上，两边还有一些灌木，有凸起的小丘，那是一个个的坟头，远处，一片树林，阴森森的，好像断路的陡峭的响马。我疑惑地停住车子，仿佛进入了冷库，是走错了道？这时庄稼地里的湿气，在庄稼和灌木的顶部匍匐而来。

蓦然，就觉得眼前亮了，天地一白，月亮升起来了，照在这庄稼地里的小路上，就如雪，如颗粒，那光，有了银白和钢蓝，这时，听到了远处有人喊我的名字，那个黑黢黢不是树林，而是友人居住的大索庄的影子，月光颗粒下的大索庄被一条绳子样的小路牵着，时高时低，房子的轮廓，树的轮廓，烟囱的轮廓。

那个披着月色颗粒的人的剪影，就是友人，他手里还握着一枚手电筒。

手电筒的光和月光交叉在月下，在我心里并不多余，朋友，还有他的孩子等着我，朋友说："这样的良夜，真让人温柔啊，要是睡觉就白费了。"

我当时就记住了这句话，以后也用这句话来验证，有些东西，若非机缘，人会擦肩，所谓春风驴耳，消失在不可见的虚空，其实景致人事，就在那里，安静地度过，安静地等待。多少良夜啊，我遇见了，又错过了：在从威尼斯去维罗纳的"夜行的驿车"上，在二战俄罗斯的雪夜里，在鲁西小城千禧年来临之际。

我一直思索良夜，何以唤起人内在的温柔？也许平素，人是另一种面向，暴躁、跛崽、粗野，当那种我们遗忘已久的美突然降临的时候，我们惊呆了，屏住呼吸，变得柔软，甚至害羞，只温柔地流泪。

是多年前硝烟还未散去的俄罗斯大地上。冬日。二战时期的一个黝黑的俄罗斯寒夜，夜幕下，一支运输汽车队，负有匆匆赶路的任务，他们逶迤奔驰在没有月光的雪野里，幽蓝、死寂。汽车的灯光像无数的扫帚清扫着夜空，蓦地，在汽车队前的灯光河流里，出现一幅让这些经历过生死战火的人震惊的画面：一对不辨身边一切的青年男女，疯狂的男女忘情地拥吻着，就像是两匹茁壮的年轻的马，在俄罗斯雪后的旷野上撒欢打滚。这是异乡的忘情的恋爱，就像叶赛宁与邓肯，这是一位美国战地女记者与一位苏联军人的超越语言和民族的仪式，是雪地、静夜、爱的盛典。汽车上的俄罗斯士兵们沉静了，他们的心变得温柔，安静，他们心里涌出的是对于人类美好感情的虔敬和神圣。先是排在前面的第一辆汽车的车灯熄了，接着第二辆的车灯灭了，第三辆、第四辆，最后所有的车灯都熄灭了，那夜，像沉入了远古，人们在古井里静静地等待着，他们在战争的血爪中为爱搭建了一个帐篷，他们为这一对爱侣祝福。有人说伟大的灵魂在美的崇高悲剧性这一点上，是相通的。这些战争年代的人，什么样的生离死别没经历过？正因为他们无边的痛苦，他们也孕育了最深沉的爱和最崇高的美，在暗夜，这群俄罗斯军人的心却是那么璀璨光明，他们为别人也是为自己为同伴为人类的美。

汽车队从这一双爱侣身边有礼貌地温柔地走过。可以设想那汽车队在俄罗斯的雪野上，喇叭一定是一声一声的如小夜曲在夜幕里齐响，那些士兵一定是眼噙着泪。这不是创作的想象，这是一个真的爱的故事，这个故事让我受到长久的感动。那些军人在血雨腥风、尸骨遍野的战争岁月，还能保持如此健全如此温柔光明的心、如此细腻的感情，实在是让人嗟叹不已。

那良夜，值得人们温柔以待。

如果给温柔找理由，我找不到温柔的理由，我找到那些词与行动背后，可产生温柔的所在，比如：慈悲、懂得，或者悲悯、放下与欣赏。我喜欢罗素的：吾之三愿的第三愿，曰悲悯吾类之无尽苦难。痛苦之吟常萦绕吾心：受饥饿之婴，遭压迫之民，为儿女遗弃之无助老叟，加之天下之孤寂、贫穷、苦痛，俱令吾类之生难以卒睹。吾愿穷毕生之力释之。

每当我读到这些文字，我都会拿这段与张载《西铭》里"民，吾同胞；物，吾与也""凡天下疲癃、残疾、茕独、鳏寡，皆吾兄弟之颠连而无告者也"相比照，这些伟大的灵魂来到尘间，竟然是怀着同样温柔慈悲的心，来做同样的一件事，仿佛他们只为这件事而生而死而歌而哭。

这是宇宙的温柔诗学吗？

"我要到处颂扬美，不管我在哪里看见它。"我还记得安徒生的这句话，在二〇〇〇年到来时候的那个夜里，我和白约定，我们等待那个时刻，等到夜半子时零点。那夜，我和白从一个小城乘车去百里外的另一个平原的小城，就如安徒生从意大利半岛的威尼斯去维罗纳的夜行驿车。

白抱着一个"抱陶女"的油画，在冬日夜间，那油画怀抱土陶少女的乳房，还未成熟的乳房如花蕾绽开在车厢里，好像夜色也明亮了。白的脸贴着窗玻璃，辨别着遥远的星光，刚下过冬雨的夜里，星星好像也温柔起来。过了许久，白回过身，说："那颗星星那么温柔，胆怯，好想让人哭，我想用手去摸摸它。"

温柔，是星星的，也像是白一样的，白深情，娇柔，也如抱陶女，如何度过这茫茫的长夜，这夜行的驿车？

我给白说，有一年，在一个秋夜，安徒生也是在一辆夜行的驿车上，觉得夜的黑暗比阳光更使人感到惬意，黑暗让他安静地思考一切。

当夜深的时候，有三个农家姑娘拦住驿车，车夫因为她们出的价钱太低，不同意把她们搭到一个看来是非常小的市镇去。而安徒生却为素昧平生的她们付了车费。

在夜行的驿车上，安徒生为三个农家姑娘预测每一个人未来的命运，这是善良的安徒生的另一种温柔的祝福，那些农家姑娘越发好奇，追问安徒生是什么样的人呢。她们在黑夜里可看不见人和任何的东西。

我是一个流浪诗人，安徒生说自己唯一的工作，就是给人们制造一些微末的礼物，做一些使那些亲近的人欢乐的事情。

安徒生说了去年夏天他在日德兰半岛，住在一个熟悉的林务员的家里。有一次他在林中散步，走到一块林间草地上，那里有很多菌子。当天他又到这块草地上去了一趟，在每个菌子下面放了一件礼物，有的是银纸包的糖果，有的是枣子，有的是蜡制的小花束，有的是顶针和缎带。第二天早晨，安徒生带着林务员的小女孩到这个树林里去。那时她七岁。她在每一个菌子下找到了这些意外的小玩意儿。只有枣子不见了。大概是给乌鸦偷去了。

当同车的神父愤懑地说这是一个大罪的时候，安徒生反驳说，不，这并不是欺骗。她会终生不忘这件事。我敢说，她的心不会像没体验过这个奇妙的事情的人那样容易变得冷酷无情。

安徒生的结论很明显，一些事情让人远离冷酷，变得温柔，变得慈悲，远离邪恶、黑暗，这些是值得做的，安徒生就是要做给人间送温柔的人。

在驿车上，同行的瑰乔莉夫人的心被这个有着伟大灵魂的人占有了，她已深深爱上了这夜行驿车上，看不清面目甚至白天看来有点丑陋的人：汉斯·安徒生。

其实这是一个温柔的心灵和另一个渴望心灵的应答，也是一个心灵期待另一个心灵的问候。夜行的驿车在黎明时分抵达维罗纳。

在鲁西南的夜行驿车上，白听着，慢慢睡去，到了最后的结局，白醒来，问我最后的结局。

我说安徒生否弃了世俗的幸福，因为他的爱不再属于任何一个人，他的爱是超越的，因而这爱就有了一种崇高和悲剧，给人一种灵魂荡涤后的美。

在那个黄昏时候，安徒生在瑰乔莉的古老的家宅前拉着门铃。给他开门的正是叶琳娜·瑰乔莉自己。

"我是这样想念您，"叶琳娜·瑰乔莉坦率地说，"没有您我觉得空虚。"

安徒生是来告别的，他不是为了占有某个个体的美而走遍人间，他要到处颂扬美，抚慰丑。写了一辈子童话的他，却惧怕身边的童话。

安徒生温柔地说："我马上就要离开维罗纳了。这是我的沉重的十字架。"

安徒生看见在叶琳娜·瑰乔莉的纤指间渗出一颗晶莹的泪珠，他扑到她身旁，跪了下来；第二颗热泪落到了安徒生脸上。他闻到泪水的咸味。

"去吧!"叶琳娜·瑰乔莉小声温柔地说。愿诗神饶恕您的一切。

安徒生站起身，拿起帽子，匆匆地走了出去。

这时全维罗纳响起了晚祷的钟声。

当我说出"全维罗纳响起了晚祷的钟声"，白见我哭了，她握了一下我的手，那泪从我的手，传递到白的手上，最后滴落在油画"抱陶女"平滑的小腹。而那时二〇〇〇年的零时到来了，我和白走下车，好像不敢惊动这二〇〇〇年来临的第一秒。我们何其幸运，此时，好像不是鲁西南小城的那些房屋、街道、护城河，而到了创世纪的第一天，那时万物初始，宇宙是无边无际混沌的黑暗，上帝对这无边的黑暗十分不满，就轻轻一挥手，说"要有光"，于是世间就有了光。

我又像是踏入了一个佛教精舍的道场，一切都有了庄严，那些星辰，都像护法，我觉得，那时，我的心缱绻万分，这世界是如此值得留恋、赞美，虽然短暂，但有新生与未来，这些都需要我们温柔以待，这一天，是新的，好像上帝刚刚来过，佛陀刚刚来过。我们知道：在第二天就会有空气和天；第三天就会有地、海、山川平原，花、草、树木；以后会布满星辰，用来划分季节和年，夜晚是休息的时间，让宁静的月亮给那些穿越沙漠的漂泊者指明方向，帮他们找到栖身之处；以后还会有鱼、鸟等各种动物。

我和白走在新千年到来的时刻，那个时候，我们觉得连说话和絮叨都是多余的，除掉温柔以待，你还能采取什么？这大地山河，是如此的真实，它就散落在我们生活的缝隙间，我们有时稍一折身，稍一抬头，都会与她们相见。

其实相见，也是相欠，如不相欠，何以相见？我们今生看到的那些美，就觉得，如果我们不珍惜，不传递，就是对这世间的造孽与亏欠。"我要到处颂扬美，不管我在哪里看见它。"我看重安徒生的这句话，并把它供奉，这是一句值得终生供奉并躬身践行的箴言。要知道在这世间，有人供奉金钱、权杖，也有人供奉心中的律令与星光。

"不要温柔地走进那良夜。"电影《星际穿越》说未来的地球，因为环境日益恶化，沙尘暴席卷了整个世界，所有的作物都纷纷死亡。先是小麦绝种，然后秋葵死亡。只剩下玉米还在与这个世界做着最后的抗争。

这电影，其实情节很简单，就是叙说电影中的主角，带着地球毁灭的现实，带着希望，在银河他乡寻找容身之地。

电影中的两对父女：库珀与墨菲，布兰恩与艾米莉亚。一个父亲是为了逃离沙尘暴肆虐、文明濒临灭绝的地球，把女儿送上不可预知的未来；一个父亲为了女儿，为了爱，极力穿越重回人类文明终结的地球。

《星际穿越》刻画的死：一是地球文明的终结，一是主角们面对生命将结束时涌动的最本真的欲望。地球是负载人类文明的母亲，却终有结束之日，人类不得不抛弃家园，在银河深处另寻容身之所，这怎不令人们在离去时心生眷顾、留恋？而当下现实，我们现在拥有她，却不懂珍惜，倘若有一天地球上的污染再难控制，我们却没有掌握电影里那样的科技，那我们的文明和地球会是什么样子？

只要人活着，早早晚晚，你都将要面对死亡，这没有例外，无论贩夫走卒引车卖浆者之流，抑或才子佳人、帝王将相，"忧从中来，不可断绝"，人一思想起，就会满布敬畏。

当夜间不寐，想到人生落幕时刻，你是拒绝绝望还是满怀绝望？

怎么拯救？

这部电影思考的就是人们共同要遇见的生、死、爱。当人们不知爱时，总是在时光中虚度，当人们真正明白爱的时候，一切又都来不及，徒呼已晚。导演在旁白里一直在用狄兰·托马斯的诗"不要温柔地走进那良夜"来怒斥时间过得太快，这诗是狄兰·托马斯对死神的控诉，那要是找寻地球毁灭的控诉对象，恐怕就是人类自己了，人，只有人才是日益恶化的地球宿主。

"不要温柔地走进那良夜"是诗人托马斯在父亲病危时所作，面对着父亲的垂死，诗人无能为力，诗人对到来的时间，对带走父亲的时间感到愤怒，诗人怒斥时间。

诗中的"良夜"是死亡，是喻词而非现实。诗人吁请人不要听从命运摆布，缴械投降，而是要反抗，绝对不能"温柔地就走进那个良夜"。"温柔地走进那个良夜"被人鄙视，人要怒斥咆哮地面对逝去的光阴。

不要温柔地走进那个良夜……因为爱，因为时间。当我行文到此，我忽然感到了文章的立意从温柔走进良夜，就像走偏一样，剑走偏锋，走到否定，否定温柔走进，从自然到人世，到对待生命的态度。其实当一个人自然生命结束，而非意外，也是可以温柔以待，那时你没有遗憾，既不是对死亡的求饶，也非无谓的抗争，从容些，体面些。

我知道，自然的四季，人生的顺遂与坎壈，四季有风霜阴晴，当你遇到那些让你走神的时刻，惊奇的时刻，不妨温柔以待，但遇到那些不义、悲剧，也要有金刚之怒，做狮子吼，做诅咒语，做詈骂状泼皮状，与之争一短长。

《五灯会元》里有这样的公案，有僧问："如何是西来意?"师曰："山河大地。"是的，所谓山河大地，宇宙万有，只是人的自性真心，道不远人，日升月沉，花开叶落，天是天，地是地，山是山，水是水，僧是僧，俗是俗。各有态度，各有烦忧。我觉得自己数十年走来，有无数的际遇时刻，也有无数的遭逢转折，笑过哭过。但都真情以待，在无奈无助时分也曾怀疑悲观，也曾思索宿命话题。也曾遇到托马斯所愤怒的"不要温柔地走进那良夜"。

当我还未来得及准备好做父亲的年纪，那年，妻子早产，是一个雪天，在一个小医院，早产的孩子被送到保温箱，两天后，孩子高烧，被转到地区的医院，没有床位，在走廊里，出生三天的孩子，先是输液，那针，扎在脚上、手上，最后是头皮上。

孩子烧得浑身发赤，喘不过气，开始输氧，一连两天高烧不退，从出生就未睁眼的孩子，昏迷着，抽搐着，我一直用手握着他的小手，旁边的姑姑一直流泪，喊着"娇儿，我的乖乖"。

我和姑姑两天两夜围着走廊下的孩子，在暖气片的旁边，在一张草席上，铺个被子，我和姑姑轮流抱着孩子，一直眯眼不睁的孩子。孩子连哭，都不会，姑姑喊着"乖乖，你疼，就哭一声"，孩子昏迷着，这孩子来到世上，没有哭声，只是攥着小拳头。白天，医院里很吵，很多被病和债务折磨的人，一些苍白苦难的脸，那些病人，那些陪护，那些拥挤的病房，白天暖气很热，空气里弥漫着杀毒剂的味道，直窜我的鼻孔喉咙到胃部，两天两夜，我和姑姑没有吃下一点东西。

在我抱着孩子的空当，我看见姑姑，偷偷哭泣两次，当姑姑换下我，我拿暖水瓶去水房灌水，然后把孩子放在小小的被褥里，我走出走廊，就泪流满面，我不敢号啕大哭，只是饮泣，我诅咒命运，然后用嘴咬着袖子，一边拿着暖水瓶，一般哭着走向大雪里的开水房。

我回来，看到姑姑也刚刚抹掉眼角的泪。我给姑姑一杯水，姑姑拿一根棉棒，蘸着水，给孩子的嘴唇滴水："乖乖，喝点水。"

其实在这个时间，妻子还躺在五公里外的另一个小医院里，忍受着早产带来的病痛折磨。

看着早产的生命，我想是多大的磨难啊，让这个八个月的孩子，不足三斤的孩子，遭受这么大的折磨，我有点愤怒，这个人生的开端，为何把灾祸给了这小小的生命？如果，他是命运的弃儿，为何，还要我们父子相见？所谓的生命的遇见，就是在病房，在抢救的走廊，这孩子连一个病房的床位都得不到。

孩子的出世，就是要受了磨难才走？他来，就是跳人间的火坑吗？我想骂这命运加给这个早产的孩子的不公。

在第二天夜里，半夜暖气关掉了，走廊冷得与窗外冰天雪地一样，孩子高烧的脸，从红到白，最后嘴唇发紫，我握着孩子滚烫的手，从满身的黄疸到消失，到赤红，到苍白，到黑紫。姑姑用棉棒给孩子擦着干枯的嘴唇，后来，医生把氧气撤了，孩子不行了，姑姑揭开围蒙在孩子额头的毛巾，这时，孩子睁开了眼，黑眼珠看了一下这个世界，就合上了。

姑姑号啕大哭："我的乖儿。"

我抱着孩子，握着孩子的手，渐渐冰冷。

过了许久，姑姑说："把孩子送走吧，放到一个高岗上。"

我抱起小褥子裹起的孩子，走出医院，医院本就在郊区，在雪地里，我走到雪覆盖的麦田，那麦子早埋在雪下，那是暴雪，天地苍茫，天还黑，好像大地铺展的不是雪，而是往世界的尽头，铺展的是酷寒和我的悲怆与愤怒。

最后，在一个高岗处，我把孩子放下，然后跪下，我不舍得把孩子埋在雪里，怕他透不过气。这时在白雪和旷野之上，附近学校的起床号响了，好像也充满了愤怒。

我站起，又向着那早产而夭的生命跪下，然后迎着那号声走去。

那夜幕，那白雪，那无边的空茫，我扯开嗓子："哎哎唉唉唉——"

这是送给那早夭的孩子，我早早给他取的名字，他还没有用到：蒙，我原本想他会春天出生，叫他春下阿蒙，谁知他在寒冬腊月早产，蒙，分解，就是草下的坟，冢。

那时我还没读到"不要温柔地走进那良夜"，但我却"怒斥，怒斥这光明的消谢"。

我走到医院门口，见姑姑站在那里，在雪中，黎明的时候，她看到我，开始侧过身，那是在流泪，我看得真真切切。

最后，是姑姑的一声呼喊："我的乖儿，回家了。"

在此时，我听到的是姑姑的温柔腔调，这是对一个生命的逝去，有了悲伤，有了愤怒，但也应有温柔，让所有的生命，都有所归止。我宁愿把姑姑的小声呼唤，看成是一句祈祷，无论是谁，听到了，这都是一句温暖。天地不仁，灾祸遍地，但人世间，该有的温暖，一点都不要缺席。我再一次想起罗素的三愿之三：悲悯吾类之无尽苦难。痛苦之吟常萦绕吾心：受饥饿之婴，遭压迫之民，为儿女遗弃之无助老叟，加之天下之孤寂、贫穷、苦痛，俱令吾类之生难以卒睹。吾愿穷毕生之力释之。

亲爱的世间，如果，我们不温柔祈祷，温柔以待，而让孤寂、贫穷、苦痛盛行，这是我们的生命之耻。

赶在黎明前奔跑

我要回去，赶在大雨来临之前

我要走进那最黑暗的森林深处

——鲍勃·迪伦

一

你学剃头吧！

父亲决定的一句话，使我的心坠到了冬至。

这说不上惩罚，是父亲要我学一门糊口的手艺，他觉得对一个集镇的孩子来说这是最好的安排，男人除掉柴米油盐酱醋茶，谁不剃头？但我觉出这是屈辱。周二军就是剃头的，我小学同学，没考上初中，在街上的一间靠近工商所的平房剃头，我上学的时候，总看到一个半大的少年从理发铺，勾着头看我，他看着我走过戏院、药铺、大队部、饭店、缝纫铺，他知道他只能在这个镇子上活着了；下午放学，他还是勾着头看我，仿佛我是他梦游的一棵希望的树，说不定哪天，这树就走出这片土地。

他曾给我说，他没考上初中，他父亲就对他说过，你就是个废物。怕饿死你，学剃头吧。

没隔几天，父亲在街头被人打了，父亲的谋生手段除掉在街头夏天卖凉粉、冬天卖丸子汤，还有一种即是靠自己的力气，把街上的尘土、瓦块、人畜粪便、树叶打扫干净，祈求或者要求街上摆摊的那些卖鸡蛋、猪肉、粉条、青菜、干鲜海货、粮食的人，每个摊位五分钱的卫生费。

但有时就是这五分钱，也会发生争执，有时就会动手。我知道父亲的委屈，到逢集的日子，半夜就起来，无论寒冬的夜里，还是夏日的溽热，就是为了一家几张口讨生活。

因为五分钱，父亲被临近村子一个卖白菜的人，挥拳打在脸上，然后跌倒，直接磕在一半截砖头上，砖头锋利而粗糙的锐角，直接扎在父亲的额头，最后那人把一车子白菜扔掉跑了。等我赶到镇医院的时候，父亲已经包扎，打了破伤风针，而打父亲的那个村子里管事的人来了，提着鸡蛋和挂面，把医药费付上，一个劲地给父亲赔不是，亲戚里道的，小孩子不认识，出手重，不知照护。

父亲说，不讹人。

那管事的人丢下一百块钱，看我愤怒的眼，就心虚低头走了。那个冬天烙印在我的记忆里，医院药房的木头门，合不严，包扎室里点着一个煤球炉子，既取暖也烧水，炉子上的烧水壶，蒸汽腾腾，我看着包扎着头的父亲，多年后，看到梵·高一幅自画像，也是包扎着头，父亲比梵·高更麻木，他的一生经历过太多白眼、呵斥，乃至拳脚，他有时能躲避，但大部分的时光，他就如风箱里的老鼠，遁无可遁，他只有默默承受那些日常的或是不打招呼而来的厄运。

父亲脚上，是一双军队退役的那种笨重的大头鞋，冬天，就靠它在雪水里蹚。我看着父亲脚下，因为包扎室的温度高，父亲鞋底上渗出了许多的泥水，他的嘴唇粗糙干裂，连着他的粗糙的面部，但现在面部被那些绷带挤压得很窄，有血从纱布里渗出。

我知道，我以后也会是这个样子，模拟着父亲的人生，加入到这个队列里的人生循环；如果我学剃头，我想到了周二军，刚学剃头时，还是那么面貌稚嫩清秀，等我初中毕业，他嘴里叼着烟，显出一副江湖习惯的模样。

我知道，父亲是想叫我复制周二军的路，别人都这样过！你也要这样过！

我知道，我复课两次，还没有考上高中，父亲嘴上虽然没说什么，但从母亲口风里我就知道了，认命吧。不是上学的材料，就老老实实地做庄稼人，把心收收，说个媳妇，生儿育女过日子。

我复课两次，第一次十四岁参加中考，分数线够了，但快开学，一直没接到通知书。那个暑假，我和二舅骑着自行车去县城的教育局，才知道我填报的材料，缺了学校的公章，没有一个学校录取。二舅是一所初中的政治教师，他给教育局的熟人通融，说二中可以补录。二中离我家，七十华里，我想，非县城一中不去，就回家复课。

第二年中考前的时候，阑尾炎发作，那年的考试，被录取到了县三中，就在我们镇上，我说，非县城一中不上。

再复课，我们初中的同学，都说，复课两年了，再上县城一中有什么意思，丢人，要去，就到菏泽一中，菏泽一中就是地区的一中，那是山东省的名校，在鲁西南进了菏泽一中，就看见一只脚迈进大学，那是十个县的青涩的、有力的种子集中的地方。但这个夏天，这次命运还是没有垂青，菏泽一中没考上，分数够县一中的，但县一中也牛气，第一志愿报地区一中的，地区一中录不上，分数够县一中，县一中也不录。

这次，最后还是滑落到三中，被三中录了。折折返返，从小学、初中，到高中，一直没有走出这方圆两公里我镇子的学校。

那是夏日一个落雨日子，我从镇子北面镇中学班主任的办公室看到了三中的录取书，只一眼，就如踩着了炸雷，我一下推开班主任的门，直接跑进校园的暴雨里，那天上雷也合作，骤然响起，就如拳脚和白眼嘲笑一样攒击到我的太阳穴，那时知道了"时来天地同勠力"，更知道那句"运去英雄不自由"的无奈，没有命运的垂青，一切都白费。

我如疯了的牛，在雨幕里，试图用头撞开命运的铁幕，那黑夜汽灯下同学明争暗斗的苦读，早晨白霜匝地的背书；倒了的堂屋山墙的一角，我蜷缩在冬日里的瑟瑟，满是冻疮，耳朵、手背那地方，冻肿的化脓流血，拿钢笔的手指不能蜷缩，在菏泽一中考试时，那夜里的热如蒸笼，渺小的自己就如水煎包子，两夜无法安眠，半夜，老师就拿两片安定，吃下，才睡了一会，等考完，老师才说，那不是安定，只是普通的维 C 片——我想着，自己的去路和下场，现在不是牛了，不是发疯的牛，而是一只五花大绑拿下的猪，命运就是奔赴汤锅，去学习剃头。

我哭着，不知是泪水、汗水还是雨水，穿过那芦苇荡里的小路，来到沙河边，那时真的是一个癫狂的疯子了，诅咒命运，天空的连环的雷声，在芦苇荡上如风樯阵马，在雷响下，那些团结的芦苇，却如胆怯的兵士，在闪电的鞭子下，纷纷低头折腰。而那闪电，劈在沙河水里，如红的烙铁，一下子跌进冰窟窿，白气蒸腾，我站在堤坝上，闪电在身边如蛇缠绕、喘息，我闭着眼睛，心想，炸吧，炸吧，我就是一只野兽，一只受伤的野兽，随意被命运处置。

但这是夏日的雨，来得快，走得也快，在我睁开眼睛的时候，那雨停了，那雷声远了，一片阳光从天边斜刺而下，那芦苇荡里，倏然而起的是蛙声，那些受了委屈的蛙声，那些不再是压抑，不再是胆怯私下嘀咕的蛙声，它们鼓起勇气，在暴雨后，挣开喉咙鼓腹而壮鸣，那从黄河而下的支流，百里蜿蜒的沙河，唯一的是这蛙声，我听出了抗议，它们就如战士开始亮出自己的武器，是梭镖，是长枪，在山顶，在密林，在石窟，在地道，它们进行的是反击战，它们的叫，就是号角，是呕出血，呕出胆汁的叫，是破口大骂的叫，它们的叫，有吨位，它们为什么叫？因为有雷电，它们叫，因为有刺激它们叫，因为压抑它们叫，因为叫，就要叫，如果说雷电是监狱，是集中营，这时蛙声是越狱，是放风。我像看到它们白的肚腹，看到它们圆睁的眼睛，看到了肺肝，它们说，我来了，在这热烈的阳光下，在芦苇荡的头颅的顶部，一切都是蛙声，我明白了，这就是生命力。我抹去脸上，从头顶头发里还在滴答的雨水，任我的泪水像蛙声从我的眼眶酣畅地奔涌，像蚂蚁，爬满我的脸颊。

芦苇荡里，有人赶着一群羊来了，是放羊的人，他看到浑身尽湿的我，一个冷战，接着不解地扭着头瞪着我，既是惊吓，又是疑惑，然后快速离开，好像我是一个不良少年。

二

镇子上的县三中，是高中，是一九五八年上马的学校，当时集中了一批从北京和省城下放来的眼镜书生，他们操着南腔北调，使这个乡镇有了异样。当时教我高中语文的肖先生，家在县城边上的一个村子：蒋口。我们班里恰巧有肖先生村里的学生，叫蒋存民，喜欢写诗歌。

存民一天对着教室外面西下的夕阳，告诉我，肖先生有两个老婆，都在蒋口，一个村东一个村西，一个是农村出身，一个是城里出身，相安无事。

我从未见过肖先生千层的布鞋，那白的底上有丝毫的泥土灰尘，瘦削的身子，穿着干净的西装，也像穿长衫的气度，他的头发如鹤羽，像有仙气，而他走路，就像是有了道骨，感到骨头很轻，但也觉出了骨头的硬度。

他走路从容，步幅无论何种情况，都是也无风雨也无晴的淡然。我们站在他面前，就像浊流遇到清爽，他指甲很长，十个手指的指甲，仿佛透明的玉，他在讲台上是用指甲翻语文课本的，我们喜欢听他讲解文言文，我想到的是鲁迅在《从百草园到三味书屋》里的寿镜吾先生。肖先生也会吟哦，他讲解李白《梦游天姥吟留别》，那是先吟哦，在肖先生的吟哦里，我们知道了汉语的铿锵婉转，就如毛笔字的使转提按，肖先生使我们知道了中文的"味"，那是从千年之前飘浮过来的，诱人肌骨，那是汉语言的节奏平仄如河水的浪花，也是诗句水墨氤氲满纸，在历史深处的布局与留白：

> 霓为衣兮风为马，云之君兮纷纷而来下。
> 虎鼓瑟兮鸾回车，仙之人兮列如麻。
> 忽魂悸以魄动，恍惊起而长嗟。
> 惟觉时之枕席，失向来之烟霞。

世间行乐亦如此，古来万事东流水。

别君去兮何时还？

且放白鹿青崖间，须行即骑访名山。

安能摧眉折腰事权贵，使我不得开心颜！

肖先生在讲台上吟哦的时候，头是摇晃的，眼睛是微闭的，那左手把语文课本卷成筒状，而右手在轻轻地划着空气，好像交响乐队的指挥，而他的吟哦，无疑是大提琴、小提琴，是黑管、长号，他吟哦的每一个字，让我们看到了一个飘逸的李白，一个以风为马，以彩霞剪裁衣袂，以老虎伴奏、凤凰驾车的仙人之友的李白；这个谪仙人，骑着白鹿，在权贵面前飞扬跋扈，在青山绿水面前，却如一个玩心迸发的孩童赤子。

我一时觉得，我们都是肖先生放养的五十四头白鹿，我们的文科班，就是鹿苑，朝霞初起的课室，呦呦鹿鸣食野之苹，肖先生边鼓瑟边吹笙，夫子何所不能也？

在肖先生代我们语文课的那一年，我们进入了传统语言的后花园，感受到了文字是活的，有着自己的体温，我觉得肖先生就是一个移动的汉字，他的胳膊、腿脚，就是横竖撇捺，也是一个韵脚，是平水韵，是十三辙。

一次，肖先生正沉浸在吟哦里，外面下起了雨，且他拖堂了，数学课老师站在门口，用手指的中指，缩成半拳轻轻地扣敲教室的木门，肖先生还是沉浸在摇晃的节奏里，数学老师没办法，走上讲台，大喊一声："肖老师，下课了。"

这时肖先生醒转，微微点头，朝同学逡巡一下，然后迈着很轻的步幅走下讲台，走进雨里，还是那么从容，雨里的肖先生是不是玉树临风？我觉得肖先生才是一只真正的白鹿，在传统的文字里慢慢行走着。

其实，我在三中读高中的时候，正是这所乡村高中最落魄的时期，好的学生被菏泽一中、鄄城一中削尖拿走了，每届毕业文理科五百学生，考上大学的不足十人，来这里读高中的，一是拿个高中的文凭去从军，在军队里考学，分数低；再就是为了一个面子，也算上过高中，在农村无论是找媳妇，还是出嫁，站位就高了一格。

那个时候，我迷上了写作，觉得这是满足虚荣心最有效的路径，高考的路在哪？语文、历史、地理我的成绩都是第一，学起来如鱼得水，而数学则是一塌糊涂，每次老师发问，我的头恨不得扎在桌子底下，看到那些数学好的同学雄赳赳站起来，威武如将军，我则是败退的卒子；我的同位就是威武的将军，他总是站起来，气压群雄，总是老师才发问完，他第一个举手，简直是羞辱我这个数学不好的家伙。他有一次像得胜的公鸡威武的将军班师回朝的时候，就在他发言完毕，要坐下的时候，我把他的凳子往后稍稍一移，他就一屁股蹲在了地下，这时班里是不怀好意不无得意的幸灾乐祸，像一群高亢的鸭子遇到了过来的鱼群，夸张的狂笑，如节日的焰火。

我作文是没说的，老师总是把我的作文作为范文，肖先生在讲台上解析，那也是绘声绘色，肖先生每次都会说："孺子可教也！"

那时的我，就如我的同位回答数学题一样，我也成了骄傲的小公鸡。

我知道，命运是需自己拼搏改变的，命运如深不可测的黑夜，里面有神秘陷阱的味道，但也有星光。我常常从梦中被邻居的哀号惊醒，那是一个老光混，半夜了，又喝酒喝醉了，喝醉后，就到大街上骂，几乎每隔几个夜晚，他的哀号都会飘浮在我们镇子的街道和房屋、树木、粪堆、草垛之上，我在这哀号里听到的是对命运的恐惧，有时在放学的时候，我看到他，总是急忙躲避，那是一张被生活重负挤压变形的脸，深刻的皱纹就是深刻的记忆，灾难的记忆。

还有一种存在，是那么的独异，透着乡村文化的固执强大，也透着那些高中同学的无厘头式的无聊，与青春的发泄。

当时学校大都是住校的学生，每当没有课的时候，很多男同学，就学习起农村出殡的时候，古老的二十四拜礼的祭奠的仪式。

在操场，我看到同学在扮演那流传千年的吊孝的仪式，一个同学在前面示范，很多的同学跟在后面，那是有月亮的晚上，那放大的影子，宛似穿越到明清、唐宋、魏晋三国，一个个的儒生，端肃地在凭吊。

即使在我现在写这篇文章的时候，我也不清楚当时为何三中校园里刮起一阵同学学习二十四拜礼的风潮，一次同学在菏泽聚会，大家记忆最深的就是那校园里的二十四拜礼，那种唱腔似的哭腔。我宁愿把这个记忆理解为一个对前程的迷茫，是在乡村中学看不到出路，永无出头之日的祭奠。

但我在晚上放学，听到操场上一遍遍喊着：吊孝的客到，接客。我满怀恐惧，像看到自己去祭奠，多年后也被人祭奠，那是祭奠一种无路的悲哀，更是一种青春迷茫的无助无聊无奈。那操场上的一群鬼影幢幢，无疑是一群青春的兽，是狼，也是无家可皈依的犬，是精神家园的缺失。

我想着，我必须离开，否则，我也会沉沦，成为一个吊客。

三

我的单薄和瘦弱，只是外表的形体，我用阅读和对外面世界的渴望充盈着我的单薄。

那时，我疯狂地阅读三中仅有的两间图书室里的书，那时整个学校估计没有五千册书，那五千册书里除掉物理数学化学历史地理政治读物，真正属于文学的是可怜的，有几百本吧，也多是一些批判现实主义，或者是浪漫主义的大路货，诸如《童年》《我的大学》《在人间》《汤姆叔叔的小屋》《巴黎圣母院》《安娜·卡列尼娜》《红与黑》《包法利夫人》，但那里有刊物，急速地传递着外界的消息，我读到了《世界文学》上博尔赫斯的小说，感到了惊异，也知道了变化着的天地，不再是铁板一块。

我把借到的书，拿到教室，在物理课化学课，就打开看，我就抱定，学习文科，考大学就考中文系。但最使我沉醉的，就是夜里，无边的黑暗里，那些文字犹如萤火。"诗人，和盲人一样，能暗中视物。"

在博尔赫斯这里，我理解了黑夜的意义，也理解了书籍对我精神和肉体的拯救，但我在黑夜阅读的时候，理解了博尔赫斯的"上帝同时给了我书籍和黑夜，这可真是一个绝妙的讽刺"。博尔赫斯失明了，坠入无边的生理的暗夜，我觉得在集镇高中和周边，那种与知识和精神的反差，是更浓重的暗夜，我像置身于暗夜的心脏里，如果我不能跃动，我是这暗夜最黑的一部分，我们的生活也是博尔赫斯的迷宫，即使一段迷茫的路程，即使集镇上，我如果学习剃头，也足以让我们付出终生的心力。

但就在我上三中报到这个时候，在距离我家不足千米的学校读书的时候，我选择的是在大家还未起床，学校的铁门还未打开的时候，翻墙而入。在三中两年的日子，我想在黑夜里寻找出口，我开始了黎明前的奔跑，如寻找迷宫的出口，在我奔跑上学的时候，我发现了黎明前的芍药地。然后是麦子地玉米地，是霜后雪后的旷野，在黎明前的样子，就如一种启示录。

那是春天鲁西南平原深处的夜，麦子灌浆的前夜，那时，我知道了鲍勃·迪伦，也知道了摇滚，但在乡间的中学，我没有听到过那种曲调，只知道了呐喊，带劲，反抗，不平，其实那个时代，鲍勃·迪伦不是以一个歌手在当时的中国流传，而是他的歌词，我读到了《答案在风中飘扬》，我哭了，那是一个才二十五岁的小伙子写的呀："一个人要抬头多少次，才能够看见天空；一个人要有多少耳朵，才能听见人们哭泣。"是啊，也许无数次抬头，无数次辛劳，才会有和命运的交错、相识与相逢。我在写这篇文章的时候，曾给朋友说我写到鲍勃·迪伦的《大雨将至》，那朋友说，那个时代不可能有这支歌，在中国，那个时代有《答案在风中飘扬》，我告诉她，我就是在乡村的中学，读到了博尔赫斯的《玫瑰街角的汉子》，在高一的时候，我初中同学到北京当兵，他给寄来一套《西方现代派作品选》。也许朋友是对的，那个时候只有《答案在风中飘扬》，但我那时，一个乡村少年在走向青春的路途里，是十分契合《大雨将至》的语境，我还是想借用它，隐隐感觉自己的前程，某种东西将至，暴雨也好，雷霆也好，确实，我看到《大雨将至》的歌词时，心是那样的激动，我觉得，这是诗歌，但比诗歌带劲，这最契合我当时奔跑的心境：

你现在要做什么，蓝眼睛的小孩
你现在要做什么，我亲爱的小孩

我要回去，赶在这大雨来临之前

我要走进那最黑暗的森林深处

那里的人们两手空空

那里流淌着有毒的河流

山谷里的家园仿佛潮湿肮脏的监狱

屠夫的脸在人群中隐匿

到处是饥饿，灵魂已经被遗忘

黑色是那里唯一的颜色

我要讲述，要思考

我要呼吸，要歌唱

我要让所有的灵魂都能看到

那里的景象

然后，我要站在那大海上

直到我开始沉没

我会听懂我的歌声

在我即将沉没

我感到

那大雨，那大雨

那大雨就要落下来

虽然我还不知那雨的意象代表什么，蓝眼睛的小孩期待
什么？但我觉出鲍勃·迪伦内心的那种铁水般的汹涌沸腾咆
哮和飞奔，他要为自己的思想寻找出口。那恰恰是我在三中

求学的时候，感到无边的前方，无尽的未来，似乎有东西在招引，也许是庄子的蝴蝶，博尔赫斯的"金黄老虎"，黑夜中盲眼的博尔赫斯需要一道光刺穿他的黑暗，需要一只老虎在暗夜里跳起黄金的舞蹈。

我的青春的招引，奔跑的欲望，就是暗夜里的金黄的老虎，在麦子灌浆的时候，那老虎在舞蹈，那夜里，我闻到了麦子的清香，那种还没有成熟，正在孕育的清香，恰如少年，我觉得，我和麦子"恰同学少年"，是同学，是皆不贱的同学，有涌动的灌浆的灵魂的招引，他们摆脱了冬天的束缚，也摆脱了那些杂草的羁绊，他们有明确成长的目的，灌浆，就是涌动的水，这生命的水，如我的血液，我也要灌浆，是自己给自己饱满，那灌浆的水要来，"我要讲述，要思考／我要呼吸，要歌唱／我要让所有的灵魂都能看到／那里的景象"。

在我高一开学的时候，我开始了奔跑，是秋季，在黎明奔跑着去学校，我不走大路，不走校门，而是从学校的两米多高的院墙腾跃而过，那时，两米多高的院墙，我只要后退两步，然后加速，接着腾跃，手抓住墙的顶部，只一下助力，脚腿就会一下骑在墙顶，如将军在马上。

赶在黎明前奔跑是偶然的一次举止，一次偶然在心里的动议，却是必然，谁的少年不奔逐？那是一种对未来、梦幻、迷茫、朦胧、精神、挣扎的一种反抗，追寻，也是对精神的测试，不仅仅是锻炼体魄。在那些黑夜里起步，你的身体里好像有无数的活的动物，也可以说是潜伏的小兽，都醒来了，一下，你的骨头，你的灵魂，也都醒来，那少年在黑暗中，在胡同，在街道，在一个个的麦秸垛，粪堆，白杨树，乡间的坟头，那单薄的瘦削的身子骨，有了力，有了滚烫，有了独立一样的气质。

那时候的我就是精神和青春开始的起步的裂变，让黑夜把自己擦亮，自己面对着自己的未来，寻找自己的幸福和悲伤，自己的出路与突围，那个时候，我就觉得，我不应该成为那些在操场上扮演吊客的那些人，我是一把雕刀，刀刃向里，向着自己的骨头，剔自己的肉。那赶在黎明前的奔跑，从最初的冲动、疯癫、妄想，到了越来越明晰、笃定，没有了焦躁，也没有了怯懦，没有了三心二意。

我从最初的秋天的播种，发芽的麦子地的黎明奔跑去上学，然后冬天，是霜雪，是枯败，是肃杀，而后春的地气蒸腾，麦地里有了地米蒿，有了荠菜。

但一个春夜，我的内心却有了一种别样的涌动，闻到了空气里甜的味道，药香的味道，迷惑中蛊的味道。

我从麦地间的小路奔跑，好像蜜蜂嗅到了花粉与蜜源，我看到了夜里的小河，看见了流水的闪光，我好像看到那是微微开始走向黎明的夜色发出的，那时的星光已弱，但浓黑已经过去，黑色分裂了，有了罅隙。

我看到了小河对岸的芍药花了，那种蛊惑的香味，魅惑的邪性的香来自那里。外面的人，是不会觉出芍药的那种力道，大家被牡丹的所谓的端庄洗脑，所谓的雍容华贵，虽然我的家乡鲁西南，从明朝，牡丹甲于海内，但那多是供给大官豪族，为那些烈火烹油繁花着锦的人家涂彩；而芍药，则是热烈，是奔放，是野性，甚至是性感。但父老感知不到这个层面，芍药只是如庄稼，是药材，是糊口，在他们的眼里，不实用就缺乏美。

那夜，那黎明，我是被芍药的药香唤醒的，那芍药自带着光，虽然小河把我拦在了这岸，但芍药却照亮了我的脚下，我所在的黎明的一切，是这些芍药把黎明点亮了。

我怎么过去？那河里流淌着的都是芍药花，扭动的，追逐的，跳跃的，这是蛰伏的生命，这是春天将尽，是牡丹过后的命定的花，她们要到夏天去。

我后退，我估摸着后退五十米，然后奔跑，然后加速，然后就是一跃，我跳过了小河，我觉得水里的芍药都涌到了岸上，就如巨大的山体滑坡，那河里的芍药上岸了，天上的芍药，也飞流直下三千尺，我在那些如罂粟一样的芍药花地，一一用手抚摸过去，检阅过去，河这岸的芍药，何止百亩千亩，反正，就在我跳跃小河的时候，炸开了，像是水花变成了芍药，土块变成了芍药，那些花柄，那些茎叶，你一走动，就如一个个的女人，她们的战栗传递给你，那些花苞，倏然张开，如暗红的嘴唇，都含着露水，不对，是含着娇羞的在眼角的秋水，你过去了，那些花才娇羞地站稳脚步，但还是斜斜地看着你，端详着你，令你欲罢不能，欲走不忍。

这时，你想把这些芍药拥入怀抱，男人应该有这样的襟怀，这时山河大地，你应该接纳，你莫名震惊，又对你这样的想法感动，激动。你是为这些芍药而来的，还是为这些芍药献身？应该埋首在花田，是亲近一株，百棵？弱水三千，还是后宫佳丽三千人？其实每一朵芍药都有自己的命运，就如一个人一样。

天光越来越亮，我从芍药到芍药，在这里，躬身也好，埋首也好，奔跑也好，匍匐或被俘获，我是震撼了，惊呆了她们铺张的香，她们如命运启示，无有边界的肆意，我似醉汉一样的趔趄，也如醉汉一样的倒卧，如果不能在这样的如醇酒的地方，酣然一醉，酣然一跌，岂不辜负了自然造化，辜负了那些平时暗夜的期待，那些星光？

我满是泪水地在芍药花地奔跑起来，我觉得那是一地的少女，也是一地的少妇，有的春情才萌，有的风情万种，有的倚老卖老，我看到了羞赧，看到了从容，看到了吵嘴，看到了当爱到来时候的拼掉命的争抢。

我哭了，这是受到美的芍药启示的哭，是孩子的哭，也是对美的哭，这是宣言，只对美哭，这不是示弱，是坚定，是骨头被花濡染的硬度，我看花，花也看我，恰同学少年，恰跋扈年龄，"恰好啊"。

那是我高一第二学期，我目睹了芍药花在黎明前的绽放，那是我少年时代的诀别，是一种仪式，多年后，我回忆，还是忍不住想冲破泪水奔跑啊，命运待我何其厚，那是震撼的美，是过目不忘的天地大美，使我从狭小局促的乡村少年，看到了美的阔大，她给了我奔跑的永动力，向着美奔跑啊，在哭泣着奔跑，在奔跑着哭泣，"一个男人要走过多少条路才能被称为一个男人；一些人要生存多少年，才能够获得自由"。

是啊，我要不奔跑，我会成为什么？这个追问一直追随着我。

多年后我才知道，芍药花地，是我命运的底片，反复曝光，反复叠加叠影，使我的人生斑斓。

在我奔跑走出芍药花地，在我准备翻越学校的围墙时，我看到了学校不远处棉花加工厂的堂妹，我惊异地看到了她身上，衣服上的棉花的花絮。

她远远地招呼一声，惊吓般地匆忙走了，匆匆回家，那时，天还没有完全放亮。

四

堂妹怀孕了，在我一次早晨放学，正端碗吃饭的时候，母亲告诉我。堂妹和我一样大，只是生月小我一月，她只上到初中就辍学了，到棉花加工厂做临时工。

生活就是如此的尖利而真实，我们曾有几年的时间，从小学到初中，一块放学，一块上学，我看着她的辫子越来越粗，看着她的乳房在衣襟下开始蓬起，然后不再自然地说笑，然后是开始躲避。她也曾心高气傲，为上高中，喝过药，但堂叔却说要供应我堂弟以后上高中，让堂妹放弃。说真实的，堂妹数学比我好，物理比我好，化学也比我好。她岂安心做一个在农村的生育的机器，毕竟她受过初中的教育，毕竟，她曾看过我初中时在镇里供销社买过的一套书《约翰·克利斯朵夫》，她向往着那些书中描述过的生活，那唤起的心，怎能再安心沉静下来？

在我奔跑的时候，我想过，也许堂妹在去棉花加工厂的时候，也是奔跑的，她的个性那么桀骜，她一定会自救。

在我两次复课的时候，堂妹每次都送给我五元钱，当时那是大数字，在我迷茫寂寞，甚至想堕落的时候，她给我说约翰·克利斯朵夫。她记得很多里面的词句，且她有心用一个塑料本抄写下来，她会背诵里面的段落。有次暑假，是我第二次复课前的准备，而心情低落的时候，堂妹曾给我背诵了《约翰·克利斯朵夫》中一段，与其说是背诵给我，我觉得，那是一个乡间少女不甘于沉沦的"圣经"。

那是在堂妹住的一间东屋的房间，屋内是女孩该有的青春的气息，她的上衣好像短了些，不能遮住她逐渐浑圆的臀部，她走动起来，乳房的颤动，使我不敢直视，但我觉得那是风景，那曲线，是一个小女该有的在乡间的不可遏制的青春。

堂妹背诵着，是渴望，也是埋葬：

圣者克利斯朵夫渡过了河。他在逆流中走了整整一天。现在他结实的身体像一块岩石一般矗立在水面上，左肩上扛着一个娇弱而沉重的孩子。圣者克利斯朵夫倚在一株拔起的松树上，松树屈曲了，他的脊背也屈曲了。那些看着他出发的人都说他渡不过的。他们长时间地嘲弄他，笑他。随后，黑夜来了。他们厌倦了。此刻克利斯朵夫已经走得那么远，再也听不见留在岸上的人的叫喊。在激流澎湃中，他只听见孩子的平静的声音，他用小手抓着巨人额上的一缕头发，嘴里老喊着："走吧！"他便走着，伛着背，眼睛向着前面，老望着黑洞洞的对岸，峭壁慢慢地显出白色来了。

早晨的钟声突然响了，无数的钟声一下子都惊醒了。天又黎明！黑沉沉的危崖后面，看不见的太阳在金色的天空升起。快要倒下来的克利斯朵夫终于到了彼岸。于是他对孩子说："咱们到了！唉，你多重啊！孩子，你究竟是谁呢？"

孩子回答说："我是即将到来的日子。"

是啊，我是即将到来的日子，这话是我迷惑的年龄，寂寞的年龄，想放纵的时候，送给的温暖，与其说我感激傅雷和罗曼·罗兰，不如说是堂妹给我人间送小温，岂止小温，是旗帜。即将到来的日子，是什么日子？

迷惘而寂寞的复课的日子，堂妹是唯一能和我对话，唯一能带给我内心温暖的人。堂叔曾问过我，堂妹和谁交往。我只是摇头。

我无法保护怀孕的堂妹，堂叔逼问堂妹那野种是谁的。

然后一巴掌掴向堂妹，一刹那，五个手指印在堂妹的脸上，如蚯蚓蠕动，堂妹的鼻子冒血了。

母亲说堂妹怀孕三个月了，才十七岁啊，但我想到了那次芍药地我回来的路上见到的堂妹，我明白了，那是堂妹在夜里，从家里，又到棉花加工厂去了，是去幽会，我从她慌张的眼神里，知道了一切。

在几天后的夜里，当堂妹半夜偷偷起来去棉花加工厂幽会的时候，堂叔早就暗中监视了，他尾随着堂妹，他看到堂妹进了一个棉花垛，堂妹爬进了棉花垛的一个洞里，堂叔最后堵住了棉花洞，而堂婶当时也跟着，堂婶进了洞，把堂妹和那个男的抓住，赤身裸体的。

后来，堂妹走了，那男的是棉花加工厂的一个技术员，被堂叔一家打了一顿。堂妹到了新疆，嫁人了，那怀孕的孩子也足月生下。

当我知道堂妹的这一切的一切，我突然荒唐地觉得，堂妹是早早地放弃了奔跑，她的精神的长旅歇息了，停滞了，与其说我在奔跑，不如说是不甘，是突围，我突围那些令人窒息的黑夜，也突围消耗那些青春期的躁动，我的奔跑，是从博尔赫斯、鲍勃·迪伦，是罗曼·罗兰、卡夫卡的麦地和芍药地经过的，芍药地的亮光，是追光，照耀我。

也是在高一那年，山东省级高中阶段的艺术征文，门类有书法、绘画、作文，我写了一篇习作《元宵之夜》，那是寒假写的，寒假投出的；当暑假过后的高二，在秋天的校园，学校的广播响了，说有省里的长途电话，说我获奖了，去省里领奖，当时是下午放学的时光，我正负责给同学发放补助，是补助大家几块钱的菜金，我就随手一掷，那些窄窄的代金券，如蝴蝶在黄昏的课堂飞舞，我冲出课堂，就如看到了前面的芍药花，我要去那里。

我奔跑，我翻越了校园的围墙，我跑向野外，我一下又像回到了黎明前的时辰。

耳边是呼呼的风声，是麦子地，是坟头。是我奔跑，也是风在奔跑，是河水在奔跑，我跑在黄昏，跑在黑夜渐渐来临的时刻。

我想到在最黑的时辰里，我奔跑，那黑色像从眼睛里突然奔突，淹没了后背，淹没了前方，我要切开黑暗，又要背负着那块黑暗，但即使在最黑的时候，我却感到全身的光都打开了，前面一块光招引着，我就如一条追光的猎犬，想绞杀某种猎物。

其实我觉得在我之外，还有一个暗物质的我。我是赶在黎明奔跑的人，暗物质，或许就是那片芍药或许是我奔跑的眼前的猎物，我坐在教室里，暗物质的我是那个冲出课堂，冲出皮囊，敢于喝酒的人。我胆怯，暗物质的我铺张扬厉，在镇子上喝酒，在春风里诵诗。一个是规规小儒，一个是行侠的大盗，敢于刀尖讨生活。

前面的光，就是血。

我是嗜血的兽。不，我是吞咽光的兽，我奔跑，赶在黎明前奔跑。

暗夜的喉咙

我们叙说黑暗的事
我们相爱如罂粟和记忆

——保罗·策兰

一

惊恐。激动。犹疑。黑夜。十四岁的我开始失眠。

我把我的收音机藏在被窝里，揣在怀里，贴近耳朵，不让外人知道，夜半我还在不眠不休。

莎士比亚十四行诗："美，她的活力比一朵花还柔脆，怎能和他那肃杀的严重抵抗？"一个少年对外界的渴望，只能是埋在内心，它是坚强的脆弱，也许，亲戚和外人的一个对我的家庭穷困的鄙视的眼神，曾使我流泪，但这眼神也激起我的愤怒，自卑里的自尊，有时是病态，但自卑真的会低到尘埃，使我在外人面前胆怯，嗫嚅，见外人就如引颈就戮的惊恐。

但晚上是属于我的，属于我做贼一样地偷听外面的声音。白天，我和那些乡村里的少年同学一样，也是天不明到学校晨读、早饭后上学、午饭后上学、喝汤（我们把晚饭叫喝汤）后上学；但经常，我在上课的时候，不是打不起精神，就是偷看桌洞里的老师所说的闲书，《飘》、《高老头》、蘅塘退士的《唐诗三百首》、《约翰·克利斯朵夫》。

《约翰·克利斯朵夫》，是我欺骗母亲，说交学费，在镇子的供销社仅有一节的玻璃柜台买的第一本外国文学书。即使数十年过去，这个人民文学出版社一九八〇年的版本，还在我的书架上，这是我离开鲁西南小城带到岭南的仅有的一部书。小三十二开本，傅雷翻译的，当时是四元三角，这在农村少年眼里是个天文数字，不亚于现在千元的书籍，那封面很淡的颜色，封面的左边贴近书脊是一个蜡烛的烛台和燃烧的蜡烛与烛泪，然后右下方是一个残缺的像被烧的稿纸。当时小镇，有此书，真是万幸也。书的扉页还有我当时写的一首不成样子的四句诗：宇宙星汉乱如云，洪荒漠漠石嶙嶙。有情多拟西子面，谁及落地一星辰。

这首诗叫《流星赋》，下面是我当时的小名"毛成"，家里人看我从小身子骨弱，说取个低贱的名字，像个毛孩，毛毛糙糙地活。

我买下它，是因为开头的：江上浩荡，从屋后上升。

这句话镇住了我，还有我偶然翻开书的那段话："大半的人在二十岁或者三十岁上就死了：一过这个年龄，他们只改变了自己的影子，以后的生命不过是用来模仿自己，把以前真正有人味的时代所说的，所做的，所想的，所喜欢的，一天一天地重复，而且重复的方式越来越机械，越来越脱腔走板。"是开头和这段话成为我不惜欺骗母亲说我要交学费五块钱，但记得那时母亲说不是刚交了吗？我支吾着还交。

就是这两段的话，惊吓着我，我跑出供销社的门，嘴紧紧地抿着，眼里涌出了泪，我觉得委屈，对自己在平原深处这时才看到这样异样的文字感到委屈。

我一直记着这话，不要二三十岁就死了。我把这段话抄写在语文课本上，每次读课文的时候，总是先看到这段话。我一直记着这段话，后来不是抄写在纸上了，而是记在骨头上血液里，我怕这段话，怕再重复自己父辈的命运，怕在这平原里寂寞如一只鸡狗等生灵一样寂然死去。

其实这里面真的是委屈，在这片土地上，是逆来顺受吗，还是在沉默里爆发或死去。外面的那些如烛光的东西引导着我，但我的委屈，却如烛泪一样流着。

那是秋夜，晚上放学，在煤油灯下再看一阵书，三间堂屋，我住在东间，中间是所谓的摆着八仙桌、两把椅子的堂屋当门，父亲和母亲在西间。母亲会说，半夜了，睡吧。

我把头蒙在被子里，把收音机打开，调到音量最小，只有半夜，干扰最少，我调到了短波，在时断时续的噪音中，在午夜，听到了有别于我当时能听到的旋律，让人发软。

在深夜里，我知道了她的名字，我像得了病，像是得了肝炎和阑尾炎，它在我的体内和灵魂里产生了雪崩和坍塌，她把柔软嵌进了我的骨头里，这种声音给人希望又给人绝望，在同学面前，在老师面前，我不能显露出来，我只有面对一朵花，或者月夜，对着煤油灯，我可以表达我听过这种歌，这是不健康，是危险，是黄色的，蚀人的灵魂和骨髓。

那时候，虽然不演《沙家浜》《红灯记》《智取威虎山》，开始演《朝阳沟》等，但对青春期的少年来说，还是感到一种巨大的隔离和疏离，加上乡间的闭塞和多年习俗的禁锢，当时感觉像处于精神荒漠，所喜的是，语文老师是一个对文字有眷顾的人，曾记得，她把一张《文汇报》拿在讲台上，说，大家学习累了，换一下脑子，那是一篇小说，卢新华的《伤痕》，我的作文好，梦想是当一个作家，老师既鼓励又担心，她觉得我瘸腿，就是数学每次考试，都不及格，她说先考上学，高中，大学，这样一步一步走。有时在自习课的时候，她看到我在看小说，总是沉默地站在我面前；大家都紧张地做题、背诵、复习，为了考高中，我还依旧沉浸在作家的梦幻里，在老师的语境里，我觉出了老师的焦虑，这个世界是坚硬的，而文字的柔软必将碰得鼻青脸肿，一个农村少年和一个作家的距离，那种遥远和不现实，是老师忧虑的。

但老师也喜欢文字，热爱文字，我看她陷入了两难。

在文学和饭碗之间，不能承受之轻的是文学。

我喜欢阅读，还有虚荣心作祟的作文被老师拿到讲堂上，被当作范文阅读。但这种想当作家的梦，只是一个我内心的逃避，也许是一种狂热的偏执，并不明白文字的价值，其实那时家里父母不懂得这些，会觉得孩子好读书，其实，我读的，大都是一些所谓的闲书，对肩挑手抬春耕夏耘的稼穑农活是没有帮助的，那些抒情是不能当饭吃的，多年后，在故乡，我还看到很多受文字之蛊的人，生活得恓恓惶惶，那种脸色苍白、手无缚鸡之力，对农活完全外行，而身边总有一个胖大的粗粝的妻子，嘴里不干不净地不满意地咒骂。

不从这泥土里，通过升学的路子，走出去，作为一个乡间，黄壤平原深处的少年，追求精神的怡乐，是一条绝路。

但就在那暗夜里，我听到了一种暗夜的喉咙，那种声音，准确地说，是穿透灵魂的歌声，比《约翰·克利斯朵夫》那样的文字更近距离地照亮了我刺痛了我。

二

哎呀咿儿呀，哎呀咿儿呀，哎嗨哎嗨咿儿呀。

住在我家前面的老四，每天夜里也会唱，他家的三间堂屋的后墙，就是我家院子的围墙，他就住在堂屋挨着的一间房子里。老四唱起来了："送情郎送至在大门以外，用双手抓住了郎的个衣襟带，问一声情郎哥你何时回来，以免得小奴家挂心怀。送情郎送至在影壁一墙，猛抬头看见了奴的个二大娘，叫一声情哥哥你不用害怕，年轻时二大娘也送过了小情郎。"这支民歌是老四的保留曲目，每次唱，都少不了，后来我工作后的一次酒会上，作家陈进轩喝醉了，他站在桌子上，吼着的也是这个曲子，我对老陈说，我也会唱，于是我也跳到桌子上，随着那些盘子、碗的噼啪坠地的声音："送情郎送至了大门又以东，忽然间老天爷刮起了西北风，刮风不如下雨强，撇下了情郎哥一同回绣房。送情郎送至了大门又以西，一抬头看见了个卖梨的，我有心买个梨儿给郎哥吃，想起了昨晚的事又吃不得凉东西。"

这个送情郎，说相声的岳云鹏和二人转里的版本与我老家的歌词是不一样的，我喜欢老四口里的《送情郎》，这是地道的鲁西南口味，那里面的火车，我说在哪里？老四说，就是济宁火车站，济宁离我们这里二百八十里，要是去火车站，得走一天一夜，济宁火车站在民国初就有了，鲁西南的男人出门坐火车，就是去济宁府。"送情郎送至了大门又以北，一抬头看见了奴的个二大伯，用小扇遮粉面扭头就走，管他个大伯不大伯。送情郎送至了大门又以南，看见了火车头呜呜地冒青烟，火车就进了么进了站，小奴家泪遮了双眼。"鲁西南的民歌最著名的是《包楞调》《花蛤蟆》《小五更》，但老四说，还是《送情郎》好，这里面有情义："送情郎送至了一桥头，手扶栏杆看呀么看水流，劝郎哥别也个别把野花采，露水呀夫妻不到头。送君呀千里必有一别，千叮咛万嘱咐舍不得情哥哥，小奴家在家里日等夜盼，情郎哥你要早些回还。"

在半夜可着喉咙唱琴书、坠子等乱七八糟词曲的就是鳏夫老四。老四，是住姥娘门上的外甥辈的，他的父亲入赘到我们这里，在这扎根，老四没有找到媳妇，每到秋天庄稼收割完毕，他就和人搭班子，去河西唱扬琴，河西就是黄河西边的河南省的濮阳、范县、南乐、清丰、长垣一带，离我们这里就是百十里的路程，只因隔着黄河，好像是很遥远。他一唱，就是一冬天，到春节回来，然后正月十五后再出去，走村串乡靠唱琴书、坠子挣钱糊口，有时也能领个女人回来，但过一段，女人就又跑了。人们说老四命硬，女人降服不了，其实很多人说，老四是家伙大，瘾大，天天要，天天想那事，女人受不了。

那年秋天都下霜了，老四还没去河西唱扬琴，他有时就和几个人凑在他的那间屋子里，时而鬼哭狼嚎，时而哀婉，时而抒情，时而道白，唱《打叫驴》《武松打店》《寡妇熬儿》，我一下学，耳边就是老四的那嘶哑的腔，因为是邻居，他的腔就像是空气包围着，你不听都没办法，有时我半夜醒来，老四还在唱。

老四有时抛下扬琴，就唱自己随口编词的曲子，那些调调都是现成的，套上就行，老四有本事，就像是莲花落的艺人，能随时把眼前的人物景设，按十三韵十三辙填词，老四唱道：

"天上下雨地平地里（一个劲）流，你把妹妹撂下就上（呀）路。天上下雨地平地里（一个劲）流，你把妹妹闪在半道（呀）口。天有下不完的雨（呀）地有刮不完的（呀）风，我送你，我的小哥哥出门到曹州打短工。天有下不完的雨（呀）地有刮不完的（呀）风，我送你，我的小哥哥出门登路程。走不完的官道爬不完的坡，钢刀再快也割不断你和我，我的四哥哥！"

有一天，我问老四，四哥哥是不是你？老四说，是龟孙，哪有女人爱我？但老四，是很多乡镇人的情感和性启蒙的带头者，老四长得黑，且瘦，背却有点虾，人们背后喊他四虾米。他听我问他就又清了一下嗓子，随口吐了一口唾沫，用手背擦一下嘴。又接着唱："白天思你出不了工，到黑夜我想你吹不灭灯；白天思你盼横横（后响），到黑夜我想你肚子疼；白天思你平地里爬，到黑夜我想你没办法。白天里思你抱枕头，黑夜里咬破枕头是脑油。"

我说，老四，这是不是信天游？老四笑了，什么信天游，我是瞎胡游。

有时白天放学，我也走进老四满是烟味、尿骚味、酒味的屋子，那屋子很黑，只有一张床，床下放着架扬琴，扬琴的琴盒和琴架，满是污垢，老四会唱很多的连本的大戏，老四说他们到了河西，总是在人家的村头打麦场唱，其实在唱连本前，常有很多的小段，叫书帽，我喜欢老四像绕口令一样的"小黑驴"，那地道的鲁西南方言，如机枪扫射，也如北风裹着雪粒子，往人的耳轮里灌："说黑驴来道黑驴，小黑驴长得有意思。白眼圈白嘴唇花脊梁骨白肚皮儿，紧衬四只粉白蹄儿。花鞍子儿铜凳子儿，檀香木刻了个驴坐子儿。皮笼套钢蹶子儿，五色绒线大鞍子，上搭印花小铺底儿，坐着个二八的俏佳人儿。"人们一听唱到了俏佳人，那些光棍汉和情窦未开的男男女女，浑身像起了疹子，摇摇晃晃，颠颠倒倒，这是乡村版的一顾倾城、再顾倾国的民间想象的佳人，这佳人，就是乡镇年下大集上红红绿绿的木刻板的美人，这乡镇的美人，不冷，不酸，还有着风情或者有挑逗，或者放荡，有很多的诱惑："只见她好头发明细丝儿，鼓对对的鸭尾子儿，金簪子儿银簪子儿，玛瑙簪子玉簪子儿，脸皮白搽官粉儿，嘴唇红点胭脂儿，杏子眼浸秋水儿，紧衬着弯弯正正两道眉儿。樱桃小口牙似玉说句话似露不露的玉齿牙根儿。胳膊弯白又嫩，就好像白莲藕瓜洗掉泥儿。金镯子银镯子儿，满把戒指明新新儿。贴脖套了一个白领褂，外套水红绸衫子儿，镶领子滚大襟儿，圆袖口捏褶子儿。蝴蝶扑花的扣鼻子。腰里头束裙子儿缎子飘带打穗子儿，前后又绣着四笔古人儿。绣一老来绣啊绣一少，绣一武来绣啊绣一文儿。老的是老寿星八百八载，少的是少甘君十二奉君儿。武的是伍子胥临潼斗宝，文的是山东曲阜孔啊孔圣人儿。穿一条红绸裤颜色娇嫩，扎一条绿线带上织线襟。三尺蓝绫把脚裹，红缎子小鞋实实的跟儿。打包边绣蜜蜂儿，支棱着膀蹬着个腿，直瞪着两眼偷看人儿。"

唱到这里，人们就问，她偷看谁？那当然是小佳人催驴走过去，打后边嘚驾！赶车赶来一个小女婿。

老四，心目中就想做成个小女婿啊。

三

多年后，在我知道十六岁的少年卡尔的故事时，我想象我少年时代，偷听邓丽君歌声的万幸，当时那广播上，曾播出有寄送信件的联系方式：香港九龙弥敦道××号……

当我读到了卡尔的故事，我的心头还满是战栗，虽然过去多年。有一年暑假，我和朋友到香港，我们住在轩尼诗道，在游览的时候，我看到了那个多次听到的一个寄信的街道：弥敦道。

这就是我差点寄信的地方啊，那些老旧的房子，哪间曾是收信的房间呢？"弥敦道，弥敦道"，朋友见我这样兴奋，一脸迷茫，在兰桂坊喝酒的时候，我告诉了她，弥敦道，曾是我少年的秘密。

我说，少年的夜里，无法抵御无法拒绝的歌声，是连着一个叫弥敦道的地方的，那种声音塑造了我的耳朵，占领了我的耳朵，那是陌生的，又是新异的一种旋律和符号，有别于当时的话语形态和旋律，这是另一个世界，从这外界的声音里，我知道了自己所处的逼仄，知道了生存的压抑，多少人就是在这样的环境中熬啊熬啊。

当时我感到了悲伤，是心灵的悲伤，也是耳朵的悲伤。但我也是幸运的，是这歌声塑造了我的精神气质，多年后我到了台湾，特意到邓丽君的纪念馆致意。

邓丽君，是最适宜在夜深人静的时候，用耳朵用心灵独自享受的，《独上西楼》的哀怨，《再见，我的爱人》的悱恻和不舍，《你在我梦里》的留恋，在大学的讲台上，在讲述《蒹葭》的时候，我放的影像，一定是邓丽君演唱的《在水一方》，她适合离别，也适合感怀，其实在中国传统文化里濡染的耳朵，谁能经得起邓丽君歌声的揉搓？这是哀而不伤，也是乐而不淫，是深藏的委婉，更是热烈后、受伤后的救治，在我的少年时代，在深夜，她走进了我不识愁滋味的少年的哀愁，是邓丽君塑造了我对女性歌声的渴望。

在我上大学的时候，一次班级的聚会，有同学从外面邀来一个女生，先是跳一支热烈张扬的迪斯科，我以为这只是一具放纵的身体，但随后她唱了一首《我衷心地谢谢你》。只是这一曲，我惊住了，我觉得那歌声里，有邓丽君的精神的底子，也有邓丽君歌曲的神髓，不是甜腻，是里面的感伤，不是翻唱，不是模仿，就是从一个面前活生生的躯体里自然涌起的声音。

那个临近年关的夜里，我一下记住了，像是回到我的少年岁月，那飘浮在深夜的直直撞击我灵魂的歌声，我一下觉得我离这个精神气质最像邓丽君的青春的躯体这么近。

在数年后的秋深的夜里，在一个县城的图书馆的二楼，我听她唱《月朦胧，鸟朦胧》，那夜也有月，就像在印证这首歌，她弹着吉他，秀发飘逸，月朦胧，鸟朦胧，树朦胧，山朦胧，花朦胧，人朦胧，夜也被歌声和月色在玻璃外笼罩在朦胧里。

小城的梦和鼾声，也是朦胧。

她要回去了，我送她下楼，在一个小巷子，到了她家门口，她迟疑在门口的月色，接着又折返送我到图书馆，我记得很清楚，那夜图书馆的铁栅栏门是关着的，我们两个是翻越的，在月色下。

折折返返。最后，月要下去了，在最后一次送到她门前，我踏月而归。

在鲁西的一个大学的夜深的运动场的看台上，我听一个人唱《执着》。

四

在我初中下午放学后的时间，我常到学校后面的那个长满芦苇的沙河，那里空旷莽荡，绵延的芦苇有几十公里长，数公里宽，顺着河流的蜿蜒到下流去，是在离河道不远的地方，有一个用土堆起的高台，有数十米，那是民兵还有士兵练习打靶的地方，我和小伙伴曾在打靶台的泥土里，用手挖掘埋在土里的子弹头，平时这里少有人，因为这也是执行犯人的刑场。

放学后，我一个人，登上打靶台，心里有时就发紧，这时为了壮胆就大声背诵陈子昂的《登幽州台歌》：

前不见古人，后不见来者。

念天地之悠悠，独怆然而涕下。

那真是应景应时，打靶台莽莽苍苍的芦苇的缨子，全白了，风一起，都是窸窸窣窣的声响，一起一伏，如水流的高低。

就有一次，在打靶台，我约到了老四，当时我疑心是个鬼魂，老四一跳一跳地来到打靶台。后来好多次，我在打靶台看到老四。

其实老四是个古怪的人，在村子里，人们对这些走村串乡的扬琴坠子评书艺人，总是当作不正干的邪性人，不看作老实本分的农民，说这些人机巧。老四有好长时间，到沙河这个堆得像小山一样的打靶台，我都以为他是吊嗓子，后来才知道，他是在活祭。

老四对着打靶台，对着一河几十公里的芦苇在祭奠。

祭谁？祭他自己。

他一会儿是被卧龙吊孝的祭奠对象周瑜周公瑾，一会儿是秦雪梅吊孝的商公子，一会儿是李天宝吊孝的张凤姐，一会儿又是祝英台哭灵的梁兄，一会儿又是大祭桩中黄桂英唱的李公子。他把里面的那些男男女女被祭奠的名字，都当作了现实的自己。我知道。老四也有小肚肠如周公瑾，有时又是痴情的商公子，痴、因情成病；一会儿又是贫穷的李天保，被张家赖婚，谎称未婚妻凤姐得暴病身亡，李天保闻此噩耗后，悲痛欲绝，立即登张府之门，为凤姐吊孝，而老四，唱《大祭桩》里的黄桂英，像是一个坚贞的黄桂英就是生活里的老四，那么有情义，那么重承诺，而敢于叛逆门庭，反抗父权："恼恨爹爹心不正，伤天害理绝人情。李郎虽穷人品正，断然不会害性命。人命大事关系重，你不该借刀杀人送公庭。好心的家院对我禀，三日内苏州要斩奴相公。听一言后悔我恨无穷，李郎为我丧残生。我若还不把那银两送，哪里会惹下这滔天大祸事一宗？思前想后我心悲痛，倒不如随他双双赴幽冥。俺今死，死不明，李郎怪俺负誓盟；俺今死，死不明，李郎怎知我心情？不不不，我要赶上前去，再看他一看。祭他一祭，黄桂英我的主意定，拼上命我要上苏州城！"

我问老四，你为何活祭你自己，老四说，你也可以说我祭的是一头猪一头驴一只狗一只鸡鸭鹅，它们来了走了，陪着人走了一辈子，有谁可怜它们呢，有的看家护院，有的被人食肉寝皮，有的做牛做马，你还不能对人发脾气翻白眼尥蹶子，否则，鞭之烙之锤之烧之，直到你放弃了抵抗，没有了尊严，低眉顺眼，那才是暂时的安稳。但最终还是免不了进入人的肚肠，壮人的体肤，养护人的精神。

老四说人何尝不是如此，太小了，受欺负，老了也被人侮辱，人恓恓惶惶，挣挣扎扎。人其实也是被拴着一条链子的狗，这个狗绳，你看不见，狗的链子是看得见的，人的链子是看不见的，有的能挣脱，大多数挣不脱，等老了，即使那个铁链子断了，又有何用？

我说，老四，你怎么悲悲戚戚，唱个瞎胡游呗。老四对着打靶台，就像陈子昂的《登幽州台歌》，但老四的歌词却不是历史的沧桑，而是生活的火热泼辣，好像在这个秋天里，突然绽开了漫天的杏花和桃花，半天里的烧霞，也是半天空杏花桃花，我也像一下提了气，我像是穿过了一条幽暗的隧道，也如在青纱帐，被遮蔽着，突然有了空阔，有了热烈，走到水穷处，便是云起时，老四，就是那杏花："扳住情人亲上个嘴，肚子里想起的疙瘩化成水。要吃砂糖化成水，要吃冰糖嘴对嘴。砂糖不如冰糖甜，冰糖不如胳膊弯里绵。砂糖冰糖都吃遍，没有三妹子唾沫甜。蛐蛐儿爬在暖炕头叫，哥哥的心口嘣哟嘣地跳。羊羔羔吃奶双膝跪，搂上个亲人没瞌睡。羊羔羔吃奶双膝跪，搂上个亲人没瞌睡。对对母鸽朝南飞，泼上奴命跟你睡。墙头上跑马还嫌低，面对面睡觉还想你。"

多年后，我没有了收音机，也离开了家乡，曾在各地奔波，国内国外，我总是想那些响在暗夜的喉咙与歌声，最后，我想以我奔波路途里的一个小憩，一个有月、有歌声的场景来结束我的文字。那是我坐火车，去鲁西的一个叫东昌府的小城去看朋友，到了她那里，已是夜里十点，我们坐在一个运动场的看台上，边说话，边等待月亮，那是农历的下半月，等月亮出来，都是夜里十点以后。

在等月亮的时候，朋友唱起了一支歌，就是《执着》："每个夜晚来临的时候／孤独总在我左右／每个黄昏心跳的等候／是我无限的温柔／每次面对你的时候／不敢看你的双眸／在我温柔的笑容背后 有多少泪水哀愁。"

这是我第一次听这支歌，我和朋友都没有说话，我张开自己的耳朵，激动而安静的耳朵，她低沉地唱着，嘴张得很小，但气息坚定，那些词句，化成一个个的小锤子敲击着我，看台很高，看台下的平房的屋顶、树木、道路、自行车，还有人家围起来种的菜，都在歌声里。我和朋友坐着，等月亮，用暗夜的歌等待着月亮。

在歌声终了的时候，月亮来了，再看台上的天空，月亮好像伸手可及，我觉得，为了这月亮，我们的一切都值得等下去。

这暗伤，无处可达

　　我居住的那个小城，延续了古时结社的乡习。上端坐有一个师傅，师傅手下徒弟遍布城乡。一人有事，牵一发动全身。我到小城求学，后留校任职。就有人好心问我，入门么？拜哪个师傅？

　　入门在这里即是入江湖，没人敢再欺负你，好办事。

　　这地方古称曹州，历来是出响马的地方，古有黄巢、宋江，多的是勇武男人，历代官府知道草民如水，上善若水，用的时候载人，下善也是水，浪的时候邪的时候翻船。近世以来，这里习武成风，有大洪拳、二洪拳、梅花拳、佛汉拳等几十种，像杀洋人传教士的巨野教案、《老残游记》里写的毓贤先镇压后收买的大刀会、红枪会都是这里民风彪悍的显现。

　　我曾跟一个同学，到一个师傅家。同学说，师傅正收徒弟，让我开开眼。师傅有五十多岁，很热情，当时就把大师兄等几个入门早的徒弟喊来，那大师兄是拖拉机厂的，他主持了当天的入门仪式。

在拜师仪式的酒席上，知道我是大学老师，师傅就喊我贴着他坐，这在小城，就是师傅高看，给你的面子。

那是冬天，手捧热酒，我坐在师傅和数十位徒弟之间，恍惚时间倒流了千年。

师傅练习的是梅花拳，又曾到嵩山少林、武当道观，以及福建泉州、河北沧州等访师访拳拜友会友。我同学说，师傅的功夫好，从不外露。那天，我开了眼，师傅端的坐在枣木圈椅上，让十几个徒弟一起上，看是否能撼动师傅的椅子。师傅笑呵呵地坐在那里，手里端着一杯茶，那杯子里的茶，纹丝不动。徒弟们筋疲力尽。这时，师傅喝了一口茶，我们只听见呼噜噜茶水在喉咙响，接着，师傅的口微微张开，噘成圆弧，嗖的一声，只见一道白线，从徒弟的肩上穿过，然后越过房门，射入院子里的一棵枣树上。

我们都激动地起身去看枣树。冬天里，铸铁似的枣树，中间被茶水洞穿了一个圆圆的如枪口的眼子，茶水从树的另一端出来了。

喝酒喝酒。冬天，菜一上来，就马上凉了，接着上的是铜火锅，但大家没心思吃菜，咣咣，举起的都是三两三的杯子。

头三杯穿肠而过，身上暖和多了，这时大家不再拘束，拜师时候的庄重被家常话代替，除掉师傅，大家都兄弟哥地叫起来，热乎得很。

新入门的徒弟先给师傅敬酒，猝不及防的，我竟然是第二个被敬酒的。其中一个徒弟说，我师傅喜欢有学问的人。你是当老师的，入门吧，师傅可爱惜人才了。

说着，就把三两三的杯子双手端到我眉前。

我已经一斤白酒下肚了，那是高度的衡水老白干，敬的酒不能不接，我接到手，脸有胆怯。只听那徒弟说："真兄弟么，要是真兄弟，就喝！"我不能不喝，于是一饮而尽，大家高兴了。真兄弟，真兄弟。如此这般，我不知喝了几个。最后，我也学着样子，给师傅敬酒，师傅象征性地沾一下唇，我当时还不知，给长辈敬酒，要先干为敬。

那些徒弟们嚷着，兄弟，你先干了，师傅沾一下唇就可。

到得天黑，散场了，我竟然头脑还清醒，同学说我酒量大，我说，我是怕。在那次酒桌上，喝到半下午，虽是冬天，几个徒弟就喝酒喝得脱了毛衣、棉袄，光着膀子，那膀子上文着张牙舞爪的怪兽。我想起浪子燕青的文身，怕不是这些怪兽，因李师师爱惜不已。

后来同学问我，怎样，想入门不？我没有答应。我说，有你呢，谁欺负我，你找师傅。

但我想在城里扎根的心，是很盛的。

我就是一粒种子，被风从乡村的庄稼上吹到城里，这里很少有泥土，那些水泥、钢筋，得是多么硬的种子才能扎下根须啊。

同学的比喻更绝，他说，乡下的人就是一个蛆，在城里找漏缝，只要是有一点空间，就能活。

在这庸常的人世，能混进城里，是一个家族的荣光，我就如一个土地的徽章，被家人炫耀着，留在城里。留在大学，给书记做秘书。

老家的人，都知道我们的书记，那书记原先在我们县做过县委书记，那可是几十万人仰慕的官员。

第二年的夏季，正是暑假，我和一个高中同学回老家看黄河，中途车祸，躺在医院多日，出院后在学校养伤。

村里的支书来了，相约本家的堂叔、大堂哥几人。

支书见面寒暄，接着就说，以后是城里人了，不能像掏火似的冒冒失失，要压着步子，要会揣摩，先把自己头上的高粱花子弄掉。

我羞愧地笑了。

我知道，我的头上是顶着土气、高粱花子气味的。我的胃底层还是红薯打下的，打嗝冒出的不是城里大米的味道、鱼肉的味道，还是红薯，还是青菜萝卜。

这个小城，也有自己的味，那是飘浮在大小街道的气味，那是酒与羊肉汤、九转大肠和红烧黄河鲤鱼的味道。

这个小城热情，不欺负外乡人，但也保守，抱团儿，你要是不和他们拼死喝醉一次，你永远融不进这个圈子。它离黄河不到五十里，冬天一派黄沙，一刮黄风，满嘴都是牙碜的沙子。这小城有七十二条街道，什么考棚街、府前街、石人街、双井街，还有七十二眼井，这井，因为有了自来水的缘故，大都填死。

我所在的一所大学，在城外护城堤下，附近是村庄和菜地，那里的气味，最刺鼻的是春天，那些菜农晒大粪的味道。

从城里一条土路，弯弯曲曲，穿过干休所、荣军疗养院、三里店、曹堤口、田庄，才到学校。

当时没有出租车，从城里来的人们大都坐人力三轮，我们的村支书和堂叔堂哥，硬是背着一堆土特产，从汽车站走八里地来到筒子楼里我的一间宿舍。

支书说："哎呀，秘书就住这儿？还不如我们农村的牛屋。"

我笑笑。

上午留他们吃饭，开了几个罐头，午餐肉、沙丁鱼、水蜜桃、马蹄，用吃饭的碗喝酒。支书状态微醺，说我们的书记水平高，在全县三级干部会上，连讲三天都不看稿。要我好好学着点。

最后，支书说："这次带的特产多，给老书记一袋子花生，你就说，是什集产的，那是沙土窝里的花生，个大，香，都是四个豆的，生吃能补血小板。"

他听书记说有个习惯，晚上办公的时候，手里捏着焦花生吃，特精神，有灵感。

支书要我晚上就送给书记，这下犯难了，书记不在学校住，在道碑街的地委家属院住。

第二天，我骑着单车到地委家属院去，别人无论是步行，还是骑着自行车，都大模大样随便进出，我刚走到门口，车子就被拦下，门岗一副怀疑的目光，问我找谁？

我解释了一通，门岗打电话，折腾了很久，我才进了门。

当时很沮丧，我脸上刻着字吗？

真是的，即使在学校，门岗也几乎天天盘问我。在我写这篇文章的时候，我早已离开了故乡，受聘于暨南大学珠海校区，每次进门，还是遭盘问，非等我把包里的课本和教案拿出才放行。最搞笑的是期末考试时，在校门口又截获我，盘问这盘问那，我把试卷一摔，考试呢，你说叫过不叫过？

我昨天去上课盘问，今天来考试还盘问，真是招鬼了。

我真怀疑，我的脸上是刻着字，那四个字分明是高粱花子。记得聂绀弩先生写林冲：男儿脸刻黄金印，一笑心轻白虎堂。这诗是浩气干云，但黄金印，是红字一样的符号，是宋代的刑罚，就是古代黥刑。黄金印刺痛的不仅是肉体，更是蚀骨的精神羞辱。这羞辱会带一辈子，这是一种精神的毁容，即使死了，刻字还在，蹲在精神伤痕的深处。

在小城住久了，就了解了这个小城，它是黄壤深处的平原城市，离开封不到百公里，离曲阜不到一百五十公里，是中原的腹地，整天慢吞吞，除了喝酒是急事，其他都可放一放，缓一缓。街头自行车撞自行车了，头一句准是："抢啥？抢孝帽子？"

这里的人情重，是因为空闲多，大家都像蜘蛛一样织网，有能力的织大网，能耐小的织小网，家庭的，单位的，亲戚的，同学的，同事的，相好的，熟人的，战友的，老乡的。一层一层，这网的支点是家，往外放射，就像街道，东联西扯，南通北达。

但洗不掉的土气，不管走到哪儿，都有。几十年，我的脸上都刻着字。

一次中秋节前，学校的小伙房为老师弄了一些烧鸡。请城里黄家烧鸡传人做的。我到了食堂，要买烧鸡，伙房的师傅问我是哪个单位的？我说办公室的。

"你是办公室的？"

伙房师傅很怀疑，眼光看我像冒充的。

"新来的吧？"

我说："来一年了。"

他说："烧鸡卖完了。我明明看见那案板的大盆里还摆放着很多的烧鸡。"

我说："那不是吗？"

伙房师傅说："那是给人留的。"

我的脸上有字吗？办公室在学校本来是光棍儿单位，我却感到了屈辱，他娘的，不吃也得争这口气。我到街上，买了三只用蓖麻叶包着的正宗的黄家烧鸡。

那天晚上，我看到伙房的师傅提着烧鸡，给某个领导送去。

也许，我的骨子里叛逆，见人点头哈腰，低三下四的活儿干不来，在办公室写了两年材料，不想继续操练，不想皮笑肉不笑，于是自我放逐，要求到系里去教课。

到系里报到的第一天，我坐在办公室翻杂志，想借机熟悉一下环境，一个教授上完课，在办公室休息，他把一个泡茶叶的大保温杯递给我，小厮，给我续上水。

我本来是笑着接过他杯子的，他是长者，是古代文学的权威，近六十的模样，吟诗打对，举止做派有古名士风，衣着极讲究，唐装式样的纺绸装扮，衣袂飘飘，翻书就跷兰花指，额头开阔，天庭饱满，地阁方圆。教授迈步很讲究，方步，有学霸的气度。

小厮？我一惊，是否是教授幽默？其实，我错了，他把我当成一个外来者在系里办事的人，或者就是一个未成熟的头顶土气的刚毕业的学生。

我都毕业两年了，我的脸上真有字？身上的土性，就该被嘲笑被侮辱？

我知道，我身上也藏有狼性，但这狼性呢？难道就自我磨损，蜕变成驯化的狗？但即使是狗，也有未完全退化的狼性，老家的人讲，不叫的狗咬人，它瞅准机会，上去就是一口，下死嘴，把对方咬得鲜血淋漓，甚至露出白森森的骨头碴。

狼是在田野里游荡的，狗是在家的。我在这个小城立住脚，要有狼性和狗性。

也许，很多人看出我的眼睛犀利得有点怕人，虽然常常是笑嘻嘻的狗脸，但我常常在夜间的操场上，向着遥远空茫的星空仰望。我是在练习眼睛的穿透力，虽然，我近视眼，那时戴着五百度的眼镜。

戴着眼镜，如果是个农民在锄地是滑稽的，但在城里，我戴着眼镜，人们还是能看出我脸上的土气。

我在宿舍里学着教授迈方步，目视前方，不正眼看人，只用余光，那余光一扫，让对方明白在看他，不可过度；和人握手寒暄，那手不可发力，只是蜻蜓点水，轻轻一触。

我想着，我要把我的胃洗净，把那里的草洗净，我买了很多书，《存在与时间》《鼠疫》《城堡》《梦的解析》，坐拥书城，想变化气质，记得那年冬天在图书馆读里尔克传记，忽然读到：

谁此时没有房子，就不必建造，

谁此时孤独，就永远孤独。

我的泪一下出来，我当时在城里还没有立住脚，和别人合住一间宿舍，那我是否真的孤独一世？我的小命就真如红薯地瓜萝卜，在泥土里趴着，一生一世，永远上不了正桌，做不了大餐？但读着读着，我佩服得五体投地的是《杜依诺哀歌》，那些在城市沉沦溃烂的女人。

……连你们也知道，少女们，即使看来

一无所有的你们在沉没——，你们在城市

最邪恶的街巷里溃烂着，或者公开成为

垃圾。因为每人都有一小时，也许不是

完整的一小时，而是两个片刻之间几乎不可

以时间尺度来测量的刹那，那时她也有

一个生存。一切。充满生存的血管。

城市不比乡村，城市不相信眼泪，那水泥冷冰冰，但我明白，就一句，"有何胜利可言？挺住意味着一切"，里尔克注定就是我的精神导师。

但是让你挺住的不只是像一粒种子在城里扎根，因为这种子，是从乡村的穗子上结下的籽粒，与乡村打断骨头连着筋。

一天，系办公室的人在我宿舍楼下喊我接电话。那个时代，没有私人电话，一个中文系，只是办公室才有部电话，还被主任用一个小匣子锁着，打电话要主任写条子同意。

电话是老家的人通过邮局的人工转接过来的。电话那边，一个嘶哑的声音，有点熟悉，有点陌生——二外甥不？二外甥不？我是你二舅。

二舅？

我紧张了，二舅是一个乡村的政治教师，平时好喝酒，有时喝酒，就忘记回家的路，一喝晕，就讲国际国内形势，脸红耳赤。

二舅说："我也没啥事，快种麦子了，你在城里给我弄几袋子美国二胺……"

"嗯嗯嗯。"我答应着，最要命的是，二舅说："你表兄弟要订婚，女方要房子要彩礼，你给拿点钱?"

我说："多少?"

二舅说："大头也不让你拿，我还缺三千。"

三千? 我一听，直冒虚汗。当时，我还是一个助教，工资三十八元五角，三千，就是盖一处院子的钱啊。

我说："二舅，还能少点不?"

"少啥少，你在城里认的人多，借，别怕，你借的钱，我还。"

二舅和我母亲从小相依为命，他小学初中在我们镇子上，就住在我们家，我考高中的时候，二舅曾帮忙，骑着自行车带着我到县教育局找人。

我说："我想想法子，能少点不?"

二舅很干脆："少点行，两千可不能少了，再少，你二舅就去卖血。"

两千，我五年不吃不喝不买书不谈恋爱，也不够，没有这两千，我表弟娶媳妇的事要是黄了，二舅会记恨我一辈子，我要拿这两千，我的恋爱离黄也差不多了。

隔了三天，办公室的人喊我接电话，二舅问我咋样了，我说才打兑了五百。

隔了八天，办公室的人，又喊我接电话，二舅问我咋样了，我说才打兑了八百。

到了一个月，二舅的电话烦了，笨死你吧，在城里咋混的？一个月，我才给二舅打兑了一千块钱。

而后，办公室的人烦了，就你的电话多。我点头哈腰，说："对不起。"

在城里，不是看病住院缺钱了，就是摩托撞人了，或者，就是到城里会亲家，双方孩子见面逛百货楼买衣服送彩礼，缺钱了，或者晌午了，几个人到了单位，要你管饭管酒。

老家离我所在的师专，只四十五华里，自行车只一个多钟头。

那些年，我真狼狈不堪，后来结婚生子，一家三口才弄到筒子楼最里面的一间屋子，二楼，白天不开灯，就如进入了煤矿的矿洞。

压力大，工资低，孩子学走路的时候，开始还正常，后来走着走着就歪斜，怀疑是小儿麻痹症，孩子一哭，妻子也跟着流泪。我还要备课上课，还要写论文，哪里能安放一个书桌。就在床上或窗台上，将就着完成课业。

于是就失眠，于是鼻子就出血，往往是半夜睡着，就觉得鼻子一热，我就对妻子说，鼻子冒血了，拿棉花。

有时在课堂上，或是做讲座的时候，那鼻血也会喷涌而出。

我完全不把鼻子出血当回事，我安慰妻子，等评上教授就好了。

学校小操场的西边，有一个独立的小院，原本是幼儿园，有七间平房，还有门楼，厕所，并且配有电话，冬天有暖气，种着竹子，还有西府海棠，一切都透出学问的价值，每当清晨，这家的保姆就帮着送孩子上学，然后买菜——那是我们学校的特聘教授待遇。

我给妻子说，一切会有的，面包会有的，牛肉会有的。那小院，也不是天生的，也不是父母撒下的过活。

就巧了，这个教授本来有一个讲座在阶梯教室，名字叫《漫话红楼》，但他被抽走到省里参加一个会，让我临时补场。《漫话红楼》是教授的保留题目，每年新生到校后，教授都会拿《漫话红楼》熏陶、陶冶学生的品位，教授令人瞠目结舌的是能背诵《红楼梦》的各个段落，我每次听讲座，教授都是背诵《红楼梦》第三十二回，宝玉在黛玉背后替其"挣口袋"来反驳袭人的所谓"混账话"，黛玉背地亲耳听切，倍感交接之人确是知心，"不觉又喜又惊，又悲又叹"。

每当教授背诵起这段，台下都是掌声雷动，教授也很享受掌声，眯起眼，点起一支烟，如坐云端。

主任问我，你来这次讲座行不？我潜藏的狼性被激起来，狼是嗜血的。

行！

主任说，教授没讲义，只是在烟盒上有几个字提示，常是袖手而谈，既天马行空，又击中鹄的。但主任是厚道人，说，新生刚来，还没入门，你随意发挥，一千个读者有一千个《红楼梦》。只要你不讲成《水浒传》就成。

那是阶梯教室，黑压压的有五六百人，闹闹嚷嚷，学生看我年轻，先是吃惊，接着起哄，我笑了，说，先试听十分钟，不行就退货。

我记得，当时我们支书来看我时说的话，你一登场子，你就是爹，下面都是蛤蟆蝌蚪，都张着嘴，等着听得流口水呢。

我站着开讲，先讲女人是水做的，黛玉就是世间最水的女子，通体水灵剔透，然后用自己的水还债，还前世的宿债，泪尽即水枯而亡；再讲妙玉，冰冷的袈裟下，难掩一颗跃动的春心。

讲到这些，学生安静了，然后我更是纵横开阖，随意发挥，一个半小时，鸦雀无声，最后，我也使出杀手锏，也袖手背诵《红楼梦》，但我只会那一段《好了歌》注解。

尽管如此，一背诵完毕，阶梯教室哗地就如大河决堤，我摆摆手，曰：雕虫小技耳。这次讲座，就是我等的机会。整个讲座过程，我只在黑板上写下自己的姓名。最后我告诫大家亲近经典，在学校打下人文精神的底子，大学，是人文精神最关键的成长期，离开人文精神的养育，我们培养的只是一个没有温度、没有情怀的机器，是空心人。人文精神不是人文知识，知识是死的，是外在的，而精神是根植你思想和行动的东西，人文精神在人文知识之上，是对人的关怀，对物的慈悲，是"民吾同胞，物吾与也"。

天到黄昏，同学们还大睁着眼睛，一个个脖子像提着的鸭子的脖子……结束了结束了，最后结束在同学雷鸣般的掌声里。

讲座结束，那些同学哗啦一下围上来，有要求签名的，有问问题的，老师，宝玉是水做的，还是泥做的？我说是水泥做的，学生哄堂大笑。

第二天在上课的路上，一个女生截住我，说叫洪白，喜欢我的讲座，这女生娇小玲珑，眼睛很大，睫毛很长，如一匹林间小鹿。

她问了一个问题："老师，你的眼睛为啥那么亮，是不是也是水做的？"

我说："是泔水做的，哪有那么清澈？"

但缠人的是老家的那些事，鸡毛蒜皮，琐琐碎碎，使我快要窒息，一听老家的电话，就头皮发炸，真想耸身一摇，把一切摆脱。

失眠，鼻子流血。

我想算了，还不如回农村，在农村也不会有这么多的事。但想到父亲砸锅卖铁供我读书，就感觉，想回农村轻松的念头是一种罪恶。

你必须做一个楔子，断了，也楔进城市的水泥里。

我想到了"师傅"，干脆入门，找一个庇护，大家抱团取暖。

那片土地上轻易走不出一个人，走出一个人，七大姑子八大姨，都感到脸上荣光，在春节或中秋，各家亲戚走动的时候，都会谈起，都会说，咱现在在城里也有混事的。好像这样一说，在乡村就高人一等，再不受欺负。

在冬天的一个下午，我正在阅览室查阅资料，突然，学校的高音喇叭喊我的名字："成子老师，成子老师，通知，通知。你娘在校保安亭，在校保安亭，请你速去，请你速去。"

我母亲看天冷，北风越来越大，要下雪了，在集市上称了几斤棉花，给我套了一床被子，自己坐车送来了，从汽车站到学校，母亲还是小脚。走着走着就迷路了，嘴里说，我找成子，我找成子，我是他娘。

一个好心的三轮车把她送到学校。娘坐在保安亭里，见到我，哭了。

我说："咋了？"

娘颠三倒四："我以为这辈子见不到你了。"

我说："这不好好的吗？"

娘说："昨晚，我梦见你鼻子冒血，淌了一洗脸盆。"

我哭笑不得，把那新棉花被子扛起，拉着母亲走了。当时校园里，很多学生围观，我看见了洪白，她惊讶地看着我。

但我却为自己的无力而感到羞耻，在困难的时候，我时时想做那土地的逃兵。其实我的狼性还不够，我还没有咬断我和那片土地的脐带。

就有一日，我狠心做了一次狼。

上午两节课结束，我回家。在一楼的门口，见到了两个脸色黧黑的老家人，一个老年，一个少年。那个老家人，我认得，是父亲的表弟，是父亲舅舅的儿子，鳏夫。他们蹲在楼道口，一个低头吸烟，一个举头张望。

我近了，表叔问："你认得耿立不?"

我知道，多年了，他早已不认识我。我回答："耿立，听说过，他不在这楼上住。"

表叔说："在这个楼，刚才去他家了，那个小外甥说他爸爸上课去了。我们在这等吧。"

我上楼，进家。儿子告诉我，老家来亲戚啦。我对儿子说："老家来人没好事，不是借钱，就是求人，我们本来在城里还没有挣下脸，都叫老家的人给丢尽了。"

我说："关上门，一会儿人要敲门，你就说，爸爸没回来，他要开门，你就说，爸爸不在家，不给外人开门。"

果然，一会儿表叔就敲门了，儿子按我吩咐的说，爸爸没回来。

天到中午，我给儿子说："下楼看看那两个人走了么。"

儿子回来，说："没走。"我也就一直憋在家里。

一直到下午，表叔还在楼下等。天快黑了，他们觉得没希望了，我从窗口看到他们失望地走了。我长出了一口气。

但随即，我知道，这是无法向死去的父亲交代的。父亲活着的时候，表叔到我们所在的镇子赶集，会给他三块五块的钱，逢年过节，表叔也提着二斤果子看望他的表哥，有一年，我回家，还曾陪他吃过一次饭。

父亲说："表叔是苦命人，出生时，家就败了，从小没享过一天福，长大了，连个媳妇也没娶上。"父亲伤感，父亲的姥娘门上要绝户了。父亲说："他走后，要我们善待表叔。"

过了一段时间，母亲来了，我告诉母亲，表叔来了。娘问我："管饭了吗？他来有事吗？"

当时母亲快八十了，父亲去世也近十年，母亲说："没有了你父亲，你表叔逢年过节，还是提着二斤果子，说来看看老嫂子……"表叔走的时候，母亲把表叔带的二斤果子都给表叔带走，另外再给他两瓶酒，说，"这是你表侄从城里捎来的。"然后再给表叔五块钱。

对母亲的问话，我不知如何回答，我怕母亲发怒，我说："我出差了，过后邻居告诉我表叔来了。"

母亲嗯了一声："你表叔是苦命人，一辈子没被人看得起过。"

我想着母亲的话，不敢直视母亲的眼睛；我想辩解，在这个城市，我的艰难，但乡间的亲戚朋友不艰难能到城里低三下四地找人吗？一个人抱持着希望到了城里，吃了闭门羹吃了白眼。我不敢看那些忧惧的眼神，那些焦灼的眼神，那是能把我烫化的眼神。

我想，是不是该到师傅那里去，看一下师傅，入不入门，听一下在小城的生存智慧。师傅是能替我摆平事的人，他一直说，他家的门时刻对我敞着，想什么时候来，就什么时候来。

在我做《漫话红楼》后的冬日，洪白邀请我去城里牡丹剧院看一个话剧，她家在城里，有人送她家几张话剧票，那话剧是《阮玲玉》。话剧散了，洪白要回学校，说："正好可以同行。"彼时，月亮也爬上剧院的楼顶。当时我们是各自骑着单车从剧场回学校，月亮很白，洪白说："从护城堤上过，回学校是近路。今夜的月，那么白，不到堤上顺道赏月，就辜负今夜的月。"

初冬的银白的月光下，护城堤如眉线只是淡淡的一痕，堤下的河沟，水还未结冰，也是银银的，我们不说话，好像谁说话，就坏了月光的规矩。

只是这时间才是很短的一瞬，几个号称联防队员的人不知从哪冒出来了。

半夜了，孤男寡女干什么？其实那时的时间，才是夜里九点。

这是路啊，回学校啊。

回学校？几个人就截下了我们的自行车。

几个人竟抢洪白的自行车，把她车把上挂着的一包食品也抢走了。

"放下车子！欺负女性是什么曹州的好汉！我跟你们走。

请尊重女性!"

所谓联防队的这些人死活不应。我忽然想起了师傅。我说:"我是李师傅的徒弟,你们看着办,我也是入门的,也是道上的兄弟。"

只这一句话,联防队员绵头了,不再吓唬恐吓,把洪白的自行车丢下,拿着那包食物走了。

洪白哭了,只一刹那间,月光还是月光,但是换了人间,换了心情。我们一言不发,这个惊魂不定的月夜。

第二天天明,我到了师傅家,师傅正在客厅喝茶,我把昨晚的事给师傅一说。

师傅笑了:"谁穿开裆裤的时候没有几件荒唐事?哈哈哈,你在这里陪我吃早餐,等会儿包就有人送来。"

果然,一会儿,昨晚的那个联防队里的一个头儿,拿着包来了。进门就喊,师爷,我把师叔的包送来了。

我站起身尴尬地笑笑。

"师叔,别介意,大水冲了龙王庙。没事,以后那片地方是咱的地盘,挂几个马子算啥?"

"瞎说!"师傅当头棒喝。师傅对我说,"这些孩子没什么学问,一肚子青菜屎,你别介意。"

师傅叫那联防队员坐下,说给我赔个不是,别吓着那个女孩子。

回到学校,我见了洪白,告诉她师傅的话,盗亦有道。

以后,洪白见我就躲开了。我在她的眼睛里,看到了那夜堤上的月光，冷凛如霜冻。

　　我想着，高粱花，在月光里是不长的……

暗夜里的灯盏烛光

　　曾多次到曲阜拜谒孔子，总有一种朝圣的味道，我知道一句话：斯文在兹。

　　我常常为那些虔诚的朝圣者的至诚所感动。

　　每次到孔庙孔林我都是在早晨或者黄昏，为的是在静寂中，表达自己的一种虔敬，怕啸扰扰乱自己，也怕嘈杂惊扰了沉睡的夫子的灵魂。

　　人们说孔庙在建筑上可以和北京故宫的太和殿比肩，但它雄伟的建筑和石雕精美的绝伦并不能撼动我，另有一种大音希声的精神笼罩着我，使我艰于呼吸，就像自己想和一种恩遇邂逅，那巨大震撼的幸福突然降临，我无法用语言描写那份感动。

　　孔庙始建于公元前四百七十八年，孔子去世的第二年，鲁哀公便将孔子生前居室改建为庙，"岁时奉祀"。那以后的帝王们踵事增华，像一个接一个地比赛孝敬，不断地对祭祀孔子的庙堂进行规划、设计、扩建，到了明、清两代便有了现在的模样，孔庙纵长六百米，宽一百四十五米，前后有八进庭院，殿、堂、廊、庑等建筑共六百二十余间。前三进都是遍植柏树的庭园，第四进为奎文阁建筑组，第五进为碑亭院，第六、第七进为孔庙主要建筑区，第八进为后院。孔庙占地近十公顷，相当于十四个标准足球场大。

如一篇文章有起承转合，那孔庙前三进就是起的部分，布置有金声玉振牌坊、石桥、棂星门、圣时门、弘道门和大中门，这是孔庙的前奏。它用横向的墙垣，把纵深的空间分隔成大小不同的院落。各院落内古柏葱翠。自大中门起才是孔庙本身，平面长方形，周围有院墙，四角有角楼，仿宫禁制度。自大中门入内经同文门，为一座两层楼阁——奎文阁。阁高二十四点七米，是孔庙的藏书楼，建于明弘治十七年（1504 年）。

奎文阁至大成门之间为碑亭院落。其中隔一横街，东、西有两侧门，东称毓粹门，西称观德门。道路两旁，左右对称地布置有历代帝王所立的石碑和碑亭。碑亭共十三座，皆重檐高阁，形体宏大，金、元各一座，余为明清所建。

进入大成门即为孔庙的主要建筑区，包括大成殿、寝殿、圣迹殿以及两侧的东庑、西庑等。这部分的规模布局，明代以前已经形成，明中叶曾改建，清代又加修建。这就如文章的承接，是华彩的部分。

大成殿是供奉孔子的大殿，正中供祀孔子像，两侧配祀颜回、曾参、孟轲等十二哲像。殿始建于宋天禧元年（1017年），明重建，清雍正二年（1724年）再建成现状。殿面宽九间，进深五间，重檐歇山顶，覆黄色琉璃瓦。殿建在两层石砌高台上，规制相当于故宫保和殿。据记载，大殿高七丈八尺六寸，阔十有四丈二尺七寸，深七丈九尺五寸；实测尺寸为：殿内地面至正脊上皮二十四点八米，面阔四十五点七八米，进深二十四点八九米。殿的外檐柱都用石料琢成，为明代遗物。正面十根石柱刻有蟠龙，上下两龙对翔戏珠。柱脚一周刻假山石图样，山石下刻莲瓣一周。再下为柱础皆刻重层宝装覆莲，所有雕刻意态浑朴。殿内柱用楠木；天花错金装龙；彩画五色间金，富丽堂皇；中央藻井蟠龙含珠，如太和殿形制。

大成殿前露台宽阔，为祭祀时舞乐之处。殿前相传是孔子讲学的所在，建有"杏坛"亭，周围保留了年代久远的柏树，环境安静肃穆。大成殿后为寝殿，供奉孔子夫人。两侧庑殿则祀奉孔门弟子及历代先贤名儒的牌位。再后为圣迹殿，明万历二十年（1592年）建，现存仍为原物，殿中有孔子周游列国的线刻石画一百二十幅。

在孔庙穿行，与其说是在空间移动，不如说孔庙给我们一个走进历史穿越历史的纵深，她给了我们一次亲近历史触摸历史呼吸的机会。那些老的砖瓦，柏树，那些石头和窗棂，都弥漫着宋明清的气息，这是雕塑的云集也是书法的云集，是能工巧匠的集合，也是古代艺术的竞技场，那些绝美的构图，那些浮雕，那些飞禽走兽，或卧或坐，或飞或翔，或双戏，或单飞，多姿多态，各有神妙。

这是一份历史的感动，你穿行在那些从汉代到民国的碑林中，你抚摸一下那汉柏树的遒劲，你像已经触摸到了汉朝，也许这柏树康熙摸过乾隆摸过，历史记载，汉高祖、东汉光武帝、唐高宗、唐玄宗、宋真宗以及清圣祖康熙、高宗乾隆等都曾驾临曲阜，祭祀孔子。其中乾隆帝曾八次到曲阜祭祀孔子，更有甚者，他还在曲阜的古泮池边竖立了一块自己手书的"检讨"碑，以揭示自己读书不细，想当然的过错。碑上写道："甚矣，读书之忌粗疏浮过，不沉潜深造，博综详考，执一为是，譬为禾者，鲁莽耕而鲁莽获，确乎其弗可也。"其实对照现在，很少有领导人承担责任，更不用说下罪己诏。

由于这些年沉浸在书法里，我知道所说的"魏碑第一"的张猛龙碑就在孔林内，有次当我亲眼看到这碑的时候，我通过那些沧桑，看到了千年前马背民族的铁骑正飒然而过，那是北朝的实物，那种大气磅礴绝非宣纸上所能传达的，只有经历风雨的石头才留下那风雨的剥蚀与韵律。

现代的游人太张扬，不知道虔敬和肃穆。这个民族怎么了？这样作践自己的精神的来路和自己的文化。你看到现在社会的乱象，你就知道，礼义廉耻的缺失，道德的滑坡，你就会感到孔子被推倒后的悲凉和必然。

收拾人心，这是我一直思考的问题，去年我到贵州龙场驿拜谒王阳明的时候，那是冬日，临近年关，有一种自然的浑茫弥漫四野，人心，怎样收拾如原野奔马无羁堕落的人心？是用制度把那些贪婪和无妄关进笼子，还是呼唤我们民族的良知，在血脉的源头让那些古老的文化的 DNA——那些礼义廉耻，那些道德的品格——重新在我们的血管里涌流？

也许在现代科学还未在这片土地彻底生根的时候，还是先不要拔取我们本来的根脉吧。

是孔子的儒家一脉塑造了我们中国人，这是文化的道德的，也是人格的 DNA，虽然有时这些基因会变异突变，变得连我们自己都搞不清，但是仔细分辨，我们民族记忆的深处，我们的肌肤，我们的言谈咳唾，我们的一举一动，无不有这些因子的影子。

我以为有这四端是儒家给予我们民族精神注入的人类基因图谱里最本质的东西：

一、对国家民族的拳拳不舍的情怀，无论怎样打压，都顽强生存。

二、担当的情怀。

三、仁的呼唤与实践。

四、理想关怀。

儒家虽然被后世统治者拉拢为合作伙伴，但在孔子和孟子时代，却是霉运连连，有志不得申，那是一个山崩地解的时代，是礼崩乐坏的时代，在夫子梦中旭日一般的"吾从周"的周王朝，这时则变得气息奄奄日薄西山，那是公元纪年前六世纪到前五世纪，东周天子的威风再也抖不起来了，只是龟缩在现在洛阳那一小块地方，唉声叹气，靠原来诸侯的残羹冷炙才能过活，那是一个乱得不能再乱的时代，如现在春运时的火车站，到处吵吵嚷嚷到处拳脚到处烽烟四起，人们和周公说再见，和礼乐说分手，即使孔子所处的鲁国，那些如公鸡一样骄傲的贵族倨傲地把国君使唤过来使唤过去，国君成了孙子，后来干脆把鲁君赶跑，撵到齐国去，季氏这个家族，居然在家里光天化日之下用八八六十四个人跳舞，也就是"八佾"，季氏的家庙里的音乐，居然奏的是《雍》，《雍》是"天子穆穆"，这原本是只有天子才能独家享用的舞蹈和音乐，如此的招摇出格，国君和秩序成了尿溺，大有吾取而代之的意味，孔子内心的苦痛和煎熬可想而知，孔子留下了句非常著名的话"是可忍，孰不可忍"。

当时"弑君三十六，灭国五十二"，九鼎乌有踪迹，暴力当道，阴谋变成阳谋，混乱成为主流，理想萎地，瓦釜高鸣，那是一个没有最坏只有更坏的时代，刀光剑影、流血漂橹、杀人盈城、杀人盈野，地上的白骨掩盖了青草与野粟，原野上的夕阳滴下的是如血的颜色和泪水，于是心有不忍的孔子出发了，他怀着满腔的悲愤和理想，"兴灭国，继绝世，举逸民"，他要寻找梦可以实现的地方，他要在大地上复活"郁郁乎文哉"的西周，刀要锋锐必须有石块的砥砺，没有了公理，那就重建一个出来，没有了仁义，那就做给人看，在人欲的废墟上，重塑精神的高标。

狄更斯的《双城记》开头的第一句就是孔子所处时代最好的注脚："这是最好的时代，这是最坏的时代；这是智慧的时代，这是愚蠢的时代；这是信仰的时期，这是怀疑的时期；这是光明的季节，这是黑暗的季节；这是希望之春，这是失望之冬；人们面前有着各样事物，人们面前一无所有；人们正在直登天堂，人们正在直下地狱。"

　　也许是礼乐的荒漠与荆棘，人心的堕落与挣扎唤起孔子的怜悯之心不忍之心，于是孔子的牛车从曲阜出发了，登车揽辔，澄清天下，他要实现他重建秩序的理想，虽然车上或者车后的徒弟们未必知晓夫子的心事，他们也许说风凉话也许呼呼大睡，但孔子这种知其不可而为之的精神，虽然有那种悲剧的色彩，但还是令我等后辈心生崇仰。

　　孔子的眼睛是很亮的，他双目炯炯，自信目标就在牛车的车辙下就在前方，其实他的前方就是后，是已经过去的周公时代，时间是不能倒流的，孔子的车子不会超越光速，注定孔子是返回不了西周了。

　　孔子奔波了，他失败了，他先后到过卫国、齐国、陈国、曹国、宋国、郑国，但机遇从来就没光顾这可怜的老人，虽然他也短期当过大司寇这样的官，但他所受的掣肘太多，牵扯太多，无用功太多，最终理想只是蓝图，夕阳下山了，孔子也老了，最后在六十三岁的时候，也就是鲁哀公六年，他在外面流亡了十四年后，最后还是回到了他的故乡鲁国。孔子太疲倦了，当他在一条小河边休憩时，渊澄取映，孔子从平静的水面中惊见自己斑驳的两鬓，"甚矣，吾衰矣"。两千年后的我读到这句话，还感到后背隐隐作冷，孔子也开始服老了，也抗不过肉体的衰减，在中年时候的理想到现在还在燃烧吗？唉，我怎么衰老得如此厉害啊。孔子的烈士暮年还壮心不已吗？也许从这句话里，我们读出的是心酸和冰凉。天道渺渺，人生藐藐。过去了，都过去了，"逝者如斯夫，不舍昼夜"。

到了鲁哀公十四年，孔子听说鲁国在西边的大野狩猎捕获到了麒麟，他悲哀到了极点，麒麟的出现不是好兆头，同一年，他最好的学生颜渊也死了，他很悲哀地说："凤鸟不至，河不出图，吾已矣夫？"再过了两年，鲁哀公十六年，就是公元前四七九年，他就在悲哀中去世了。

孔子一生都在颠簸中，为了心中的梦，顾炎武说"孔子——一旅人也"。顾炎武自己也像旅行家一样游历中国，他有诗句叫"常把牛角挂汉书"。孔子在外奔波十四年，等他回家来的时候他老婆死了，第二年他独生的儿子也死了。但我感觉鲍鹏山先生概括的孔子正合吾意——"孔子是个抒情者"。有深情，对这个苦难的世间不放手，对恶有批判，对再丑恶的世间没有折身而退，从孔子喜爱音乐到他晚年删改《诗经》，我们看孔子是一个诗意的老人；当孔子面对着流水的时候，他不像西方人讲"人不能两次踏进同一条河流"那样充满哲理的话，而是讲了非常感性的描述和抒情的一句话"逝者如斯夫，不舍昼夜"。还有他与学生在交谈理想的时候，孔子的理想是什么呢？暮春时节，几个人到沂河里去洗澡，洗完澡以后唱着歌回来。（"暮春者，春服既成，冠者五六人，童子六七人，浴乎沂，风乎舞雩，咏而归！"）

孔子是一个对自然对人生有大爱的人。春秋无义战，可以用东汉末年的一句诗来表现："白骨露于野，千里无鸡鸣。"攻城略寨，流血白骨。面对着如此的江山，面对着蝼蚁般的百姓，孔子横空出世，他要用他的理想，他要用悲悯的情怀来拯救民生。所以概括孔子有句话："天不生仲尼，万古如长夜！"我们的民族就似在黑暗的隧道里摸索，孔子就像那照亮了黝黑隧道的矿灯一样，透过一道光亮："为了看一看阳光，我们来到世上。"我们可以改变这句话："为了让这片多灾多难的土地能有一丝阳光，孔子来到了世上。"

当时人曾把丧家狗的称号送给孔子。一天，当孔子和他的学生走散，他的学生找孔子，有人说有个像丧家狗一样的人是不是你老师啊？学生告诉孔子，说人家说你老人家是丧家狗，孔子笑着说："确实是这样，确实是这样。"（孔子适郑，与弟子相失，孔子独立郭东门。郑人或谓子贡曰："东门有人，其颡似尧，其项类皋陶，其肩类子产，然自要以下不及禹三寸，累累若丧家之狗。"子贡以实告孔子，孔子欣然笑曰："形状，末也。而谓似丧家之狗，然哉！然哉！"）但是我感觉"丧家狗"的"丧家"概括得非常之好，因为我们中华民族到春秋战国时确实脱离了正常的轨道，孔子就像是为我们民族找家的一个人，是我们的引路者。

我们大家都有行路的经验，也都有问路的经验。鲁迅先生说过"最可怕的是梦醒时无路可走"，这可不是"走别人的路让别人无路可走，穿别人的鞋让别人无鞋可穿"；鲁迅在《两地书》中绘声绘色地描述了他自己面对歧路的态度，他说："'歧路'，倘是墨翟先生，相传是恸哭而返的。但我不哭也不返，先在歧路头坐下，歇一会，或者睡一觉，于是选一条似乎可走的路再走，倘遇老实人，也许夺他的食物来充饥，但是不问路，因为我料定他并不知道的。如果遇见老虎，我就爬上树去，等它饿得走去了再下来，倘它竟不走，我就自己饿死在树上，而且先用带子缚住，连死尸也决不给它吃。但倘若没有树呢？那么，没有法子，只好请它吃了，但也不妨也咬它一口。"这里，鲁迅把古代"哭歧路"的故事归于墨子名下，是先生记忆出了错，但他在歧路面前的那种从容乐观、敢于选择与义无反顾的态度，绝对不是当年恸哭于歧路的杨朱可比的。还有像阮籍的"穷途而哭"，阮籍常常是黄昏的时候驾着车在荒原上跑，跑到没有路的时候哭着回来。

当孔子为这块土地的民众寻找路的时候，寻找理想抱负的时候，各国的诸侯表面上非常厚待孔子，但是一谈治国的方略他们都友好地拒绝了。后来孔子碰到了隐士，我们知道我们中国有种人生状态叫作隐士，而孔子不是，孔子是满怀热情的入世者。得孔子真传血管里流淌着原教旨血液的曾子说过这样的话"士不可不弘毅，任重而道远"。孔子就是抱着一个求全的仁者的情怀。我们看《论语》里讲得最多的是仁，"仁者爱仁"，带着拯民众于水火，解民众于倒悬的入世者的热忱，为这个民族开药方。

他是这个民族的寻路者，有一天，周游列国的孔子迷了路，走到河边找不到渡口了，就让子路去问路。两个隐士正在耕地，"先生，请问渡口在哪儿？"长沮说："那个拿着车子缰绳的人是谁？（夫执舆者为谁？）"子路说："为孔丘。""是鲁国的那个孔丘吗？""是的。"长沮说："既然是鲁国的孔丘，他那么有名气，那么有智慧，那他应该是知道渡口在哪里的。"子路没办法，去问另一个人。桀溺问："你是谁？"子路说："我是仲由。""你是鲁国孔丘的学生吗？""是的。""现在天下如此混乱，谁能改变这个局面呢？你与其跟着那个人，还不如跟着我们这些人做个避世之人呢？"说完，桀溺就埋头干活，不再理睬子路。子路没有办法只好回来向孔子报告，孔子叹了一口气说："鸟兽不可与同群，吾非斯人之徒与而谁与？"是做个避世之人还是做个拯救者呢？这里面的对立是拯救和逍遥。我们可以这样来理解孔子的话：鸟有鸟道，兽有兽道，人各有志，你走你的阳关道，我走我的独木桥，你避世之人选择的路我不走，我是明知山有虎，偏向虎山行，我不下地狱谁下地狱？

孔子跟子路说其实我也很想像他们一样，抛下天下苍生不管，只管自己种田去，可是我丢不下来。我还是得坚持。孔子走的路，比这些隐士们走的路更难。明知道这个担子挑不动的，他硬要去挑，从这方面说孔子是担当的，是入世的，是忧世的。孔子是有一颗热心，拳拳之心，他不避世，于是我们千年后还能听到他的感慨："人总不能像鸟兽那样躲避在山林中生活啊，我不和世上的百姓生活在一起，同悲苦共欣乐，那又能和谁在一起生活呢？正因天下无道，才需要我们这一群呢，如果天下有道，那我也就不参与改变它了。"

天下的人，应该想着天下啊，所谓的以天下为己任，此之谓也。

这样的一位老人，没有绝望的老人，就像站在我们身边，他给了我们一种温暖，一种抚慰，让我们感到历史的荒寒里的一丝人性的光辉，历史的黑暗里终于为我们透出一线的光亮，历史终于可以为自己的委屈哭出声来，有了为历史拭泪的夫子，偏斜的历史开始有校正方向的机会。

灾难是一个民族和各个人的试金石，是转身相向，还是迎面而立？

当民族危亡的时候，有人选择的是卖身投靠，像鲁迅的弟弟周作人，像与张爱玲同居的胡兰成，这都是中国一等一的聪明人啊；也有一些人选择逃避，面对着泰山崩黄河溢，自己却在那里逍遥。但孔子不对人生的苦难闭眼，不像有些人潇洒地挥挥手不带走人间的一片云彩，修仙去了，访道去了。苦难是人生的试金石，怎样对待苦难可以看出人生的修为，看出你人生的质地。孔子和儒家那种"舍生取义，杀身成仁"到孟子的"虽千万人吾往矣"，当看到不义和不公，当看到小人乡愿，孔子是有脾气的，鲍鹏山的一篇文章《孔子的攻击性》，不要以为孔子是个老好人，不是的，孔子会愤怒，孔子会骂人也会打人。孔子身体非常好，虽然没有姚明高，也是一米九几的个子。他遗传基因好，他父亲和别人打仗，曾托起过城门。孔子也可以说是力能举鼎，举的是中华民族这个鼎。所以为了国家走上正道，为了国家充满正义，虽然道路崎岖，虽然布满荆棘，但"知其不可为而为之"。

我知道现在社会，谈论担当，谈论苦难是没有多少市场与空间的，很多人在苦难前装疯卖傻，或者扭头，或者闭眼，在苦难和担当面前，选择消解的轻，拒绝受难的重。他们的悲悯，人文关怀哪里去了，好像那些在天下苦难面前卷而怀之，闭目养神的隐士，成了道德高尚的人，成了脱离低级趣味的人，我们要问的是，他们的伦理情怀哪去了？他们的道德痛苦哪去了？作为人，是应该有自己最基本的人道精神的！在人间的苦难面前，我们做一个不吃不喝没有温度没有愤怒，听不到人间弱者呻吟的木乃伊吗？

我们看孔子的人间情怀，孔子还是个充满爱心的人。当孔子游学的时候来到泰山，看到有个老妇人在那哭，哭她的丈夫让老虎吃了，儿子也让老虎吃了，孔子问她你为什么不搬家呢？她说这里没有苛捐杂税，"苛政猛于虎"啊，从孔子身上我们看到古代的"士"也就是现代的所谓知识分子身上的闪光点。

孔子的理想注定是实现不了的，但他以文化的力量完成了一个知识分子的另一种担当，在庙堂并不能实现的抱负，我用自己的文化的高度来与政治比肩，他开出的是"道统"来对抗"政统"。这一线法脉，我们从孟轲从韩愈从程颢程颐兄弟一直到朱熹王阳明，洋洋大观。虽然有时道统的力道被政统所吸附，成了正统的帮闲，但道统里的批判的因子，是我们不能否认的。

孔子成了一个伟大的教师，虽然他想教育的对象是那些诸侯，但那些诸侯太颛顼太蛮横，不把老师放在眼里，于是孔子的私学开始另一种文化的担当，培养涵养出一批"士"，一种有着文化独立色彩的士人开始在孔子的滋养下出现。

我曾多次到曲阜，无论多么行色匆匆，孔林也总是必定拜谒的地方。从死看生，是最有意味的事情。

我常留意西方人的墓志铭，他们往往言简意赅，而东方的人坟前的碑与墓志铭却是官本位，把官职大小罗列一个遍。

记得伏尔泰死后，人们将伏尔泰的遗体安放在祭台板下，只在祭台板上题了几个简简单单的字："A1778V。"德·维莱特伯爵将伏尔泰的心脏保存在一只镀金的银盒子里，随后，他又让人建了一座大理石墓，专门用来安葬存放伏尔泰心脏的盒子。在墓碑上，德·维莱特伯爵让人刻下了这样两句话：

他的心存放在此，他的思想遍布世界。

孔子不是如此吗？他虽然埋葬在曲阜，但他的思想早已越过国界，跨越种族，成了人类的财富。

　　舒伯特告别人世的时候只活了三十一岁。他的朋友、诗人格里尔帕采尔为舒伯特撰写了墓志铭：

　　死亡把丰富的宝藏和美丽的希望埋葬在这里了。

　　当你来到这座墓前，请脱帽致敬。

　　是啊，我们到了曲阜，到了孔子墓前，你一定要脱帽致敬啊。而孔子生前只能算是一个布衣，在他晚年，他感到了命运的巨掌要落下了，他看到了太多的死亡。

　　儿子死了。子路死了。子路被人剁为肉酱，应了老师说的"不得其死"，这是典型的白发人送黑发人，儿子孔鲤是他单传的儿子，是根独苗，出生时，鲁哀公特送去一条大鲤鱼祝贺，孔子便给儿子起名孔鲤，字伯鱼。孔鲤一生默默无闻，沾染夫子的光，被宋徽宗封为"泗水侯"。

　　安贫而乐道的颜回死了，死后连口薄棺材也没有，一贫如洗的颜回的父亲找到比丧子还悲伤的孔子，说颜回一生都追随夫子啊，他现在有棺无椁，你就用你的车子给他换一副椁吧。颜回的死给孔子带来绝望，哭着："天丧予！天丧予！"（唉！老天爷想要我的命呀！老天爷要灭我啊！）但即便如此，却还是没有答应颜回老父亲最后的一个请求。但为什么孔子要保住自己的木车呢，我想是这辆车与他仆仆风尘，车就是孔子的一部分了。

这一连串死亡的打击把孔子击倒了。

端木赐来看夕阳中的老师了，给老师带来了一些周济，孔子正拄着拐杖在门外看将要沉入地平线的落日，暮年的孔子问端木赐："赐啊，你为什么到现在才来看我呢？"接着便低吟了一首绝命歌，这是孔子的墓志铭吗？

> 太山坏乎！
>
> 梁柱摧乎！
>
> 哲人萎乎！

七天后，孔子溘然长逝，葬在都城之北泗水之畔。当时孔子下葬之墓以子贡之力只能"墓而不坟"，无高土相隆，无石碑相立。他去世后，学生们在他的坟墓周边，逐渐聚集百余家，后来那个地方就形成一个居住区叫孔里。

孔子死后，他的弟子们都服三年心丧。三年以后，大家互相哭泣着道别而去。向心力没有了，文化中心和依靠没有了，大家开始作鸟兽散，但子贡庐于冢上，凡六年，然后去。

然后去。然后去哪呢，走向了历史，历史记下了师徒情深似海。

让我们再补记一下，孔子死后鲁国一直在祭祀孔子，而儒家学者则常常在孔子墓的周围习礼讲学，在那里建了很多房子，供奉孔子遗留下来的衣、冠、琴、书，还有车，这个传统一直延续到汉代。东汉桓帝于公元一五七年在孔子"墓前造神门一间，东南建斋厅三间，以吴初等若干户供孔墓洒扫"。此时虽然坟台高筑，而孔林"地不过一顷"。在两汉之后的南北朝，唐、宋、元、明、清漫长的一千五百年岁月里，历代皇帝的祭拜、册封，孔林的重修、增修已达十三次。至清雍正八年（1730 年）的大修孔林，三年耗帑银二万五千三百两，并委派官员专司管理守卫。十次增植、三次扩地，使孔林柏、松、柞、榆、槐、楷、朴、枫各类树木达四万多株，林地三千多亩，林垣墙近十五华里，石仪八十五对，墓碑四百通，历代碑刻三千六百块，坟茔十万余座，楼、亭、坊、殿掩映于葱绿的万木林中，加之石像成群，碑刻如林，成为当今世界独一无二名副其实的孔林了。

现在我们看到的是一座高达五米、坟径三十米的小山丘式的墓筑。

孔墓之东为其单传儿子孔鲤之墓，碑书"泗水侯墓"，孔墓之西为"子贡庐墓处"。孔子之孙孔伋之墓建于孔墓之南二十米处，称"圻国述圣公"。墓葬于孔子墓之前，则取孔子"携子抱孙"之典也。

生前只是一布衣，恓恓惶惶到处游说，坐牛车，树下讲学、道旁乞食的孔子，孕育了我们民族的文化，天不生孔子万古如长夜，而孔子如这漫漫长夜的灯盏烛光，时强时弱地闪耀在历史的深邃处。

我曾多次到孔庙拜谒孔子，每次的感受都是米芾赞词：孔子孔子，大哉孔子！孔子以前，既无孔子；孔子之后，更无孔子。孔子孔子，大哉孔子！

肉身考古学

入　话

两年前的冬天，雾正浓，我回到故乡鄄城一中讲学。

讲学的空隙，友人拉我到父母的坟茔前，算是春节不能返回故乡提前的祭拜。

这是腊月，父母的坟茔在麦地里，正是半上午，天灰蒙蒙的，似阴似晴，压抑得很，北风吹过，从车里下来身着棉衣还感到阵阵寒意。前面有人牵着一只绵羊在麦地放羊，背影很熟，我不愿打招呼，他看到有人走近，就开始躲开，我知道，他这是把自己的羊放在别人的麦地啃青。等他和羊走远，我跨过道边的渠沟，沿着麦垄，走到父母坟前。

故乡一直鼓励火化，但老家的人死后，都怕被火烧一下，都想死后，被装在棺材里，留个囫囵的尸首，入土为安。

父亲在的时候，一年除夕，我和父亲上坟回来，父亲说，他这辈子经历过的苦难太多了，到了晚年，终于能三天两头喝上了酒，并且自己还给自己备下了一口泡桐木的棺材。父亲年轻时经历过蝗灾、黄河决口、地震，经历过跑反、兵荒马乱，随时死而随时没死。

晚年，他在集头配了假牙，像年轻人一样可以大口吃肉，我看出了父亲的满足，很多人年轻时有牙，没有花生米；老了，有了花生米，牙却没有了。

但父亲有假牙，还有花生米。

记得有次父亲通过姐姐村庄亲戚关系，在市里医院找了熟人，做静脉曲张手术，手术前，父亲要我拿一条烟给主刀的医生送去。

父亲八岁就学做面饭生意，赶会站集头。一是天不明就赶路，再就是，在集头一站就是一天一晌。我童年就见父亲的大腿肚上，青筋盘曲，如树根蚯蚓，也如隆起的丘陵。

那些日子，我去医院陪护，看到了很多的生死、哭泣，也看到了很多的争斗反目。

医院，一方面接生，迎接新的生命，而另一方面却是集中的死亡之地。

故乡的人看重生死，也轻生死。也不能说这是戾气，在医院门口不远，有人摆摊卖菜、肉、蛋禽、水果，就是那次我见过因为买菜，就是多抓了几根蒜薹，卖蒜薹的人让他放下，或者加五分钱，那买蒜薹的人说，就几根蒜薹，我又没看你的秤，斤两够不够还不知道呢。

"放下。"

"不放。"

我让你不放，接着卖蒜薹的人，兜头就给对方一秤砣，把买蒜薹的人砸死。

我提着新买的水果到了父亲的病房，把这事给父亲说，父亲躺在床上，很平静地听着，这些事，父亲在集市上见多了，我也见过几次，父亲头上流着血回家，求生不易，在这个地方，一句话，就能成为掂刀磨枪、斗狠使气的理由。这也是一种生活的样态，在我们村里，老公公在当街，被儿媳妇当众用屎尿糊了一脸；谁偷东西被吊起来，谁投毒毒死了一个新娶的媳妇，这样的事如吃饭穿衣稀松平常。

父亲下集了，手里用蓖麻叶包着鸡杂，边和我称为二哥的父亲的伙伴，说着集头行各类奇奇怪怪的事，然后喝酒。

人死了，就死了，但该吃的吃，该喝的喝，日子照样。后来，我父亲也死了，我写过一首诗《偷埋》，诗如此道：

> 父亲七十一去世时，火化的风声
>
> 正紧，在苍老的晚年
>
> 看透生死的父亲雇人拉锯，解板

烘干，吊线，筘钉子做白茬棺材
那是一棵泡桐树，像父亲壮年的身体
父亲借用泡桐的身体，和自己做伴
父亲不想像一把草那样被烧，不烧
就不能出殡，披麻戴孝地办丧事
不能请响器，不能扎社火不能路祭

大地不能收留卑微的父亲
二十三年了，悬着的心才刚放下
我想向那土地叩三个头，感谢
大地上再也找不到父亲的尸骨
如今，卑微的农夫终成了
大地上的泥

　　《偷埋》这诗发表在中国西部的一个叫《西部》的刊物，地处偏僻，但被诗家霍俊明选入《2017年中国诗歌年选》，我知道并不是我诗的力量，而是生活本身的尖利触痛了很多人的神经。父亲并不想肉体的不朽，他生前不喧嚣，不占便宜，死后，他只是在奔赴黄泉路上找一处驿站，暂时安脚，在世间他本已活得畏缩心力交瘁，他不想跟着自己的肉身再过烟火气的生涯，被烧一下。他只是想安静，只是想沉默，最后融入土地。

正　题

一

我不活在自己的唇上，吻了我的人将会失去我，茨维塔耶娃的诗句曾使我迷醉，朋友李庄曾写过这样的茨维塔耶娃：

一无所有！时代拒绝了你

奄奄一息的囚徒

他们可以为你的诗痛哭

却不肯给你一个微笑

一个拥抱，一个活下去的小小窗口

在死前你几乎就死了

不！茨维塔耶娃可以做一个荡妇

但绝不做一个宠物

闪开！死神的脏手

你亲笔为黑暗而璀璨的命运画下句号

却把活命的口粮

留给，有罪的，有福的俄罗斯

在诗的后面，李庄兄为活命的口粮做了一个注释，一九四一年八月三十一日，茨维塔耶娃上吊自杀。她的死没有惊动任何人，只有房东大婶说了一句话："她的口粮还没有吃完呢，吃完了上吊也来得及呀！"

在茨维塔耶娃生前，人们把她看成是邪恶的，肉体和灵魂，在人们眼里茨维塔耶娃是一个疯狂的女人，雌性这一性征天然地决定她女人的天性，追求肉体赠予人的天然的愉悦；然后才是不羁的诗。

但话题说开去，身体是身体，身体亦从来就不只是身体。柏拉图向来就否定身体，敌视身体，厌恶身体。他认为身体是人类通向灵魂的最大迷障，"带着肉体去探索任何事物，灵魂显然是要上当的"。

我不是柏拉图，但我知道，对男人来说，女人的肉身是魔鬼，在肉体内如同身陷一个秘密，就如茨维塔耶娃《我体内的魔鬼》的诗句：

在肉体中仿佛落进沼泽

在肉体中好似埋入地窖

一个女人身体的绽放，是妖冶的罂粟？罂粟的绽放就是毁灭？命运之手是否会引领你打开女人那罂粟做就的潘多拉的妆奁盒？

在肉体内仿佛就是在最遥远的

流放中。它在枯萎

在肉体内如同身陷一个秘密

在肉体内就仿佛卡在一张

铁面具的钳中

　　肉体是否是密闭得如同铁屋子，钥匙掌握在不可知的人的手上？也许人一辈子都在寻找那把秘钥，也许一辈子都找不到。人们一面像聂鲁达"我要在你身上去做，春天在樱桃树上所做的事情"，一面又惧怕所谓的女性肉身本有的沉重和罪恶；是谁给了女性身体以道德的伦理评判，而给男人以道德淫邪处置女性身体的权柄？

　　我不解，也许，这是男人内心的阴暗肮脏和历史话语合谋的阴谋。

　　想到褒姒。这个被历史话语一直妖魔化的女子，一个身体僵硬的女子。对女人来说，笑是本能，但相反褒姒之笑酿成的却是灾祸，笑不倾城，而是覆国。

　　对不笑的肉身褒姒，我报以历史深处的击掌。

　　作为有尊严的褒姒，宫女偷情私生的褒姒，一出生就背着"孽种"的原罪，她怎能笑得出？从小在惊恐中长大的褒姒，怎可能有发达的笑神经？面对曾追杀自己父母的仇人，面对差点被灭掉自己母国的幽王，不笑，却是一种透着女性清雅的高贵之气，权柄亦非万能，富贵不淫的骨和看似柔弱的底层拼命者多矣。

不笑，意味着不服从不苟且不俯就，透出的是精神高贵。高贵曾是一个蒙尘污垢的词，特别是和贵族精神粘连在一起，其实，叫花子也一样高贵，在褒姒被男人的话语所叙述涂抹的过程里，卑下规规之儒的小男人，故意掩饰褒姒的这种来自底层者的高贵，在褒国脊柱缺铁少钙"更无一人是男儿"之时，在褒姒被当作玩物送给幽王内宫，很多女人争宠而不得其门之时，我们需要看到历史上竟有褒姒这样的奇女子，有着高贵之气却出身贫寒的奇女子，一个人的高贵，不是看她穿戴什么吃喝什么拥有什么，而是看她敢于放弃什么坚持什么。

高贵是干净优雅地活，有尊严地活；不会为了一些眼前的现实利益苟且，去背弃内心坚守的尊严，去不择手段如蝇逐血。孟夫子"富贵不能淫，贫贱不能移，威武不能屈"，就是为大丈夫开出的方子，做到这几条，你就是伟岸的丈夫，褒姒是穿裙子的一丈之夫。

说褒姒是一个有血性的奇女子，这精神不只是在古代，即使现代的中国也是多么珍罕多么稀有，我愿意在此为这种面对强权，敢于坚持的冷艳颂赞，虽然在历史的血脉里是多么微弱，如游丝，似有还无。

我读过这样一个故事：在暴政时期，曾是舞台上美女的她，听从内心的召唤，认为在刺刀之下演出是不洁的，于是这女人就退演隐居。更漏无尽，逝者如斯，这个女人暮年了衰老了，但刺刀仍在，正义无期。天下不乏美女，在这个女人坚守精神洁癖的年代里，另外的舞女登台并取代了她。没有人批评这个舞女粉饰升平和不洁，也没有人忆起曾仗义归隐的她。更可怕的是，世间公论那个登台者美。晚年，鹤发迟暮的她哀叹道，我视洁为命，因洁而勇，以洁为美。然世事街谈巷议的世论与我不同，难道天理也与我不同吗？

是啊，难道天理也与我不同吗？这是发自真心的追问，我们能让这些高贵的灵魂湮灭在历史深处吗？我想，我们无权让清洁地死去的灵魂湮灭。舞女只是一个象征，但我们面对不笑的褒姒呢？在有"回眸一笑百媚生，六宫粉黛无颜色"的时候，我们知道了不笑的勇与洁，知道了一种以洁为美。

反正你会问，褒姒最后的一笑，是向不义的王权低眉吗？最后幽王令人在骊山上"为烽燧、大鼓"，一时火光冲天，狼烟耸升，鼓声雷动。诸侯们疑镐京有变，纷纷调兵点将，星夜赶赴骊山，只见幽王和褒姒饮酒作乐，大伙时而惊诧愕然，继而颓然垂头丧气地卷旗回国。这时"褒姒乃大笑"。

我意褒姒之笑是一种嘲弄，是冷在骨子里的笑，而非自然之态。入宫后笑功能的有意丧失（在肉体上笑功能的丧失，有时是一种高贵），烽火后的或者无意复原，则是一种肉体功能的恢复，是冷笑，是对那不把天下百姓社稷为依归的荒唐幽王的冷笑，她不惜以这笑带来的是一种撞击和毁灭，是万劫不复。

对女人来说，不会笑，是缺陷，是偶人，男人得到的只是一具肉体，内在情感和温度被抽空的肉身；笑是女人身体柔软的符号，也是被强权奴役的符号，是男人霸权的符号；笑从一种自然形态，转变而成了一种献媚，是绽开在肉体上的花，透着的是血泪隐忍。特别是敌人的女人献来的笑靥，那更是一种奇妙春药，是一种像牛羊献祭的笑，这是胜利者应该享用的，虽然笑下面是滴血。

我说，褒姒的笑有别样的价值，一个帝国在她的笑中灰飞烟灭，一个可笑的王朝在她的笑声中终止；一个乡间女子的一笑使权力崩解，她把那些男人追逐的东西当成玩笑，那些烽火只是易碎的烟花耳，国家也只是一场游戏耳。

褒姒的笑把国家的神圣解构了。

二

没有灵魂的身体乃尸体，身体之灵和灵的身体不二。

我认为，孟姜女的长城寻夫，就是民族寻找身体的寓言，这是大家都熟知的文本，始皇帝时，青年范喜良、孟姜女新婚三日，新郎就被迫离家修长城，不久因饥寒劳累，尸骨被当成城砖砌在长城墙下。

按理，范喜良的身体属于他，属于父母，属于自己的女人，但范喜良乃细民弱者，他只是动物学意义上，而非人类学意义上的生物。他身体的主权被侵占了，长城其实就是一个被侵占身体的集合，是身体和白骨层垒的寓言，这些边墙的白骨挑战的是历史的底线，无数的青壮尸骨，从鲜活的肉体到砖石，是暴虐的胜利，如说长城是美的，那是一种残酷的以万物为刍狗的美学，是始皇帝的暴力美学。

秦朝。是历史上第一个中央集权的政治结构，皇帝的言论就是法度和法令，皇位世袭，政权是一人之政权，法律是一人之法律；"国"变成一人之"国"，"天下"变成一人之"天下"。人人成为国家的附属品皇帝的附属品，任其奴役和宰杀。于是国家的曲线，就是秦始皇手指的曲线长城的曲线，范喜良就是秦国的一个可以随意切割的牲口，他被编织在秦国的话语下，他是工具，也是物质手段。

孟姜女对范喜良身体的寻找，就是一种对这个白骨边墙乌托邦的控诉，在冬日北方的原野和山岭间，一个农家弱女子，走在兵卒囚犯走的道上，她打探着路径，向陌生的路人诉说着一路寒霜，在远方的逶迤的山间，无数的男人正修筑长城，那是始皇帝家的院墙。

一边是巍峨的石头集合，一边是弱女子孟姜，这好像是一场无望的战争，女人的武器只是泪水。但泪水是有力的，无数的哭泣的泪水的集合，竟然把长城哭塌，土崩瓦解。

就像村上春树的获奖演讲《我站在鸡蛋一边》描写的一样：无论高墙是多么正确，鸡蛋是多么错误，我永远站在鸡蛋这边。

我以为村上就是现代的男版的孟姜女，我没看过他的小说，但我几年前读到这个演讲时，泪流满面的感觉还在，他是何等的孤独，那种人生的寒凉，也许只有人到一定年纪，经历了诸多，才能读到这样的文字而流泪，而触动心中的感慨。鸡蛋，无疑是一个个的肉体，一个个不计后果地掷向那高墙的肉体。

寻夫的孟姜女是一个象征，在寻找的过程中，我们民族的苦难得以获得存在感，孟姜女这个人得以获得了存在感。其实我们哪个人不是在世间寻找自己的存在感？我们要有一个东西证明我们的价值在，人不可能一人待在地洞里，我曾听过一支民间的小调，那是《孟姜女十哭长城》：

> 一哭长城泪汪汪，点着银灯裁衣裳。未从下剪铰，思量郎身量，长短五尺寸，低头暗思量，不如亲眼见，哭坏了小孟姜。
>
> 二哭，三哭，四哭，五哭，六哭，七哭，八哭，九哭，最后十哭长城泪交流，日落西山哭泪休，祷告城墙你塌了吧，丈夫的尸首在里头，哗啦啦城墙四下塌，塌出了尸首没有数，咬开中指弹，鲜血往下流，祷告丈夫你显灵吧，指头好了我好磕头。虾腰就磕头，转身就要走，哪知道这样贤良女，哭到这里到了头。

在哭声和泪水的浸泡中，长城崩塌了。孟姜女和范喜良，是我们民族在承受无限度的劳役中想象制造出来的两个替代物，灌注了千百万底层百姓被劳役逼得家破人亡、妻离子散的灾难苦痛，孟姜女的眼泪哭泣当是一种最直接的也最有威力的表达，那个时候人们相信眼泪的力量，眼泪在那个时代有一种神圣的光环，有一种奇妙的宗教力量。山石政权都在泣哭下土崩瓦解。

也许，长城，从某种意义上也是孟姜女的哭墙，是我们民族身体的一个泪腺的宣泄口。

三

身体是谁的？属于谁？

无论古今东西，身体好像是一种物障，被人处处防范压抑，甚至抵制厌恶。虽然笛卡尔说：我思故我在。笛卡尔认为人只有在思维存在的时候人才是存在的，那么灵魂既然是和肉体全然两样，即使肉体腐烂融化掉，灵魂还是可以存在。但尼采说："灵魂不过是身体上某物的称呼。"这是一种呼喊人的到来的呐喊。

但我知道在很长的时期，中国男人不敢正视自己的身体，而把女性的身体作为一种器物把玩欣赏，一种透出霉味的审美，从屈原的香草美人把自己的女性化，而后对裹脚的变态的欣赏，并且推广世俗，变成了一种礼教杀人的利器。

中国文化的另一面是对身体的改造，改变人体的一些功能，男人的宫刑和女人的缠足，每一次对个体人的施行，都是充满着血泪。皇帝对太监的宫刑是怕自留地里种子不纯，乱了血统，把男人阉割了，男人的下面没有了，这样的男人是无用的，但在后宫里呢却是大用。

其实欧洲女子的束腰，跟中国女子缠足是同一事体，是为悦己者而敢于下地狱。她们把自己的腰肢紧束到整个体形如同一只蚂蚁，常常需要力大者帮忙"施刑"。因此，欧洲女子在交际中昏厥过去是常见的小问题，她们对胸腹部的残酷压迫，常常使她们呼吸不畅，胸闷窒息，脸色苍白，而这正是男人乐意见到的"美"——高耸的乳房，肥大的臀部，纤细的腰，弱不禁风的步态……

古代的哲学家，我独欣赏庄子，这是一个寂寞的智者，胡文英这样言说庄子：庄子眼极冷，心肠极热。眼冷，故是非不管；心肠热，故悲慨万端。虽知无用，而未能忘情，到底是热肠挂住；虽不能忘情，而终不下手，到底是冷眼看穿。

这是庄子的寂寞，无法突破的困境，世间的荒唐，他只有用荒唐视之，但他还有宽仁，还有不能释怀对苍生的温柔，于是他看世界，好像是颠之倒之的，于是《庄子》里有很多的畸形人让他热肠挂住，未能忘情，在庄子的眼中，人不是残缺的肢体，就是病了的躯壳。被砍掉一只脚的人王骀，是一个"无形而心成者""丘将以为师，奚假鲁国！丘将引天下而与从之"。孔子愿意拜他为师，甚至带领天下人追随他！

庄子眼中的身体残疾人形象是警世的意象，庄子眼中的这些怪异的身体残缺之人，如同雨果笔下《巴黎圣母院》里的敲钟人卡西莫多，道德的魅力、人格的高尚完全穿透身体的残障。这是一种奇异的美，是人对自身躯壳的超越。作为一种独立的审美对象，畸人之美比通常意义上的美更具震撼人心的力量，给人带来的审美感受也更令人难忘，我们的世间，太以貌取人，庄子以残疾人来说明人的内在的精神之力，可以突破躯壳，在动乱的战国时代，个人的尊严被践踏得支离破碎体无完肤，外在肢体的保全岂不是一种奢求？而心里却是唯一属于自己的那方田地，庄子理想中的人，是肢体健全的，是"肌肤若冰雪，绰约若处子"的完人。

我喜欢聂绀弩先生的诗，尤其写林冲的那句"男儿脸刻黄金印，一笑心轻白虎堂"。这句子放在宋诗里，也是熠熠生辉，金印，即刺字，是一种黥刑。

人们见到的多是肉体的酷刑，很多酷刑存在精神上的屈辱，只是相对于肉体的痛苦似乎算不上什么，在"绞、斩、凌迟"之类的死刑之前的程序性的酷刑也同样是对身体的加害。袁崇焕所受的就是这种惨无人道的酷刑。关于他受刑的情况，张岱的《石匮书后集》有详细的记载：袁崇焕从镇抚司的监狱被捆绑着押到西市，由刽子手用刑，将他身上的肉，一寸一寸地片割，鲜血淋漓。围观的百姓，有的从刽子手手里抢他的肉吃，有的花钱买他的肉吃，有的争抢刚开膛取出的肠胃就烧酒喝，鲜血从齿颊之间流下，还是唾骂不已。没抢到或买到肉的，就拾得他的骨头，以刀斧剁碎。最后骨肉俱尽。其场面之惨不忍睹，已非语言所能形容。

崇祯三年（1630 年）九月初七，袁崇焕被"寸磔"于西市。"皮肉已尽，而心肺之间，叫声不绝，半日方止。"

对这段史实，在阅读晚明史时，我总是快速翻过，不是胆小，而是害怕对那场面的还原，多么熟悉的一幕，和晚清的戊戌六君子和鲁迅笔下的秋瑾，那些看客是怎样的义愤填膺？又是如何的山呼海啸的喝彩？袁崇焕的那片片带血的皮肉，竟像拍卖行的竞价竞拍，拿到手里，嚼一下，然后唾于地，骂一声"汉奸"……史载，崇焕死后，"暴骨原野，乡人惧祸不敢问"，那颗死不瞑目的血颅，终日悬于杆上，忍受空荡荡的落寞和曝晒。

在欧洲曾看到过很多的古堡，那也多是石头的建筑，那些几百年的老房子，历经风雨刀兵，有的成了废墟，总感到那是些历史的浓缩，好像那些器物还有主人的余温，我曾到拿破仑的最后寝陵的那所房子里拜谒，当时曾写下一些感想：

陛下，我来看你了，
我是你的外籍军团里一个编外的下士
来自中国的山东
鞋子是圆口的，鞋底有我老家什集镇的
棉线与针脚

在初中的麦秸垛的空地上
我成了你的战士，我举起的手高过耳朵高过平原
我对着一本你的传记
当时举的是左手，右手因为切红薯伤了中指
疼吗？我知道你让很多的人疼得睡不好

111

但我的疼不是你赐予的

你赐予我的是一个平原外苍茫的世界

你把我的心第一次放到了平原外面

陛下，大地为你腾空了一片空地

你的棺椁使大地不至于失重

在黄昏，我第一眼看到你的

棺椁，就像看见我死去多年的父亲

我梦中多次在骨头上给你写信

歪歪扭扭，密密麻麻

——陛下，请宽恕，我需要的不是皇帝

而是你这样的人

　　当时看到拿破仑的棺椁，有一种错觉，我是和那些狂飙的精神和法典重逢，曾被草草埋在海岛的拿破仑，在他死后多年，人们才重新为他安葬，也许只有他的那些法典才承受得起这样的房子，其余的，那就交给历史吧。

　　有人说道："肉体的形式是灵魂的形式。"

　　是的，灵是建立在肉体上的，也许身体张扬最激烈之处，恰是人最虚弱之处，这是一些灵魂无所归依的孤苦流浪的肉体！如果灵魂缺席，那放纵的肉体更加空虚，没有灵魂的身体是一种轻飘的外壳，也许正因为灵魂使身体沉重而加厚，才使得很多的人把身体变成轻盈的肉体的放纵，但放纵后的身体呢，就像一片废墟。废墟是历史的塌陷，也是肉体的塌陷，那是一种衰老，不是安详，废墟不是外婆的皱纹，也许对历史来说，皱纹是一种美，但肉体的废墟则是一种溃败；我反对灵魂在肉体之上像蜻蜓的飞翔，更反对灵魂如庄周梦蝶的缺席，如果肉体仅仅是肉体，那么人又会步入另一个肉欲的深渊，这种两难的处境正如一个哲人所言："肉身是要死的，但灵魂是不死的。"

也许，没有死亡就没有悲壮，肉体的死和灵魂的死让人们感到无奈和肃穆，雪崩多年后发现的骸骨昭示的是悲剧，但那里面包含的诀别与后继者的勇气呢？悲剧与悲慨往往唤起的是人的精神和肉体的更深层的构建。

是啊，我们是无数身体中的一个，这身体的唯一性就是前不见古人，后不见来者，念天地之悠悠，独怆然而涕下的苍茫；而身体的差异呢？梦露的赫本的尼采的他们的身体的差异呢？身体的差异是否就是灵魂的差异，曼德尔斯塔姆说：

　　我被赋予了身体，我当何所为？
　　面对这唯一属于我的身体？

第二辑 | 大地上的事情

父亲拔了输液器

一

我小时候一直觉得，父亲的骨头是被酒泡的，肝肺毛发，也是一直被酒泡着，父亲活着的目的就是酒；后来父亲死了，我才觉出，是酒掩盖了父亲对生活的倦怠，别人用绳子套在脖颈里被生活吊死，父亲就是被酒慢慢吊死。酒成了活泡父亲的福尔马林，如此说，活着的父亲就是僵尸泡在福尔马林里，这一点不假。我所在的那个专科学校，实验楼一层有间放解剖人体的屋子，白天也锁着，夜间更加阴森，每次在那旁边小心急促经过，毛骨一悚一悚地屁股夹紧，闻到从门缝挤出的瘆人僵尸与福尔马林混成的味。

父亲，他浑身的酒味，就是衣裳褶皱里逸出的福尔马林。

父亲喝酒，和家族遗传有关，更是自己觅到了一种精神寄托。父亲的父亲是喝酒喝死的，我听父亲讲过他父亲，爷爷是在五十岁的盛年，长期饮酒得酒积而死，我一直搞不懂酒积的积是哪个字，我的感觉就是酒精依赖或者酒精中毒，用积累的积，是差可近似的，酒堆积在每一道骨头缝里，每一节肠子里，最后就把人泡死把人呛死。

爷爷有豪气，曾上过几年私塾，但他的儿子们却一个个大字不识，爷爷的豪气表现在，黄壤平原秋天大豆收割后，在大太阳下暴晒，那些豆荚就龇牙咧嘴，浑圆的豆粒子如新生的娃娃，从那些嘴里和牙缝张望。这时农人用石磙，套上驴骡，套上牛，在那些豆荚身子骨上碾过，于是骨肉分离，豆粒出来，豆荚留下。如果大豆收割，分量不多，不适合套驴套骡套牛，往往是三亩两亩的大豆，且是小户人家，养不起驴骡和牛，就用棒槌捶打，把那些大豆棵子摊开，那些男男女女，每人一根棒槌，如武松的哨棒，户户棒槌声，家家哨棒响。

爷爷的豪气是，如醉酒的武松，喝醉了酒，特别是在儿媳妇面前，逞能，爷爷就撸出袖子，露出胳膊，用肉和骨结成的血肉之躯的胳膊，和枣木的榆木的棒槌较劲。

三个儿媳妇用棒槌捶一亩的豆子，爷爷用胳膊也捶一亩的豆子。到了夜里，酒醒了，爷爷的胳膊就恢复了肉的本质，这时的胳膊早已是被豆荚的毛刺入骨了，胳膊肿得如水桶，惨不忍睹，一副破碎山河的样子。

这时的爷爷开始如猪一样地哼哼，接着如狼一样地惨叫，他的私塾的底子出来了，开始背诵孟夫子的言语："天将降大任于斯人也，必先苦其心志劳其筋骨……"

爷爷五十岁死掉，临死时，昏迷的时候还好，安静，一醒就闹着喝酒，最后在亲人给的酒葫芦里抱着睡去。

父亲迷上酒，一是借酒之力，再是借酒之胆。父亲形色畏缩，说话吐不利索，个子瘦小，在乡间，是被欺辱被边缘的存在，借酒温暖吧，借酒遗忘。

泡在酒里有何不好，父亲死后出殡的时候，二舅还念父亲，他说："姐夫是看开的人。有酒还不够吗？"

父亲说："酒就是床，不管白天黑天，一躺就行。"父亲喝了大半辈子的酒，穷的时候，喝地瓜干酒，实在揭不开锅，没钱买酒，就到卖散酒的酒缸前遛逛一趟，不知有多少酒分子进了鼻子，走入了胃，从那儿回来，也是满脸的红光，如胭脂一样灿烂。

达的时候，其实那算什么达？只不过，能不再为喝劣质酒发愁，二舅欣赏父亲的喝酒不小气，有酒，就会喊个人，陪着喝。那喝的可是时间酒，一斤酒，两个人，中午喝，可以喝到半夜，晚上喝，可以喝到天明。

父亲喝了大半辈子的酒，少说，也有几吨，再劣质的，一斤酒块儿八角，母亲说，父亲喝下去三间瓦屋。

父亲给二舅说，酒就是他的瓦屋，别人的瓦屋盖在地面上，街坊看得见，他的瓦屋，别人看不见，但这瓦屋，既不漏风，也不漏雨。

二舅是乡村里的公办教师，他一想喝酒了，就骑着自行车来找父亲，到了父亲家，他把自行车往院里一扎，就喊："姐，弄俩凉菜，我和姐夫喝两盅。"

二

父亲活得窝囊，但活得明白，他知道，不管天亮天黑，有酒喝，喝到肚子里，就是赚的。谁都靠不住，他明白得很，早早的，父亲就在自己和母亲的三亩地里，栽了几棵梧桐树，父亲知道，梧桐树长得快，做棺材，棺材板轻，出殡时，那些抬棺材的人，会记得躺在棺材里的人好，不会骂。

父亲看待他的梧桐树，就像看着在地下他开工的宫殿，梧桐树长高了长粗了，就是宫殿慢慢长高，父亲不急，父亲的宫殿，要十年八年才弄好，梧桐树长个十年八年，才可有怀抱那样粗，那样做棺材的材料才气派。

然而，一天，贩卖树的贩子，带着绳子、电锯、拖拉机，到了父亲的地里，要把最大的两棵梧桐树伐掉。有人给父亲说了，父亲当时正喝酒，一听就撂下酒杯，抓个铁锹，去找那些贩子理论。

两棵梧桐树已经放倒，电锯正处理梧桐的枝梢，准备装车。

"谁叫您砍我的树？"父亲指着一个树贩子的鼻子，"给我放下！"

电锯下梧桐树的横断面，如森森白的骨头碴，那些碎屑，就是碎骨。

这是树贩子没料到的，都是三里五里的邻村邻乡，他认得父亲，树贩子看父亲气得红涨的眼珠子，像激怒的狼，树贩子看到父亲手里提着一把铁锹，父亲抓着铁锹，就朝拖拉机的轮胎抡去。

铁锹抡偏了，在车轮的轮毂上，火星四溅，这真是出乎树贩子的意料，他慌忙掏烟："大爷，大爷，您别急，这树，是我出一百二十块买的……"

树贩子把收钱的条子拿出来，钱条子是我哥打下的。

"我不管谁卖的，这是我的树。"父亲说。这时村里的人都围上来，站了满满一圈子，大家嚷嚷着，这是父亲的命根子，谁也没权卖，树贩子就在人群里蹲下了，反反复复地说："我出了一百二十块钱。"

最后，达成了协议，父亲付给树贩子一百二十块，另外让树贩子把伐倒的梧桐树用拖拉机送到家，再加十块钱。

在父亲拿着铁锹拼命的时候，我哥一直没出现，他是偷偷地把父亲的棺材树卖掉，我哥也喝酒，喝酒六亲不认，喝酒要有菜，他就到烧羊肉铺子赊账，后来，羊肉铺子就找父亲还账。

我哥说，要账，找我爹去，他供应出来一个大学生。这次他又欠人的酒肉钱，就想着父亲地里的梧桐树成材了，就找到树贩子，本来可以卖一百五十块，他一百二十块就贱卖了。

这次父亲显然是愤怒了，他让树贩子把树卸到院子里，自己就提着那柄铁锹到了我哥家，这柄铁锹就是把拖拉机轮毂砸得火星四溅的铁锹。

父亲进了我哥的院子，冲着他的堂屋喊："大羔的，你给我出来，为何偷卖我的棺材树。"

其实早有人，为我哥通风报信，他跳院墙早跑了，这也是几十年村里的人第一次见父亲发这么大的脾气。

喊了几声，没人答应，父亲拿着那柄铁锹，照着我哥家的玻璃窗砸去。

但父亲似乎还没消去胸中的恨，也许巨大的虚空，和酒的作用，父亲就坐在我哥院子里号啕大哭。

父亲中风住在乡镇的医院，原先叫公社医院，这医院只两排房子，一排是医生诊病的用房、药房、各类仪器，一排是病房。这病房既住老人，也住小孩，还有产妇。父亲被抬进医院住下，那时，有个产妇也住院，生死相隔，几乎没距离，人们看着也没违和感。

医院的后面几百米处，就是沙河，冬天了，没有割去的芦苇，风起，就更加显得萧索。

我从北京回来，接到电报，坐了一天一夜的长途车，在冬日里急匆匆赶回，当时，就是从挨着乡医院的邮局拍的电报。

我赶到医院，父亲已住院三天。

当时的农村没有医保，人生病就是靠自己扛，能扛过算命造化，扛不过也就认命。当时老家人觉得父亲有个儿子大学毕业，还在市里的大学混事，老人病了，不送医院，那是丢人的事。

送了医院，一切的医疗费用，哥和姐不负担分文，当时父母亲身体还好的时候，曾把二舅喊来，把我哥和我叫到跟前，二舅主持，我负责父亲的生老病死，死后发殡；我哥负责母亲的生老病死，死后发殡；我姐负责伺候，负责哭就是了。

住了医院才知，那钱就是纸，哗哗地从手里支出，妻子从城里借了五千块钱，也就是三天，等我回来，这五千就成了一个数字了。当时我一月的工资才四十八元五角。

父亲一共在医院住了二十多天，有天晚上，二舅来了。二舅在少年时起，就在我们镇子上，跟着我父亲，二舅上学，先是初小、高小，然后初中。每次放学后的中午，就到父亲丸子汤锅去，一碗丸子汤，两个窝头；夏天是凉粉。二舅后来成了民办老师、公办老师，吃了国粮，他就记着是父亲把他供出来的，这本没忘。后来，他也成了父亲的酒友，一来，就和父亲坐下喝起来。

这次和父亲喝不成了，父亲躺在病床上，下午烦躁，不能言语，唉声叹气，总想翻身子，折腾。医生就在输液的液体里加了安眠的东西。

二舅来了，喊着："姐夫，我来看你呢。"但父亲因安眠药的药效，昏沉没有反应。

二舅和我两个守在父亲的病床前，那病房的保暖不好，下半夜，只有一片的暖气也停了，朝后开的玻璃窗，是塑料布蒙的，北风一吹，那塑料布就张开，如命运的黑洞。

二舅问我一些北京上学的事，钱够花不够花？我说："我在北京连天安门也没去过，长城也没去过。"二舅当然明白了，一个人民教师，是乡间的明白人。在父亲住院这事上，二舅勾着头，问我借了多少债了。

我说："债借了，可还。只要父亲的命保住。"

二舅说他问过医生，所谓父亲的命，就是输液维持，针一断，命也就没了。二舅说得伤感，恐怕最后，钱没了，命也没了。

天冷，二舅让我去小卖店喊起主人，又要了两瓶酒和几根火腿肠。没有酒杯，就把酒盖当作酒杯，一斤酒，只是一顿饭的工夫，就见了瓶底。这时二舅的话稠起来。

他让我把另一瓶酒也打开，老实说，二舅是喝了酒，才会说这话的，他给我说，把你爹抬回家治，在家也输液维持。

二舅站起来，走到病床前："姐夫，这个家我当了，明天咱回家，在医院用啥药，家里也用啥药。"

二舅的话还没说完，就号啕大哭起来，接着是我趴在二舅的肩膀上，两个大老爷们在暗夜里抱头痛哭。这是哭的父亲的命，也是大家对未来的恐惧。

我们必须无情地看待这一切，也许只有死，才有生；当钱成了救命稻草，但在俗常的人世，我家却缺少这根稻草，二舅，其实是看穿了人心的丑陋，亲情救不了人命，也许，会把大家都拖入深坑，压垮整个家族。

三

父亲被抬回家的第二天，二哥就来了，二哥姓马，父亲总是喊他的名字马心胜，他比父亲还大两岁，是老街坊，他叫父亲三叔。他和父亲是一生的搭档，他住在镇子的北街，父亲住在镇子的东街，他们至少五天就会碰一回面，半夜刚过，他们每人扛着一把竹扫帚和铁锹从家里出来，这是集市，每五天各个村子里的人都到这里交易，他们二人早早起来，把街上的树叶、垃圾清扫，散集后，再清扫一遍。

马心胜和父亲，每人的袖子勒一个红袖箍，上面写着卫生管理员，是父亲用毛笔写下，再是我姐原样在白布剪下字的模样，绣在那红袖箍上。等集市上人头攒动，马心胜和父亲就在各个摊子前收取五分的卫生费。

往往是散集，都是下午两三点了，马心胜和父亲把那些收到的细碎的五分的一毛的钱摊在桌子上，点钱，然后两人平分，然后两人喝酒。他们在一起喝了三十年，直到父亲躺下。

他们不是爱喝，只是找一个由头，喝着喝着就变成了依赖，就成为与酒相依为命，其实这是两个在镇子里被人看不起的边缘的人，靠给那些摆摊的人要三分五分的钱，但他们知足。父亲，有时端起酒杯，就会和二哥说："马心胜，端起来，走一个。"这辈子值了。这就算值得了？他们一辈子被人欺负，遭受白眼，心里有多少委屈？但他们觉得，五天就能弄上一顿酒，有酒，有肉，这不值还有啥算值得？

父亲和马心胜是一辈子的酒友，下集了，就在父亲家喝，马心胜没有儿子，只有三个闺女，每到逢集，那些闺女和外孙都来，马心胜二哥就像过年，给那些外孙买这买那，他看到父亲存钱，就笑话父亲："三叔，人吃到嘴里，才是赚的，钱在手里花了才是赚的，攥在手里，说不定谁花呢？"

有次，我领着三岁的儿子回老家，见过二哥，他也像我父亲一样，用手摸我儿子。他回头对我父亲说："三叔，你的钱，以后都是这个大侄子的。"

父亲说："马心胜，喝酒，喝酒！"

那一次马心胜喝几口酒，就醉了，父亲说。早年马心胜除掉三个闺女，还有一个儿子，活到五岁出天花死了。

二哥是真的喜欢男孩，那天，从他的布兜里，给我儿子掏出一个冰糖人，是花花绿绿的古代门神打扮。这本来是给他外孙买的过年的礼物。

二哥说："送给城里的大侄子。"

父亲躺下后，二哥也老了，我说："父亲身上也有二哥一部分，两个人四十年，就像暗物质，互相溶解，互为依靠，这是朋友。"父亲躺下，二哥一个人在集市上打扫卫生，一个人在各个小摊前收卫生费。

人们问二哥："你的伙计，老石呢?"

二哥回避问题："三叔，走亲戚去了。"

人们看出二哥的倦怠。散集后，二哥把钱分成两份，一份是自己的，一份是父亲的。

二哥来了，坐在父亲的床前，他从怀里掏出一瓶酒，把花生米放在父亲床前的小桌上，像英雄长啸一样。"三叔，咱爷俩还得喝点。"

此时的父亲，手上扎着针头，长长的输液器的塑料管子吊起。现在父亲，从医院，就几天没能进食了，就靠输液维持着生命的表征。医生说，能撑个十天半月吧，也许能过个年。当时离春节还有半个月。

二哥面前有两个酒杯，父亲一个，他自己一个，他先给父亲满上，接着给自己满上。二哥说："三叔，咱爷俩走一个，我先喝为敬。"

接着，端起酒杯，往嘴里一倒，只听滋溜一声，二哥喉头的那个结如春节炸的白菜丸子，连续动了几下。父亲躺倒一个月了，作为一个嗜酒如命的人，也许是闻到了酒的香气，父亲的眼珠动了。他盯着二哥的喉头，嘴竟然张了张。

二哥又给自己斟满酒，连续干了三个。二哥和父亲喝酒几十年，从不讲究菜肴，一根萝卜一根葱，从地里拔出来，用衣角擦擦泥，可以下酒。一根黄瓜，一个西红柿，在压水井里一冲，可以下酒。当然，一包猪头肉，一包鸡杂，更可下酒。实在没有菜肴，他们就干喝，我们老家把喝酒有下酒菜的叫肴客，和喝酒无菜肴的相比，豪气上、酒格上，要落一个档次。

二哥和父亲喝酒，是对付苦难的一种方式，人间的苦厄多了去了，欢乐的事情不多，喝酒才是一个。他们是底层人，二两酒一下肚，就像脸上涂了油彩，眉眼间都有了笑意，即使遇到沟沟坎坎，一喝酒，就抹平了。

"三叔，我连喝三个了，该你了。"二哥端着父亲的酒杯举起，站在父亲的床头。他盯着父亲，父亲是不能说话，眼珠又动了动，眼角开始有泪。

"三叔，我替你喝了。"二哥举起父亲的酒杯。一连喝掉三个。

到了最后，二哥，又给父亲端起酒杯，这时，二哥腾出的另一只手的手指，沾到父亲的酒杯里，那是食指，整个的食指伸到酒杯里，如一根萝卜扎在泥土里。接着萝卜拔出来，就像挂着泥的萝卜，这萝卜带着酒香带着酒气带着粮食的露珠。

二哥把这个酒萝卜伸到父亲的嘴唇，在父亲的唇上，来回逡巡几番："三叔，喝点。"这时父亲的眼睛闭上，像是一个戏的结局落幕，中风使他不能再做别的动作了，但泪却是汹涌澎湃，从眼角到嘴角。

这眼泪好像爬上了二哥的衣襟，胳膊，然后沿着颧骨，爬到额头，眼角。二哥像个孩子哇的一声："三叔。"

当时在旁边的我实在是控制不住了，对二哥说："二哥，我敬你一杯酒。"

接着我喝掉三个酒，我知道，二哥和父亲一辈子的酒，已经喝尽了，这就是人生的归途，生生死死一杯酒。黄泉下没酒，二哥最后送父亲一程。

四

在父亲走到头的晚上，我在守夜。屋里点着煤球炉，那夜，煤球好像怠工，一直火苗奄奄半死不活，夜半，煤球就砰地炸了，炉子随即熄灭，这时空茫的院子里，有怪鸟进宅，夜色里鸣叫凄厉。

天明，父亲仍是昏迷着，吊着吊瓶，还有十天，就是旧历的年下，这个集市，只能是二哥一人早晨去打扫卫生了。

到了上午，我被明山喊去吃饭，刚端起酒杯，母亲就扭着小脚跑来，说父亲断气了。

我赶到家，父亲的眼睛死死地睁着，没有了光彩，如鱼的眼睛，还没有输完的液体通过输液器还在滴答滴答滴着。

那个被医生用胶布粘着的输液器被拔掉了，只在我走开的半个时辰里，到底发生了什么，当时的父亲床前没有一个人。

大家都不明白，已经微弱地昏迷多日的父亲，是如何把输液器拔掉的。在这正午的时分，大家都没在父亲的床前。

我是被母亲从明山家喊出的，当时明山准备了菜，我们正准备喝酒。

匆匆赶到家，父亲已走了，我懊悔地端起案桌上的一把茶壶，砸向自己的头，扑通一声跪下，大声哭着："爹耶。"

这是我要抱愧一生的事，在腊月里从北京匆匆赶回老家，天天陪伴着父亲，但在最后，我却没能陪伴父亲走那最后一程。输液器滴着，这是命运的抱憾在无言诉说。

我觉得，是父亲厌倦了输液器的生活，没有质量的人生，是折磨，或许，输液输的如果是酒，那他也许会一直安静地躺在床上吧。父亲下葬了，我满足了父亲最后的愿望，在他的梧桐棺木里放了两瓶酒。

奇怪的是，第二年我们给父亲上坟，父亲的梧桐棺木长出了一棵梧桐树，大家都像是看到了父亲的眉眼，我们走远了，好像都听到了父亲的声音，在那边，他有酒喝。

遍地都是棉花

一

新疆农历九月末的秋夜擦黑，肃杀而寒冷。

姐姐每天拾一百斤籽棉，折返数十里的路程，弯腰无数次，那些花柴的刺和棉桃，如刀如锤把人撞碰得跌跌撞撞，比生活还坚硬；拾花的时候，蛇皮编织袋吊挂在脖子里，或捆在腰上，先是一朵两朵，再是十朵百朵，三斤五斤，八斤十斤。中午炽热太阳下，在棉花地走三五步，就像囚在蒸锅里；到晚间，气温骤降，从脚到手，浑身冷凛，没有热气，上下牙骨打架。有时坐在地角等来收籽棉花的拖拉机，冷得受不住了，就不得不把手伸进那些蛇皮袋的棉花里；有时就待到半夜，若是有月亮，那拾棉的秋夜，看到一个个来自山东、河南、安徽等地的男男女女，一个个从地里鬼影一样撞出来，在拖拉机张扬的昏黄车灯下，排队，等过秤装车。

天气越来越冷，姐姐就和拖拉机司机说，帮你装车押车，这样，可以随着拉棉花的拖拉机早回去，不用再等空车的拖拉机返程来载拾棉花的人。

过秤，交了棉花，姐姐把编织袋披上御寒，然后偎在花车上，掏个洞，把身子埋进籽棉里去，一路颠簸，新疆的夜，好像慢镜头，特别长，路也像慢镜头，特别长，永无止境。有时，三哥给山东老家的子女打电话，家里的孩子在梦中惊醒，几点了？还打电话，在新疆拾棉的姐姐才吃完晚饭，而山东曹濮平原深处的生灵们早沉在惺忪的梦乡了。

有时姐姐在拖拉机的棉花上一躺，疲累得连话都懒得说，就迷迷糊糊睡去。

到了住地，三哥喊一声，到了，凤莲。两人才疲惫地把铸铁一样的腿挪下来，扑打着身上的棉絮。

姐姐说新疆的天魔道不正经，正午，那太阳欺负外地人，你看太阳一眼，那眼里像撒了一把钢针，泪像被扎出来，顺着腮流过。

拾第一茬棉花时，正秋老虎发威，那温度近四十度，手抓棉桃像攥着火球，汗水像在身上掘开了水渠，天天喝上十多斤的水，嘴唇还是起泡。而到了太阳下去，天就打着滚撒泼的凉，把毛衣穿上，再把棉袄都穿上，还是感到风贼人一般，飕飕地吹脊梁骨缝；中午吃饭就半个小时，连带着屙尿，老板用摩托车把饭和水带到棉花地角。馒头随便吃，大家各自把自己带的碗拿出来盛冬瓜汤或炖土豆，有时那汤里也漂些肉片，只是象征主义而已，如池塘无精打采的浮萍，大家蹲在棉花棵里，一片喉咙响地往下倒，有的没筷子，就咔嚓咔嚓撅两根花柴，吃完饭，用棉花叶擦一下碗，或是倒点水，沿着碗，水转悠一下，接着喝下，就算洗碗了，就算讲卫生了。

那些来自各地的拾棉人，住在一家院子的几间土屋子里，男人住堂屋和东屋，女人住西屋和南屋，一例的通铺。姐姐说，那气味，第一天住下，就想吐，到梦里还想抠喉咙吐出来。

姐姐第一次在新疆拾棉花，是在克拉玛依东数百里的地方，他们返回来时，从奎屯坐火车，我问姐姐和三哥拾棉花的具体位置，他们都没记住那个镇子。拾棉花单调烦闷，想家了，男人就想喝酒女人就想逛街，于是吆喝着坐着拖拉机到奎屯找乐子，但姐姐和三哥一次也没出去闲逛过，他们知道，他们是来挣钱的，要带着钱回家给二儿子盖房子。

姐姐说，晚上，有传教的人，那也是拾棉花的，就到了住地的屋子里，那人说"烦闷的时候主在身边"。

姐姐不信耶稣，姐姐信的很世俗，她想过好这日子，没病没灾，有零花钱，到集上能买水煎包看个戏。就像逢年过节，有了好的吃食，我们这里也祷告神明和过世的爷爷奶奶父亲母亲，让他们保佑尚活在世上，还在世上苦熬的人们，我们这里叫向先人言语，报告的意思，肃穆、虔诚。

手里比画着，口里祷告着："天爷吃，灶爷吃，姑姑吃，爷爷吃，奶奶吃。"

言语毕，祖宗神灵满意了，然后我们才开始吃饭。

拾棉花的棉花地在戈壁滩，姐姐说，那棉花地无边无际。姐姐是拿老家作比的，她说一趟子棉花，能从咱家到咱爷爷坟上。我小时，曾随着姐姐到爷爷的坟头摘金针菜，走好长的时间，过沟过河，总有三四里的路途。

棉花地在沙漠的边缘戈壁滩，是方圆数万亩的棉花。每年的农历七月底，山东河南安徽等地的农民就到了。

那天半下午，快要收工，老板带着拖拉机到地头准备收拾花工摘的棉花。

只听老板大喊："不好了。"

姐姐马上喊三哥："保财，你看。"不知啥时，天边突然涌上一大块又黑又黄的云，一下子遮住了天光，就那时，好像整个棉花地都迷瞪了。

接着好像听到了远处有风的啸叫。

老板呆了。

来自内地的拾棉人没见过这阵势，大家问："老板，是啥？妖怪吗？是下雨吗？"

看着天，老板快要哭了："完了，完了……"可能是冰雹。如果是冰雹，那一季的棉花就泡汤，投入的资金心血时间希望，都会被冰雹砸碎。

这极端的天气，新疆每年都会遇到，但不一定是在哪片棉田，哪一个人头上，对于整个收获季节，这种极端是万分之一，但对于遭受这冰雹的人，确实是百分之百，身家性命，血本无归。

这即将临头的棉花收获季节的冰雹，对棉田的老板的打击显然是命运的骤然变脸和不厚道，这时大家手足无措，整个的被命运摆布。

浑黄的风来了，黄中带黑的云把整个棉田和天幕都遮蔽了，哪里是人，哪里是棉花地，哪里是拖拉机，哪里是希望，好像天地噤声，没有鸟飞，没有虫鸣。只见远处的树木开始躬身，接着棉田的棉花依次弯腰。姐姐说她当时有一种无法言说的恐惧，她抓住三哥的胳膊，三哥虽然当过兵，在外面几年，也没见过这阵势，脸上的表情一点也没有。

接着，姐姐喊了一声"保财"，大家一下子好像沉到了水底，跌进了暗夜。风一下子钻进喉咙，耳朵，鼻孔，眼睛，肠胃，最直接的感受就是像人扇耳光，啪啪地击打人的脸和耳朵。

风中，听到一声："趴下，钻在棉花棵里，拽住棉花棵。"

那些棉花棵，也像末日一样，一下子贴着地皮倒下，那些棉桃，如核桃，如拳头，如鹅卵石，在半空中飞，击打着人的身子，手臂，脊背和脑壳。

姐姐一手抓住棉花棵，一手抓住拾棉花的袋子，这两样东西她都死死地抓住，这是希望。而姐姐感到风能把人托举起来，只要手一离开棉花棵，说不定会把人裹挟到天上。

接着，大家感到有东西密密麻麻地从天上抛下来。

"保财，是冰雹不？"

趴在棉花棵里的三哥，也感到了天空落下的东西，不像是冰雹，接着感到身上凉，身上湿，不知道是汗还是别的什么。

风和乌云缠斗着，只一会儿，就过去了。西边的天，好像是烧开了锅的炉膛，整个棉田，就像着了大火，那些棉花棵像镀金，老板的拖拉机像镶嵌了金边。

大家看老板。大家被老板的举动惊住了。

老板五体投地趴在棉田的地头，接着是额头重重地连连掷向大地。

老天啊，老天啊。

老板老泪纵横，接着，老板跳起来，站在拖拉机上，双手举起，像要拥抱，又像李尔王旷野呼叫，像一尊青铜的雕像。

乌云和风这是打着滚在这棉田滚过，只是夹杂着铜钱大的几滴雨，那些怪物，折着筋斗远去了，西边的天，这时由血红变得湛蓝，一碧如洗的天空，开始有了几颗星斗。

老板说："收工，今天喝酒。"

姐姐说："那天，老板把拾棉的人拉到一个镇子的饭馆里，让大家吃了炒菜，她也喝了酒，三哥和老板连干三杯新疆的伊力特酒。"

姐姐说："新疆的酒度数高，有一种别致味。"

老板真是幸运极了，这场突袭的攻城略寨的所谓的冰雹，只是虚张声势、外强中干，一粒冰雹也未落下，只是象征样地砸下了几滴雨，只是湿了棉花地，只是刮跑了一些拾取的棉花，几个人的鼻子被棉桃砸破。

姐姐说："早晨拾棉花最好，那时有露水，棉花压秤，每斤能多出一二两，就可多得一两毛钱。"

后来，拾棉的人发现，跪着拾棉，既快，也不用虾腰，先是单腿跪地，拾了半天就只能双腿跪地爬着拾了，一天天，匍匐在棉花地里，如蝼蚁如生灵。

姐姐非常喜欢棉花，姐姐说："她看到那些棉田里棉桃都咧开嘴，那口里像含着一只或卧或立的羊……"

霜重伤骨，由露水到霜雪，姐姐都历经，有时明月中的棉花如白衣神站在地里！

土地是不会站起来迎合人的，它自有尊严。姐姐跪在那摘棉花，我觉得这应是和米勒的《拾穗者》比肩的造型，对大地的给予与温暖，人必须谦卑，把肉身贴近，让土地知道你的心意与朝圣；其实朝圣不一定去教堂与庙宇，土地上神性被我们遮住与盲视也太久了。

我知道在故乡土地上活就不是一件轻松的事。我回去看姐姐时，觉得自己是愧疚于这土地与故乡，正如我写不出他们的生存，我只能是亏欠，是终生打下的白条，我知道我的文字不会流泪，要是会流泪多好啊，那就能给故乡以抱慰！

虽然姐姐喜欢棉花，但钱是跪在地里一分一毫捡来的。暑假看姐姐，她说拾棉花就是刨钱，刨，这是方言，刨食，这是形容猪狗的词，透出的是生存的不易和人的卑微。

有钱，打死也不去！

但姐姐去了三次。村里很多年轻的女人，有去十几次的，那些平原里的女人背着尿素蛇皮袋子改制的背包，从山东到新疆，火车要两天两夜，有时中途换车，晚点，就还要多付出几天的代价。第一次到新疆拾棉花，人说，拾棉花不要五十岁以上的，姐姐和三哥就买了廉价的染发剂染了发，看上去，显得年轻，就给人谎报说刚五十。

刚去的时候，一摘棉花，那花柴的乱枝把手上弄得满是血裂口子，时不时被棉花壳刮得钻心疼。到开始打霜了，每天早晨的那个霜花，冻得手指头都要断了。而到中午，这里的天真是逆天，会飙升到四十度。

拾棉花是非常孤独的活，每天在棉花地，再加上来回路途，总共十六个小时。人们天天干着这样重复的工作，无疑是最大的劳役。

三哥说，第一次去新疆拾棉花，是从商丘坐的火车，到甘肃天水，然后倒车去乌鲁木齐。当时是农历八月份，正是天气炎热的时候，又是绿皮火车，没有空调，一百二十人的车厢，至少有二百五十人，整个车厢里，黑压压的都是拾棉花的，厕所里、过道里、座位下躺的都是人，尿骚味，汗腥味，臭脚丫味，口臭的放屁的，东倒西歪，前仰后合，没有下脚的地儿。去趟厕所就像冬天在冰上过黄河，一步一个惊险，一脚一个担心，只能一点一点往前探，怕踩着谁的脚、手和人的肚子和头。一踩一叫，那就知道踩到地雷了，眼瞎啊，找死啊，不是叫就是骂。有人到不了厕所，就尿了裤裆。三哥说："行李架上，也会躺人，人急了，啥点子都会想。这龟孙还真会享受，一路上坐个卧铺。"

车到天水不走了，因为晚点，前一趟换乘的车没赶上，大家坐在候车室，到了半夜，带队的找到当地道上混的人，每人收十块钱，下一趟车，没有票，都呼啸着挤上去，一下到乌鲁木齐。

新疆真远，你姐天天趴着窗户看，一会儿天明了，一会儿天黑了，啥时到头？

二

暑假，我去看望姐姐，离开故乡五年，自己像一个从故乡偷渡的人到了岭南，归零开始别样生活，夜深人静，姐姐常是在不经意处，从故乡闯进心底最深处。我曾见一个男人在珠海街头走着走着哭起来，那汹涌的泪水，不知是为即将到来的夜幕而哭，或许只是想哭一场？我曾回家看过父母的坟，我们的身体何尝不是坟呢，埋藏着父母，埋藏着伯父、爷爷奶奶；人说炊烟飘到哪里都温暖，那炊烟是燃烧的心吗？炊烟的意象是最能泡软一个在外的人。

听姐姐说话，都是最家常的，是故乡的存在的密码。

酒不敢喝了，刚戒时，浑身上下不来劲；酒是粮食的魂，也是人的半拉命，你知道，咱爹半夜起来到集头用笤帚铁锨弄卫生，多冷的天，往胃里赶一碗酒，半晌的时候，再赶一碗酒，做活到半下午，身体撑到半下午都没事。我见到了姐姐，姐姐家正建房子，还未结束，正等水泥凝固，工人都回去忙自己地里的活，凌乱的院子，如战争过后。姐姐茶也不喝了，她的如暖瓶一样的大杯子里泡的是蒲公英，姐姐说，前年刚给二儿子盖了房子，样式和大儿子的一样，不偏不倚。但她的房子快要塌了，这不，县里包村的说给补贴，每户盖房补助一万五，我们就盖了。

酒是我们家族的遗传，这基因传男也传女。我知道，酒是父亲的命，有时早晨喝，有时中午喝，有时晚上喝，有时走路喝，蹲下喝。人们说，父亲死了，可以装到酒瓮里，确实，父亲死时，当木匠扣棺材板时，我喊一声再等一下，我把两瓶酒放到父亲的棺木里。

姐姐因为小时候要照看我，就被剥夺了上学的权利，而做了一辈子农民，循四时春耘秋获，当有时见到姐姐用笔记下个电话号码的艰难时，就让我心一紧而生戚戚焉。

在老家这土地上，好像我书读得好，写一些莫名的文字浪得虚誉，被一些父老拱着仰望似的，这让我常羞愧不已。我是不敢轻视土地而在农民面前趾高气扬的，我如留在这土地上在田头劳作，不会比那些农民做得更好，也许会饥寒交

140

迫，家徒四壁。我知道，在姐姐和农民面前，我和我的文字，也是要低头膜拜姐姐和农民这些土地上朴实的庙宇。

父母死后，好像故乡的脐带断了，但觉得还有姐姐在，这时地理的故乡又有了一种精神的意义。我离开故土到岭南，毋宁是寻觅精神之地，但这精神之地有时也是一种麻醉，怎样完成心灵的救赎，无论精神的故乡和地理的故乡。里尔克曾对罗丹的"孤零"体验何尝不让当下的我们感同身受，爱与亲情固然美好，但同时又令人恐惧。人在孤独中忍耐，人在孤独中长大，人在孤独中成熟。

也许，我们重提一个词：怀念。因为，作为一个经历世事的人，早已不再单纯，当下也不再单纯，因为"那些久已逝去的人们，依然存在于我们的生命里，作为我们的禀赋，作为我们命运的负担，作为循环着的血液，作为从时间的深处生发出来的姿态"。

是的，那些泥土，那些亲人，那些过往，哪怕那些过去的存在对于我们的现时的怀念是沉重，但怀念却使记忆复活，怀念能修补一些生活的表象，而让我们回到精神的世界。在日益浮躁亲情淡漠物质化的世界，一个人苦苦寻觅精神的故乡而怎样忍受世俗社会带来的心理重压呢？却有一味良药，在忍受孤独的同时，让怀念到来，怀念可丰富我们的精神的领地。

未来的飘忽虚幻，也造就了人对过去的怀念，怀念故乡的星夜和河渠，草垛与霜雪，就如你无法解释，你走近故乡，那种驴子的叫一样让你激动，这也许是唤醒了你记忆的基因，你也是这土地的一部分而已。没有过去就没有未来，能够给我们温慰和抱持怀抱的，只有怀念。

姐姐无法走出故乡，她就是囚在故乡，像是亲情的人质；我何尝不是故乡之囚徒，故乡对现在的我，是走不回也走不出。故乡不是单数而是复数，不是名词而是动词是代词和介词，不是泥土而是精神，不是精神而是母语，不是母语而是黑洞。

我见到了姐姐。姐姐去年在新疆拾棉花有点中风，未告诉我，这次姐姐说，你看我的这个肩膀。我这是第一次注意，姐姐的右肩比左肩要低几公分。

姐姐紧活赶活，七八岁的时候，早早地就担起了家庭的重担，哥哥上学当兵，我还小，母亲多病，姐姐就纺花织布在打面机坊打面在轧棉花车坊踏花车，她干过的活总和别人不一样，好，且速度快。

割麦子时，正是端午前后。那是重活，也是与时间赛跑的过程，割完麦子要抢种玉米花生棉花或者红薯，再就是怕下雨，麦子会生芽发霉。

那时的太阳最毒，干热风一吹，就像火苗烧身，有一年，我曾随着姐姐提着镰刀下地。姐姐到了麦子地，弯下身子不再起来，镰刀唰唰在一条等高线上翻飞，就如木匠吊线一样齐，那些麦茬，都是紧贴着地皮，那时整个村子和土地都是烫人的，姐姐的那些麦茬在太阳下那些白茬子，像涂了水银。

我随着姐姐割麦子，姐姐割两垄来回，我也割不下一垄，且我留在地里的麦茬，豁豁牙牙，如高低起伏的不平脾气，稍一不慎，就会戗着脚，无论人的还是牲口的，都会血流如注。

割麦子时，我直感到太阳强烈，把眼睛灼伤发蒙，眯起眼睛成一条缝，那镰刀在手上，如叛逆。

到了上午，姐姐把撂倒的麦子要捆成麦个子，那麦个子当中的腰子用一束麦子一扎，如细腰的小媳妇，麦穗头齐整整，一点也不毛糙，没有倒穗，也如好看的媳妇。

到了上午，我的嗓子到了极限，好像一根火柴，就能把我的嗓子点着，然后顺着肠子烧到脚踝，那麦地炙烤，好像要榨尽人的最后一滴汁水。

就是那一次，我忽然感到太阳是黑的了，然后就不知道后来发生了什么。我躺在一个桥洞里，才知道，我中暑了。自小，姐姐看我喜欢读书，一般的农活是不攀我，知道我干也会耽误事，我割麦子中暑，是我考上大学那年的事。

当时，姐姐已把车子装得像山一样。

姐姐干什么活，都不能落在人后，都不能叫别人说出什么，她干活，就是一门心思，平时也从不闲着，有个爱好，就是喝浓茶，干活后，有时就喝酒，这都遗传自父亲。

我没有和姐姐交流过关于活着或灵魂的话题，但姐姐是相信神鬼的，虽不理解我所说的灵魂的话题，她只是活着，未出嫁时，为娘家，出嫁后，为孩子，只要是活着，就百折不挠，把活作为目的，把活得好一些作为目标，困苦时，忍耐着挣扎，也许和身边的猪羊没什么两样，只是在生活的夹缝间求生活。我不知道她在人生中是否有过出神或打盹。

但姐姐好赶集，这也许是她灵魂出神或打盹的时辰。

姐姐喝酒，是不输平原深处的任何男人的，姐姐一口，能把一茶杯的烈酒赶到喉咙里，但姐姐第一次在众人面前喝酒，那豪气是吓住人拼着命，让人刮目相看，知道了她性子的烈，比酒还有度数。

那是姐姐在轧花机坊踏轧花车的时候，才十五六岁，踩轧花车要有力气，工分高，虽姐姐不够成年，但按一个整劳力算十个工分。秋天过后的冬闲里，正是轧花的时机，当时国家不要籽棉，棉花站收的是脱掉籽的皮棉。

姐姐去轧花车坊的时候，父亲特意炒了一个菜，用油撇子在棉油罐子勉强弄出一点油，在锅沿上擦一擦。

那顿菜，姐姐说真香，再看父亲时，父亲眼里含着泪。才十五六岁的姐姐要像成人一样踏轧花车，一个壮劳力，一个冬天下来，也会瘦一圈，会整日咳嗽，那些年，人没有防护的意识。

那些棉的绒毛会通过呼吸道进到人的肺里，我看到许多在轧花机坊踏轧花车的男人，咳嗽起来，就像吸了又粗又长的劣质散酒的烟叶卷起的喇叭烟，吸一口，那浓重的又辣又呛的烟雾直直地抵达人的肺里，又走投无路螺旋着从鼻孔冒出，有时道路不通，就憋青了脸地咳嗽，两眼含泪。

那一年的冬天，往往是半夜，姐姐才从轧花机坊收工，下半夜屋子就被她的咳嗽声灌满。

到了年关，轧花机坊要封门了，意味着这个冬天的棉花的轮回到了终结。忙活了一冬，在封门的时候，人们要炸面泡喝封门酒，谁要是不喝酒，会被人小瞧的，还是整劳力，连一点猫尿（平原深处对酒的俗称）都不敢喝，那每天的十工分来得不地道。于是，不管能喝不能喝，那些男人就一扬脖把猫尿灌了，即使在粪坑边呕吐，也不能让人看不起。

封门的酒，就在轧花机坊的院子里，在墙角，用几块砖支起了炸面泡的锅，老棉油在锅里冒着黑烟，木柴熊熊，一个壮劳力正在斗盆里摔面，面泡要好吃，必须用力把面摔个百回千回，那样炸出的面泡，外面焦黄，内里满是蜜蜂窝样的小洞。

天到半晌，几筐子焦黄的面泡，冒着热气，还有半盆子凉拌藕，一桶十斤装的散装瓜干酒，与几块歪歪斜斜的砖立在院子里，大家每个屁股下有块砖，算是凳子。

一个大黑碗，斟满了酒。

这时，酒开始轮着喝，从队里的鳏夫保管开始，一人一口，转圈喝，黑碗的酒喝完，再斟满，接着轮。

姐姐当时也在人群里，当时日子困难，父亲几年不喝酒，我们家到年关也买不起一两半两的酒，姐姐那时也根本接触不到酒。到了姐姐那里，姐姐只是用嘴小口抿了一下，姐姐后来说，那嗓子就像着火，嘴里吱哈吱哈地叫。这时，不知被谁看见了，就有人给鳏夫保管提意见，说保管走后门，把还不会喝酒的小雏弄到轧花机坊挣工分。

像猫舔的不算喝酒，要挣整个劳力的工分，必须喝酒，这时不知谁把一碗酒，倒满，砰地放到姐姐面前，大家看着姐姐，也看着保管。

保管说着："莲妮是女孩，大家让一下。"

但姐姐腾地站起，脸红着，眼里含着泪，她看着无奈而好心的保管。猛然，虾腰，把一大黑碗酒端起，气都没出，咕噔咕噔，一大黑碗酒干下了。

大家惊愕了，一个十五岁的小姑娘。姐姐眼里的泪花憋不住了，顺着脸颊哗哗地流下。

人们未反应过来，姐姐就像踩着高跷似的，回家倒头就睡，那是冬天，母亲把加了醋的凉水灌了几碗给姐姐。

母亲在床头流泪，一夜守着迷迷糊糊的姐姐，到了第三天，姐姐才醒来。

接下来母亲说："明年，给千千万的银两，咱也不去轧花了!"

那三天，我们家，就没有动锅，一连三天，我们家都没烧火做饭，大家都把心揪着。

姐姐醒来了，依靠在门框上，头一抬，说："明年，还去轧花机坊，看能咋的?"

其实在轧花机坊做工，也十分危险，特别是到了半夜，人往往困意袭来，一天冬夜，姐姐紧邻的大辫子翠香，不知怎的，本来盘在头顶的辫子散开了，一下子，那飞速旋转的轧花的齿轮把她的辫子咬了进去。冬夜，整个村子都听到那声惨叫。翠香姑娘低头趴在轧花机进籽棉的木板上，辫子连着机器。大家都愣住了。翠香的脖子里，都是血，下面的皮棉也是血。鳏夫保管大声叫："快去喊医生，快去喊医生！"

当时睡觉轻的母亲听到了那声惨叫，母亲推醒父亲，父亲和母亲就赶紧跑向轧花机坊，他们担心自己的闺女。

翠香的辫子连着头皮，翠香的辫子也连着齿轮，在赤脚医生和鳏夫保管费劲的转动下，大家用剪刀把翠香的辫子剪掉，但翠香的头皮，变得血肉模糊，像个恐怖的葫芦。翠香满脸是血。

鳏夫保管看着吓呆的那些踏轧花车的男人，破口大骂："你们这些龟孙，还不抬担架，送县医院！"

在那个冬夜，姐姐抬着翠香的担架，一路小跑，向着三十里外的鄄城县医院。

后来，翠香的命保住了，但破相了，成了秃子，第二年，就出嫁了。

后来，姐姐再到轧花机坊踏花车，母亲就一夜一夜无法入睡，直到姐姐安全回家，那往往都是鸡叫时分，冬夜，一派混茫。

三

棉花，是经济作物，也是战略物资，是自然植物的，也是肉体的精神的，我们用它包裹身体和灵魂，棉花遮蔽了我们的羞辱和寒冷，棉花也放大了我们的身体，人有时是那么脆弱，当寒冷来临，还要一朵朵的棉花覆盖，我们谁的身上，没有几斤几两的棉花呢？但是棉花温暖下的我们却没有察觉，那些棉花和纱线，就像我们身体的经纬和盔甲，是另一种皮肤，它与我们肌肤相亲相昵，但我们对棉花的深处却一片茫然。

棉花也有自己的命运，从泥土里出来，一粒种子和一朵棉朵，也不知会走到哪里。天灾，人祸，病虫，冰雹，哪一次都会要了它的小命，能走向一根纱线，能走向一匹布，都有自己的命运，它是自然和社会的媾和，也是汗水与资本的光合，不知走过多少工序才在我们的身体发肤上扭结了。有人说，棉花是我们的另一种肤色、另一种身份；穿着双股线粗布衣服的平民和穿三百支棉纱衬衫的土豪，是基本存在的社会差异。是的，我们如果驻足一朵棉花，你就知道，这纯白的金子，从土地里来，是天地人三者精诚合作的产物，有的宗教，面对每一餐，每一寸布，会祷告，会感恩，感恩大地的赐予，我觉得，这是一种谦卑和高贵，一朵棉花的背后，隐藏的是命运的深刻的启示。

我喜欢《乱世佳人》的序幕的一个译本，那翻译温暖且能步入人情感的最深处，它把南方，冠上一个老字，我感到境界神了。"这是骑士和棉花的故乡，被人们称之为老南方。在这个美丽的土地上，骑士将永远保持他最后的优雅。但是，骑士和他的淑女，庄园主和奴隶是最后的一次出现。如今这一切只有在书中才可以见到，一代文明随风而逝了。"

是啊，因为这战争，因为这场棉花引起的残酷战争，持续了漫长的四年，曾经的绅士和淑女失去了所有的一切，生活被残忍地分隔成截然不同的两个时代。而面对战火后的漆黑焦土，人，应该怎么办？人的生活将会怎样？

姐姐的生命就是一件事，不能闲着，闲着就会不舒服，就会发脾气，在劳作中，她才安静。就像索尔仁尼琴说过的话："我全部的生命只由一件事构成——工作。"

姐姐第一次到新疆拾棉，心里念叨着两吨半，拾够两吨半棉花，就能够报来回的火车票。

姐姐到新疆拾棉花，前后去了三次，第一次和三哥一起，第二次第三次她都是独自跟着包工的人去新疆。

但在第三次，姐姐到了新疆只一天，在棉田里待了半晌，家里就接到包工头的电话，说，姐姐像是中风的前兆，让家人接走，否则，出了事，他们担不起。

我是在姐姐中风那一年的暑假去看望姐姐的，已经五年未见，但姐姐中风未有什么后遗症。第二天，我曾在微信上

写了这样的句子，当时是和朋友喝茶，突然就想写些什么，
于是随手写下：

　　姐姐的八岁

　　她的童年抱着

　　我，那年秋天雨注四十二天

　　我的脐带渗血四十二天

　　姐姐的六十二岁

　　她抱着

　　五岁的孙女牛五一

　　姐姐十五岁

　　拉载重一千八百斤的地排车

　　车上有时是四到六个三百五十斤重的汽油桶

　　有时是八到十个两百斤重的粮食麻袋

　　姐姐三十岁

　　和村中恶男骂仗

　　后从家中取出刨红薯的铁抓钩

　　一下砸折恶男腿骨

　　乡间为之侧目

姐姐五十五岁后

三到新疆拾棉花

坐绿皮火车两次

坐大巴一次

历三个昼夜，姐说

在火车上人挤人如集上卖的猪秧子

最后一次去新疆拾棉花

只一天，她就晕倒在棉田里

二外甥坐飞机去接她

姐姐平生第一次坐上了飞机

这一次把她前两次拾棉的钱都

赔进去了

昨天，去看姐姐

她停下喝了几十年的酒

茶也不喝了

改成喝蒲公英

外甥和我喝五粮液

姐姐说，好酒，我也尝一口

这诗，是写实的，姐姐脾气暴躁倔强，有力气，是敢说敢做的主。姐姐结婚后，三哥到我们家走亲戚，他当时和堂姐夫在一块喝酒，喝多了，堂姐夫就吹牛，说："石家的女人不能宠，关键时候要给脸色，实在不行，就打。"

三哥老实，回家后，又一次与姐姐争执，他想到堂姐夫的话，就想试一下，三哥把吃饭的碗，摔在地上，想吓唬姐姐。

但令三哥错愕的是，姐姐一看，反了？石家的闺女怕过谁？于是就走到厨房，拿起擀面杖，咚的一下，把锅砸烂了。

姐姐说："不过就不过。"

大外甥铭星曾告诉我，我姐的脾气，他爸是怕了。有一次他们生气，姐姐要回娘家，走的时候，她想牵走我父亲在集上为闺女买的一头山羊，但山羊不走，姐姐急了，上前用刀把羊头砍下，说声："我叫你不走。"

这时，三哥脸都吓白了。

姐姐认干活，不认别人欺负，有一年，因为一棵树，本来这树长在胡同的姐姐的墙边，距离邻居家远，但邻居却说这树是他们的。

三哥息事宁人，不愿意争，但姐姐不愿意，就站在门口骂："没娘的，也不照照镜子，欺负我们，那你还嫩，那树碍你啥事，想把这树除了归你，没门。"

姐姐骂，三哥却不敢出头，他端着一茶缸水，劝姐姐："行了，歇会，别累着，喝口水。"

姐姐却不依不饶："歇会？我不骂了，该你了，换回班，看哪个敢把树抢走？"

后来那邻居仗着有几个儿子，在街面上走动，气势汹汹，不善罢甘休，就挥舞着棍棒也走出院子。这下可好了，姐姐对三哥和刚刚几岁的外甥说，你们都别出来，石家的闺女还就豁上了。

于是操起一把刨地瓜的三齿抓钩，冲了出去。

结果当然是，愣的怕硬的，硬的怕不要命的，姐姐挥舞着抓钩，上前就把邻居的腿砸折了。

这次当我开笔写姐姐拾棉花，我一直心疑姐姐脑出血中风这事，因父亲是脑出血走的，母亲也是。一句话，斯人也斯疾，我们家，按乡间老中医的话，家族的人血热，我曾在大学的讲台上，讲到怒发冲冠处，往往热血从鼻子喷出，也是一道景致。

但姐姐为何中风出血呢？外甥志国给我发了长长的微信，外甥的文笔很流畅，写得规矩，但透视了很多姐姐的细节。

他说，那是二〇一六年的九月十六日，他接到了一个电话是领工的，说姐姐病了，让家里人接她回来。姐姐不让告诉家里，怕家里担心，估计领工的怕出事了担责任所以还是通知了。领工的说在去的路上因为座位的问题和别人起了争执，到那里以后刚摘了半天棉花就病了，走路不稳说话不利索，外甥一听就怀疑她是脑出血或者阻塞了，志国马上买了第二天一早从郑州到新疆库尔勒的机票，到了库尔勒才知道姐姐所在的地方离库尔勒还有六七百里，和领工通了一个电话问清怎么坐车，外甥马上赶到汽车站，但到了汽车站才知道坐车很麻烦，到了目的地已经晚上十一点半了，领工骑了一辆摩托车在车站等外甥，外甥才知道姐姐拾棉花的地方离这个小站还有一段距离。等到了地方领工带外甥直接去姐姐住的地方，当时姐姐很惊讶，还直说她没事，抱怨外甥不应该来，离家那么远。听她说话不清反应迟钝，外甥就知道肯定是脑出血压迫到神经所导致的，但见到外甥，姐姐明显放松了许多。

等姐姐情绪稳定了，外甥开始打量姐姐住的环境。外甥说，他差点哭出来，只是眼里噙着泪，七八个人住一屋，是那种大通铺，有很多蚊子。外甥说这一生都没见过那么多的蚊子，密密麻麻，姐姐说这还是少的，棉花地里面更多，穿着长袖裤子一天下来全身也叮得全是包。因为蚊子太多，所以他们每个人工作的时候都戴个帽子，然后帽子四周再用纱网缝上，要不然蚊子多得没法工作，只有等天冷了以后蚊子才会消失。

外甥和领工交接了一下，把姐姐的行李先收拾好，因为太晚了没车，只能等到第二天一早再回返，幸好姐姐一夜无事。第二天一早领工把姐姐送到车站，他们打车到库尔勒转车，本来外甥计划带姐姐坐飞机回去，这样能节省时间。但是我外甥打电话问了一个做医生的朋友，他说这种情况还是坐火车回来比较好，飞机起降有可能加重病情，所以在库尔勒还是选择了坐火车回来，比较稳妥，就是时间久了点，要三十多个小时。因为时间太长，给姐姐买了一张卧铺，当上了车，姐姐见买的卧铺，就一直抱怨外甥不该花那么多钱买卧铺，姐姐说没事，自己不是还能走吗，外甥知道姐姐心疼钱，只好安慰她说卧铺比硬座多花不了多少钱，坐硬座如果病情恶化了花得更多，姐姐这才心里踏实点。回来后在医院做了一个脑部 CT，果然是脑部出血，医生说有两个出血点，幸好出血不多，在医院住了半个多月恢复得挺好，就出院了。

我在市里，曾以为姐姐从新疆回来的时候，也是坐飞机呢，但外甥说，咨询了医生，怕加重中风。

其实，我后来慢慢了解，姐姐这次从平原深处的老家是坐大巴车去新疆的，路上要两天两夜，那些拾棉花的人，夜里就坐在座位上，扯条被子睡。

车在半道，夜已很深，姐姐睡得迷迷糊糊，突然，她感到身上像压块大石头，腿疼得钻心。前边的人，在没有任何招呼的情况下，突然把座位放平，想躺着睡觉。

这时姐姐醒来，就大喊："压着腿了，压着腿了。"

带队的老板来了，让前面的人把座位立起，说："谁都不能躺下，这车不是卧铺。"带队的人扶起姐姐，姐姐把裤腿翻起，腿被压伤，瘀血。

真是反了，姐姐站起，血一热，就举起手，去撕打前面座位上的女人，那女人的丈夫也在，但不敢动手打姐姐，姐姐也无法打那压伤她腿的女人。

第二天到了新疆，带队的人，看气性大的姐姐说话有些不利索，于是就打电话家里的人来接回姐姐。

总是想起小时候看姐姐脚踏轧花机的场面，轧花机屋摆着七八架民国时代就时兴的轧花机，生产队里的保管航哥，一位五十多岁的鳏夫提着个油壶和一个铁条拴一块破布给那些轧花车的连动的部位膏油，七八个男男女女戴着围裙戴着帽子，还有的戴着口罩，各人面对着各人的轧花机，白的棉花的绒毛，飞得满屋都是，就像下着无始无终的冬雪，人不停，这雪就不止了。那轧花机屋的屋顶上，房梁上，窗台上，未戴口罩的人的头上，身上，眼睫毛上，都披着绒毛，都披着雪。

那些皮棉如雪如瀑，如芦花如细软的银子，也像绵亘不断的白云一样从轧花车的出棉口倾吐奔泻，散落在轧花机下面的白茬子木箱里。

那些棉花的绒毛其实是令人讨厌的，喜欢粘人，我只是在轧花机屋子待一会儿，我的衣服上，头发上，眉毛上，鼻孔里喉咙里都是绒毛。一会儿就是个雪人。但我喜欢这雪的世界，这发白发亮的棉花世界白雪天地。

我想说，棉花是母亲，是的，这不是矫情，也不是虚妄，对一种植物，这给予人类温暖和良善的植物，应感恩地大声说出来，我们每天都穿戴着棉花们，可我们究竟对她能知晓多少呢？

棉籽就如人类的晶莹的汗滴，也如茫然的泪滴，这犹如播种希望，也如歉收的空无，但不管怎么，我们不应轻视她漠视她。

棉花的白，是一种晶莹，也是一种土地品质的洁，泥土有污秽也有稗子和蝼蚁，但能把播种的汗珠和泥土的苍黄，变成了精华的白，这其中的转化，是可给我们咀嚼和回味的。

其实这也如人，人处天地间，在时间和空间里，也有播种，也有损耗，消化着运动着，在阳光雨水坎壈中前行或扑倒，焚身或成佛，但总之是人消耗消灭着地球上的无论动物植物，还是大气日光雪雨。

我看到脚踏轧花机的姐姐，浑身洁白，就如神一样。那些像柳絮一般的绒毛，那些像芦花一般的绒毛，那些像蒲公英种子一样的绒毛飘在空中，忽然感到姐姐像一尾鱼，游在白的河里。

姐姐在轧花机上，一下一下用脚踏着，把籽棉送进这原始的咬合的齿轮时，也许她想不到，这样扒皮抽筋的过程，其实也是棉花的生命的又一轮回，被分离，被强硬扯开的骨肉，也意味着新生。人何尝不是这样，在生活的重压下，最后被粉碎、被踩躏，还原于泥土，被大地吞噬，把有用的留给世间子女，这是命运。在人之外也有一架轧花车，那车的齿轮，把陈旧的、新鲜的肉体粉碎。

突然，我想哭。

但棉花不死，它只是一种轮回，还要一代代地嬗递生长，人的汗水也会生长，悲剧也会生长。其实，你只要低下头，你就会看见那不可见的，你也许一时无法看见棉花的表情，但大地早为棉籽备下了暝床，太阳每天都新鲜，历史却还在轮回，棉花就是人类回避不了的肖像，我们都在模仿着棉花的生生死死。

棉花，棉花，请你原谅，你那绒毛里包裹的一具具肉体，那里也栖息着灵魂。你就是母亲，当我从轧花机屋出来的时候，我知道渐渐地姐姐也会成为母亲。那些踏轧花车的男人女人，还会在夜里踏着，我看姐姐边踏车边两只手飞快地抓住棉花，往轧花车的车轮间送花，让那棉花均匀。

"还不快走？"这时鳏夫保管大声叫着，接着往我怀里塞了一把焦的棉籽，我知道，这是犒赏，保管和我们家还未出五服，在他哄赶我离开轧花车屋的时候，就偷偷把一把棉籽塞给了我。

在童年，哪里有南瓜子葵花籽，即使春节，也难得吃一把炒花生和黄豆，于是，把从籽棉里剥出的棉籽炒焦炒熟，放进嘴里咯嘣咯嘣地嗑，就是人们羡慕的那些轧花人的那种生活了。

小时没有耐性，总是把一把熟的棉花籽一口吞进，连皮带籽一块嚼。家里是不肯把棉花籽用热锅炒熟的，家里还指望着榨油，而乡村弥漫喷香的棉籽时，那一定是轧花车屋偷偷炒棉籽了。

姐姐第一次到新疆拾棉，拾了三吨半，三哥拾了两吨，姐姐报销来回的火车票，三哥只报销单程。天寒了，到了农历的十月底，他们从奎屯坐下午两点的火车到商丘，但一直到晚上，火车没来，最后通知因天气原因晚点，具体何时上火车待定。于是数百口的拾棉人在临时的旅馆睡下等火车，到了下半夜，来通知，马上登车。大家走出小旅馆发现下雪了。那雪下得大啊。

姐姐抱着一床棉絮，拾棉花一季，姐姐求老板给一床棉絮，她想给未来的儿媳妇。

雪下在奎屯。如深夜白色的鸦群，扇翅而至，雪的摇曳里，铁道如大地的一根根肋骨。

人们踏着快要没掉脚的大雪去赶火车，那火车也被雪覆盖了，如棉垛，那夜白茫茫的，而在曹濮平原深处，这时节，会下雨，我想到我出生那年的九月，那年涝灾，姐姐到地里捞红薯。年近六十的姐姐，扛着行李，抱着棉絮，如爬棉垛的堆棉工，那些人也是睬着一步一陷，背着两百斤重的棉花包，有时蹚着没到膝盖的棉花，气喘吁吁地爬到棉垛的顶上。然后膀子一耸，棉花包甩下，接着顺势扯着棉花包的角，那棉花就倾泻而出。这雪天的火车，也是棉垛，它张开大口吞噬着一个个的异乡人，这些异乡人也如棉花朵，一朵一朵。三哥说，还是新疆的雪大，这雪就仿佛是空中的棉花垛散架了，把奎屯淹没在棉花白的海洋，这些异乡人，也是棉朵，但是融不进身体四周的洁白的花里，他们跌跌撞撞地走向被雪裹着的绿皮火车，那雪会把异乡人回家的路也淹没，淹没铁路的骨骼。

人在大雪中易失去方向，但火车侧斜着身子向故乡走！

三哥看看睫毛上满是雪的姐姐，那就如睫毛上挑着的晶莹的露珠，就像棉桃上的露珠。

这雪何尝不是一场雪的葬礼，一场棉花的葬礼，那些欲望被棉花掩埋了。也许有人会在葬礼上哭泣，那些泪水，也如晶莹的露珠，还是浑浊的世事？我知道，有些人，是知道自己的前程的，他们冒险，他们自己为自己设计了葬礼，看着自己被雪葬埋，看着自己被棉花葬埋，也许，那是一件既痛又幸福的过程。

有人在棉花中还乡，有人在棉花中葬埋。

姐姐抱着她的一床棉絮，她抓一下那柔软蓄满阳光的棉絮，想贴到脸上去。

有人在棉花里哭泣！

錾磨师傅

在这黄壤的平原深处生活的人，早晨或黄昏时候，谁没见过背着錾子褡裢的石匠，从村外如草绳的路上走来，苍老，深邃。

就有一天清晨，驴子在磨道一踏，一踏，一踏，四只蹄子仿佛要走碎那寂寞。有了褡裢的叮当轻轻地操了异地的方言在说："该洗磨了，让驴子也歇歇蹄脚。"父亲一边用高粱秒子扫帚扫磨盘上的碎颗粒，一边应承："吁!"驴儿就停下了踢踏，一副谦和的模样，眼睛被布蒙着。

这是一个平原里的人都熟悉的石匠，一年总有几回从村庄走过。他走过来，把褡裢从肩头一甩，锤子錾子互相碰响。父亲与石匠就在驴子前的空地上，各自提下裤裆，蹲下，互相递上纸烟，霞光的斑斓里有了剪影般的影子，映在磨道边的屋墙上。辣辣的烟雾弥漫着，很浓。

天到半下午，太阳的光减了力量，在阴凉里就有点冷。

錾子和锤子单调的闷音叮叮当当响。磨盘上，錾子沿着原先的槽子，一点一点地拱。石匠师傅全然不在意我的存在，哼起歌子来："怀揣着雪刃刀，怀揣着雪刃刀，行一步，啊呀哭，哭号陶，急走羊肠去路遥，天，天哪！且喜得明星下照，一霎时云迷雾罩。"

这曲调很熟悉，像平原的《大锅缸》，节拍沉郁慷慨，虽然是在师傅的嗓子眼里，但呼出的气却有一种破笼而出的挣扎，在叮当的錾子里穿行。

"疏喇喇风吹叶落，听山林声声虎啸，绕溪涧哀哀猿叫……"

在师傅的眼窝里，我看出了水珠，汪汪的，本是干涸的松皱的眼袋忽地明亮。

我问唱的什么？他放下锤子。

"《夜奔》。"

"《夜奔》是什么？"

"就是夜里走路到梁山。逼得夜里走路。"

梁山，在我们平原的边缘上。父亲告诉我，在天晴的时候，能看到山影的，要是走着有一天一夜的路程。我总怀疑父亲的说法，但父亲到梁山换过地瓜干，却是事实。但为何称之为"夜奔"，我还是不明白。师傅说，大了，有了识见，就会明白。

"俺呵！走得俺魂飞胆销，似龙驹奔逃。呀！百忙里走不出山前古道。"

在师傅静静歇息的时候，我就拿出一枚光光的"老鸹枕头"，像珍宝似的给石匠师傅看。在平原的深处，孩子们没有多的识见，谁要是有一块奇异的石头，就会放在书包里，拿到学屋，就如拿出了山的一角。

师傅接过石头，拿起对着太阳一耀，里面就像是鸡蛋的内黄，红红的。看我对石头这样的神往，他答应下次再到我们村子的时候，给我捎来一块"化石猴"。

我问师傅见过山吗？他笑了，说他就是从很远的深山里，在农闲的时候到平原来，凭着手艺叮叮当当地挣钱。在我的眼睛里，师傅是见过世面的人，很神秘，那一錾一錾的有节奏的声音，也像是魔力和韵调。

师傅说，大山里有一种不用驴拉的水磨，有水闸，有木轮子。早晨，把闸门一提，那蓄积一夜力量的水，就前赴后继地拥着爬上那木轮。师傅说木轮好大。我在师傅的出神里，能感受到那水磨，在四面都是褶皱的山坳里，像流淌的山歌一样。

平原外的一切是什么模样？师傅问我："想跟我走吗。"

"想！"

"为什么呢？"

"天天吃煎饼。"

师傅放下錾，把锤子放到磨盘上。"孩子，你还小，没成人。"他用满是茧子的手贴一贴我的脸说。

"大山不好吗？"

这一问，好像捅到了师傅的苦处。他摇摇头："你还小，哪里都有作难的时候啊，大了，等你见到山，经历了，就明白了。"我感到师傅的话极深奥，就想他许是不愿意带我去看山看水磨。

我有点想哭，就缠着他，让他等着我，等我长大了，到山里去找他。师傅乐了。

"也许等你长大，我的骨头和筋都沤断了。"

骨头和筋都沤断了，听了这话，我心里更紧了。他要是死了，山里我可不认识一个人了。我急急地说："你没有家吗？"

这个问题好像是对我对他都同样的重要。

"褡裢錾子就是我的家，路就是我的家，哪里有磨哪里就是家！"

这下可麻烦了，天底下，哪里没有路啊？天底下哪里没有磨啊？有磨坊的地方就有师傅，天下能洗磨，把磨钝的石磨一錾一錾，修复得像重新绽开的牡丹芍药那样美丽的师傅也多了。

"天底下路，多了，等我长大了，还是找不到你啊！"

"等你长大，你自会找到我，也自会找到路！"

父亲看我如此的样子，就说拜石匠做师傅，将来能拿动锤子錾子，可以背着褡裢的年纪，就跟着师傅到平原外走动。

于是，我恭恭敬敬地叩了头。父亲打了酒，杀了一只鸡，配上从地里摘下的还有黄花的黄瓜。

第二天师傅走了，我和父亲送他到村外的土路。一个光光的脑壳，一个褡裢，一把錾子叮当着远了。看见师傅走得更远了些，我喊了。细细一声"哎——"，平原的回音很长，师傅回头一下，也"哎"了一声。后来那褡裢一闪一闪地摇起来，那光的脑壳就越来越显得小。步儿也像慢了许多，叫人感到那路就是人一世也走不完。天大极了，人小极了。平原好大啊。

这以后的日子，师傅在霜降的时候，都会来我们的村子。一次他真给我带来一个"化石猴"。这是一种薄薄凉凉、其貌不扬的灰白色石头，光滑椭圆的身上浅浅刻出几条线，就成了猴模猴样的脑袋瓜和狗儿一样上扬的尾巴。我把它和"老鸹枕头"放在一起。其实，我问过老师，他也不知道究竟是叫作"化石猴"还是"画石猴"。但它和师傅一样，平添了我对外面世界的神往。

每次师傅来我们这里的时候，总不会空手，带一些平原不常见的物件，煎饼、山核桃、榛子……他从褡裢里掏出那些东西的时候，总会说"这是师傅看徒弟的礼物"。我发现师傅十分地珍爱师徒关系，在学屋里，我曾比较老师和师傅，觉得老师不会给我带来平原外的神奇，而师傅说，等我大一点，他就会给我打一把錾子和锤子，和他到平原外走一走。

师傅多大岁数了，我不清楚，但每次看他到平原的小村来，皱纹总深了许多，眼睛要眯缝了许多，光光的脑壳上，一些稀疏的发，在褡裢的衬托下，黑的更黑，白的更白。

也许，师傅给我的是平原外的牵挂。我把师傅当成了一种心里的依靠，谈起师傅，就谈起水磨，谈起很远的山，很远的路。师傅到我们村子来了，又走了，我会几天激动得睡不着觉，半夜起来，常想着磨盘该錾了，什么时候的黄昏还会响起叮叮当当的声音，那时的黄昏也像有了诗意，被錾子声淹没的黄昏不是普通的平原的黄昏。当师傅走了，我会站在村外，看到师傅的身影变得越来越小，直到一个小黑点，最后，连褡裢也变得和平原的天地成了一体。

有一年，到了霜降，师傅没来，到了寒露，师傅还没来，村子里的几家磨都钝了，变得喑哑。我心疑师傅是否年纪大了，在不知哪个路口走着走着，就跌下不再起来。贴近年关的时候，我在村外看到了一个背褡裢的人，像是师傅，走近，却是另外的模样。他告诉我师傅死了，在一家的磨道里，拿着錾子，忽然一放锤子，一口气没上来，走了。

我听了，伤心地哭了起来，平原外牵念我的人走了，我对平原外的牵念也减了许多。我常想，也许，收我做徒弟，他本身是不当真的，但他对一个平原孩子的爱却是十分珍重的。也许师傅有许多的苦楚，我想到他第一次不自制地在一个平原深处的孩子面前唱起《夜奔》。后来，我在空余时，喜欢起篆刻，工具也置备齐全。我有一个愿望，哪天就刻一方肖像印章，内容是林冲在雪夜，斜背着长枪，枪端处，挑着的是酒葫芦，也是天黑得紧，雪也下得紧……

见龙在田

什集东街龙灯流传于山东省鄄城县什集镇，是一种具有独特风格的民间舞龙艺术。

什集东街流传沿袭久远，据《鄄城县志》记载，明代山西商人在什集开当铺，闲暇时把制作龙灯和舞龙的技术传授给东街村民。如今已有五百年历史。

什集东街龙灯分为龙头、龙身、龙尾和戏珠。龙头硕大，隆额，凸眼，竖耳，阔口，角如珊瑚，拨翅向后，龙须长三尺。龙身长十三节，身长六十四尺，节下有木柄，长三尺，为舞龙者持用。各节用绳索串联，罩衣棉布画制的龙皮。每个节内，装有可转动的铁丝，可插蜡烛，现在变成电灯，为夜间舞龙的光源。

戏珠单独一个，圆形，有木柄，一人在龙前招引。

伴奏乐器主要是大鼓、大锣、小锣、大钹、小镲等。

舞龙者必须是青壮年，身体精壮，体力充沛，机灵乖巧，有一定武术功底。表演内容讲究阵法套路，不出差错，有出有进，有进有退，高低左右，盘绕迂回，绕旗钻阵，各有定式。基本套路有盘桌子、戏水、戏珠、盘龙、钻大厦、钻树行等。表演时，采用民间打击乐大号大鼓、双钹、双铙、小镲、铜锣等，龙灯在表演时以鼓振节指挥，表演起来人数众多、纯朴豪放、气势宏大、大开大合、震撼人心，从而形成催人向上的积极作用，具有较高的艺术价值和文化品位。

摘自我填写的老家申报《国家级非物质文化遗产代表性项目申报书》第一部分"项目简介"。

一

如果夜没有这些舞者躯体的缠绕，夜没有这些灯烛，鼓、铙、镲、锣的送抱，就觉得这夜不像夜的样子，少了成色，那木镇也就不成了木镇。

什集的正月有了这些舞者，这夜就有了滋味，有了绵长和岁月，从沧桑到火爆，由委婉到和风。

这夜就像有貂蝉，有了叙事有了传奇，有了西施，有了杨贵妃，也有了吕布、董卓，有了荆轲、岳飞、秦琼、程咬金。这就有了丰富热闹。

毕竟只是一块产响马的土地，那锣鼓镲铙，就如铜铁张开大口吼出的高亢的大平调、梆子腔，是红脸和黑头；那鼓槌下去，不是敲破七尺的鼓面，就是奔着冰雹砸向这还上冻的土地，那上万人不止的队伍，就是盘旋的龙，有时见首不见尾，有时见尾不见首。有时首尾茫茫皆不见，在这个队伍里，高跷、马叉、旱船、送亲迎驾；有奔马、有铜锤、有花枪、世间传奇和龙宫天宫，坏人坠入阴曹地府，好人寿星蟠桃大会，扮演的是人世，寓言的是现实；既有现世报的警戒，也有因果不是不报时候未到的隐忍。

这龙，有马的精神，蛇的曲旋，鱼的鳞甲，麒麟的祥瑞，更有农人的蛰伏潜龙勿用，在每年正月这个时候，见龙在田，重新现形，他们是在朴素的乡野，终日乾乾，演绎着古老哲学，虽然这些人可能大字不识。

这是有五千人的大村镇，四道街，东街，北街大些，这两个街各有一条龙。东街的是苍龙，也叫老黄龙，北街的是银龙，也叫小白龙。东街的姓氏以石姓为主，上千人，男人大多勇武，个头高，脾气暴，好喝酒，人们说东街的人二杆子；北街的以周姓、马姓为主，也上千人，多以生意买卖为主，人多圆润。

我从小，也是一个小龙腿，或者是小龙尾巴，跟在舞龙的队列后面，凑热闹、吹口哨、放鞭炮，有时替那些舞龙的舞者抱衣服，那时，我最喜欢看招引龙前行，逗引龙脾气的前面的引珠者，所谓的龙戏珠。引珠者，一般是腿脚伶俐的少年，有武术架子功底，腾挪飞越、鹞子翻身，旋风飞脚，如风火轮的哪吒，如白马银枪的少年罗成。

夜间的舞龙最好看，所谓的龙灯的称呼，就是从夜色来说的。当夜幕荡下，好像在耳朵的遥远处，平原的边缘，先是啪啪的鼓槌敲打鼓的边缘，然后才是三声的鼓声，然后那比锅盖还大的锣哐哐哐三声，镲也是三声，铙也是三声，这像是龙灯的过门，是在喊那些孩子的魂，快出来；是催那些舞者，该攒劲登场了，那星星也亮了，屏住了呼吸。是的，安静了一个秋天一个冬天的龙，养足了精神，就如蛇的冬眠，在阳光下苏醒；这龙蛰伏了许久，也醒来了，开始抖动鳞甲，摆动尾巴，好像听见龙吟。

人们出来了，从家门，从胡同口，就像虎出了深山，箭矢离开了弦索，一会儿，街头人挨人，人挤人，人撞人，人贴人，没有缝隙，好像大地一下冒出的泉流。这时的街巷，这时的平原，锣鼓响了，按着自己的乡间节奏，就是奔涌的潮汐节奏，于是媒婆出来了，渔翁出来了，河蚌精出来了，东土大唐的僧人和毛头毛脸、猪头猪脸的徒儿和白龙马出来了，都显示了真身，这些才是龙灯的序章。大家为龙灯暖身，就是夜场抛出的水袖，是长长的拖腔。

于是，两条龙登场了，纠纠缠缠五百年，是缘分早已天定，拆不散、扭不开。如焦赞孟良，焦不离孟，孟不离焦，如周公瑾和卧龙先生，一登场就有了分别、美丑、高下。但也如流水遇见知音，一个是乡间的俞伯牙，一个是平原的钟子期。两人的肝肠，是互相透明的，是互相欣赏击节的，这两条龙，不是雄雌，场上没有亲昵，如响马较劲，拼将一腔子血，可洒在炎夏七月，也可洒在寒冬正月。

正月里打春，有时年前打春，但这个时间节点春寒料峭，那却是蛰伏的龙苏醒的季节，有谚语说正月十五"雪打灯，好年景"。有雪，这些舞者会把龙伺候得更苍茫遒劲；如果没雪，月亮出来，把云灯也放在天上，那平原大地上的一切，好像都突出在光里，月光为一切都勾边。

我主观上还是喜欢雪中的龙和龙舞者，在漫天飞雪中，两条龙刺穿密密的白幕布，不讲道理，让那些雪的统治有了异样，把冷能转向热。就是这些舞者，如没有这些来自庄稼的壮汉，以无可辩驳的执着，这一统天地的寒彻，不知又是多么的傲慢，是这些舞者的筋骨，打破了平原雪夜的百无聊赖和静谧。

苍龙和青龙，在雪地里相逢。它们的周围，是房屋街道，是比雪还密的人，他们有的走了三里，有的走了五里，甚至十五里，顶着雪，顶着风，就是一年一度的与这龙灯的际遇，人一年要有个仪式，清明是，端午是，中秋是，除夕是，这正月十五的龙舞者，也是。

有月的十五也一样，那些旷野、柴垛、落叶的树木、街道好像是银白的月光流淌的暗礁，这是月光的江海，这时龙的腾跃，就是一种贴切的极致，龙见了水，就是一种癫狂，就是一种断魂，一种淋漓。真是一种江海舞台的大美啊。翻腾席卷的龙在阅读江海，忽如疾风，忽如林中响箭，在平原的旷野上，锣鼓高亢，钹镲谐和，就在人群的张望里，人的眼睛就被闪电击中似的，大家惊恐地"啊"着，那六十四尺长的长龙翻卷了，如衔枚疾走的奔马的队列，是武士的方天画戟的方阵，压境，侵凌。在一眨眼间，人们不知会发生什么。远远的一条苍龙舞起来，满身的月光，加上舞龙内在通体的烛光，两相交映，互相陪衬，那长长的龙角和长长的髯须，就是亮晶晶的雾凇一样的莹白，你觉得这是从天边下来的滚雷，前面的引珠，如火球，也如一枚晶莹的大大的露珠，或是麦粒的放大，它踏着季节来了，在离龙头五步十步开外，在那里抖啊，引啊，好像在刺激着那苍龙：来呀。

不管雪天雪地的正月十五也好，月明星稀的正月十五也好，那龙和舞者，年年都是该有的模样，五百年如是。在饥荒的年代，战乱的年代，祈雨的季节，这龙，是一方百姓的精神的所在，我出生在此，自小就感受到那父老心中口中骨中血中的一种叫钙也好铁也好，柔韧也好，盘旋周折也好的东西。不得势的时候，她们蛰伏盘着，在苦行，在煎熬，在隐忍，在等待。如果那大地有了微微的暖气，地气开始涌动，那天上有了湿润，季节有了召唤，她们就会抖擞起来，像暗暗地在地下握着拳头，备了姿态，耸起了脊椎，那龙母也像蓄满春天的雨水一样，那是等待的热泪。

二

东街的是苍龙，老黄龙，大气劲拔，那时的引珠者，是我的小学的同学家余，他是世家，这里的世家，就是指他们家的传承，辈辈都是引珠者，我曾看到在正月十五的时候，他爷爷看他动作姿态不到位，给他说着指点着，在大家还未醒过神，就飞起一脚，把他踢趴在地。

我父亲曾说，一个好的引珠者，就是整个龙舞者的眼珠，也是头脑，好的引珠者，都是打出来的，就像打戏，学戏的不打不成才。

引珠者的底子是武术，我们这里叫拉架子，家余翻跟头，可以一下子翻二十个，也可以从垒砌的五张桌子高的上面翻下来。这舞龙的有一出，就是盘桌子，那是舞龙里的华彩。那个时候，周围的人群会突然沉寂下来，都静悄悄地等待，仿佛平原的天地全屏息了。成千上万的人都把浑身之力集中在眼睛里脖子上，仿佛没有一个人会喘气。

家余慢慢地走向那苍龙，把红布制作的圆圆的引珠，贴在鼻子尖上，好像是一个火球一个星星，另一只手的食指与拇指捏在一起，插入口，口哨马上就鸣镝一样飞出，仿佛从天空而降，嘹亮而逗引。

他回头看了一下他爷爷，看到他的父亲都在人群里小心地盯着他，也把食指与拇指放在嘴里，这是预备和声。

"上！"他爷爷说。

爷爷的声音也像裂帛，也像把酒杯摔在冻土地上，打破了平原那沉实的全部人群的饥渴与寂静，一直送到那高高的五张桌子摞起的十米高处，全部的人群口哨声响了，人们一阵接一阵地啸叫："上，上，上！……"家余一个鹞子翻身登上第一张桌子，这一下，好像激怒了那老黄龙，只听那六十四尺的长龙，前前后后：哎呀呀呀呀。龙出水了。

家余又从桌子跳下，一下引着龙珠靠近那黄龙的龙头，这时，人群又一次屏起呼吸，重新寂静下来。家余从容地旋转着龙珠，龙珠里的铃铛，咣唥咣唥响起，引珠几乎触到那龙的激怒的鼻子，那龙头突然立起，张开几尺的大嘴，龙牙怒张，接着龙身动了。

围观的成千上万的人都不敢说话，睁着眼睛，鼻翼僵持，嘴巴张开，呼吸的声息放到最低，但是人们的眼睛迸出的是膜拜，是期待。这小小的引珠者，这长长的龙，这群平原里的响马一样的男人！家余把手和引珠自动地伸向龙嘴……接着，他的脚往地下，啪地跺了一个狠脚（方言，武术的词，用力把脚蹬向地面），接着一个鹞子翻身站在第一张桌子上，逗引刺激撩拨那长龙进攻，那长龙的尖锐的龙角直立，连带着的宏大的身躯吼叫着向家余冲来，龙头也跃上了第一张桌子。龙珠掠过龙的鼻子，龙的嘴巴好像已经触到了龙珠，但家余却一动不动站在桌子原地，只把上身稍稍向后一仰，像要躺下，那么柔软。人们的眼睛跟着那引珠，好像是从人的眼球里滚过。

家余跃上了第二张桌子，那长龙也旋转着身子，扑向了第二张桌子，家余的引珠，再一次从人的眼珠滚过，又一次是此起彼伏的"好啊好啊"的，围观的人们呼喊。那白龙被一次一次逗引，一次一次欺骗，从第一张桌子，然后，第二、第三、第四、第五，上当受骗的次数越多，越是激动，越是愤怒，啸叫着，盘旋着，上下翻滚，左右围剿，不断地冲向家余。其实家余每次就站在方寸之地，身子骨像无骨的丝带，缠缠绕绕在那方寸之地，那引珠，不离他的手，身，胳膊，腿，脚，如水一样在他的身子上流淌，随物赋形，行于所当行，止于所不可不止，方寸之地，也是那长龙所要征服的地带，他们一次一次交缠，那引珠一次次从人的眼珠滚过，最后，六十四尺的龙的身子，都在那五张桌子上了，人们被这争斗所激动，好像平原一下都遗忘了，似乎土地和夜也都沉醉了。

其实那条龙就在家余的周围，要把家余缠绕，龙的气息和嘴随时都能把引珠吞下。但家余却与龙若即若离，像好朋友像知己，又如寇仇和情敌，互为塑造，互为对方的荣誉，都向对方致敬。

这是一场龙与珠的争斗，是智力，也是毅力，有套路，更有变法，现场的突破，发挥，飞腾，终于黄龙好像是折腾够了，倦怠了，盘在桌子上，一动不动，只是龙的眼睛，好像忧郁了，呆呆地看着那星辰一样的引珠，也似乎，这龙在搜索，这引珠的诡计还有多少？

但家余知道，最精彩的那一瞬间马上要来了，他爷爷也曾这样，他父亲也曾这样，这次该他了，他在五张桌子上，他左手一炫龙珠，那铃铛再一次响起，接着把龙珠举过头顶，接着右手在嘴里吹响口哨，接着人们的眼睛还未来得及眨。但一些老观众就知道了。

"跳呀！"数千的声音，不，成万的声音接着喊起来，"跳，跳！"

突然，龙头扑向家余，只见家余一个旋风脚，跳出龙头，接着龙珠往怀里一缩，然后轻轻一踏桌子一角，这是最后的借力，他像跳水的运动员，这可是十米的高台呀，他在空中先是拱手，旋转三百六十度，向各位平原的父老拜年，然后，连续几个翻身，稳稳地站在地上。

那龙珠，被举在头顶了，铃铛在响，宣告这次完美。

接着巨龙也跃下，一节一节，从龙头，到第二节到第三节一直到龙尾，一共十三节，好像瀑布从十米高的五张桌子挂下，那在夜空里，就是银河，是星宿的下凡，这时，整个的观众都似乎到了极点。潮水一样的人为这条龙腾出更大的地方，让这些男人凯旋。有的人哭了，嗷嗷叫着，这时家余的爷爷抱住家余，也流下了泪。

"哎呀！绝了，绝了！他奶奶的……"人们叫嚷着，再找不出更适当的字眼来表达他们无限的惊异。

在我们东街，包括北街，舞龙都是家族传承的。每个人都是平原的链条的一节，上面是父，父上面是祖，父下面是儿，儿下面是孙，子子孙孙无穷匮也；儿子从小加入，慢慢大了，娶了媳妇，然后孙子加入，几百年了。我父亲说，这是山西的商人传过来的，当时我们集市上，有陕山会馆，那些吃醋的山西人，先是把梆子戏传来，把关二爷的信仰传来，义气传来，也把这舞龙传来，现在，这戏还唱，变成了山东梆子、大平调等，到了每年的五月十三，就是关二爷的磨刀日，是要下雨的，这一天，如果是大旱年，舞龙会出来，自小，我就听父亲说：五月十三，关二爷磨刀，杀小妖。这些信仰已经成了习俗，深深植根于平原里。

明清两代，加上民国，五百多年，多少的日子被遗忘，多少的父祖化成了齑粉，多少的颠沛流离，多少的灾荒饥馑。满人来过，日本人来过，黄河改过道，地震几次，传教士在什集的南街建了天主教堂，德国人在东街建了收羊毛的洋行，但这些都没留下，舞龙留下了，没有朽腐，没有断根，没有绝户，还在绵延。黄河决口，决口和龙门的时候，把龙请出来，大寒的时候，也把龙请出来。

三

终于，苍龙和银龙见面了，老黄龙和小白龙叫板了。平日里，五百年了，东街和北街，都是老街坊老邻居，是亲戚，同学，朋友，低着头喝酒，有困难了，都一起扛。但唯独在

178

正月十五舞龙这件事上，两条龙是不能见面的，每次见面，都会呛起来，轻的动嘴叫骂，重的就把舞龙的把手用脚一踏，卸下，当作武器，舞得虎虎生风，两边一阵混战，天地玄黄。

平时，人们有喜庆的事，请舞者助兴，要么请苍龙，要么请银龙，出再高的价码，也很难请到这两条龙同时出场。除掉日本人求雨，用机枪押着，两条龙没打起来，再就是黄河决口合龙门的时候，两条龙相聚没打起来，平时就不可能在一起。两道街主事的馆主，也叫会首，都是德高望重、有权势威望的家族长，都是压事按住祸端的主。两个商量，其实是几百年的规矩，东街的龙正月十五，在东街、南街戏耍张扬，是苍龙的道场；北街的龙正月十五，在北街、西街戏耍张扬，是银龙的道场。

但年轻人，血性旺，气脉足，争胜心强，苍龙如果出门，在人家开业庆典，那必定是表演穿房越脊，好像在空中飞腾；如果是别人家婚娶，那必定是龙与珠的谐和，如琴瑟共振，佳人牵手。

在鲁西南方圆八百里的地面，苍龙和银龙，单独出征，都是代表的什集的荣誉，都是碾压对手的角。这两条龙与别的对阵，从没输过。

但这一个正月十五，好像两条龙疯了，那些青壮的男人，好像龙马附体，与龙浑一，舞得山河站立，街道瞩目。那些舞者都是在十字街口被欢呼的人群，呐喊着"别走，别走"的声中，开始了龙的盘旋回环。本来，苍龙从东街，穿过十字街口的那商场下面的十几个柱子的游廊，折到南街；本来，银龙从西街，穿过十字街口的那商场下面的十几个柱子的游廊，折到北街。

但这次仿佛都要亮一下本事和绝活。与其说挑战对手，不如说挑战自己。大家都沉浸在锣鼓里和热血里，把沉睡的一口气唤醒，这时大家悟出，龙已经不是一种娱乐，不是一种信仰，而是尘世人心，它有时就是虫，在世俗里，但它有时又是马，是天地的尤物，人们说马就是龙，人们把图腾的龙拉到人世间，就用马来给龙以肉身。龙给的是天地江海，是空阔，是幻想神驰，而落到实处，就是把马的奔腾，看成是现实的龙舞，马的奔泻，就是龙的飞驰，马的披拂的长鬃，正如龙燃烧的火焰般的长须，人们说马是神驹，就是说马是龙的再世。

但龙的再世，就有了烟火气，就有了争夺，撕咬，奔竞，一切的动力，一切的竞争，都是为了生存，就是活下去，活出一口气，活出一股气。这苍龙和银龙，就是尘世的两只虎，非洲草原的两只雄狮，也如边界处的邻邦。

今夜，天地、平原给她们的是荣誉场，也是角力场，名利场。她们都在十字街口，两两相对，只有不到五十步的距离，大家都看出来，今天要发生点什么。两条龙都像含着丹田之气，互相别苗头，各自发狠，互相对峙，各边的锣鼓，就像是灾难前夕的末日动员，在热烈中，有一股冷气灌注，那些看客，似乎也觉得看这两条龙如何结局，苍龙的引珠家余，好像挑衅似的，把中指拳曲，直接插在嘴中，一声嘹呖的哨音自天边劈空而下，然后把龙珠擎在右手，向着银龙的龙头一旋，好像在说：有种，就来。

而银龙的引珠者，今年却是一个十一二岁的女孩，是北街从市体校学习回来度寒假的。女孩扎个马尾，眼睛犀利透光，亭亭玉立，飒爽英姿。她见家余的龙珠旋过，则是一个跟头飞起，把龙珠引到半空，那银龙的枝枝节节再也不淡定了，仿佛三十里外的黄河开河，那河水中漂浮的冰块密密匝匝，前呼后拥，向着十字街口的中线发出怒吼，就如一河道的狮子，直接撞击着两边的堤坝，那些看热闹的人群，好像被这场面镇得惊呆了，就如一排排的白杨树，在风暴来临之前的那种无声无息，直直呆立。那些狮子们可是攻城略寨，迈着雄武的步幅，是王者，就可君临天下，大有舍我其谁。

苍龙这边也呆了，那些看热闹的人开始潮水样地涌向了银龙，就像驯服的一群生物，开始膝盖软了俯首帖耳称臣；但苍龙反击了，也如开河的冰山，就如逐鹿河道，是响马的乱世，是群雄的征战，那么挺立冰山之上的来客，那才显得是沧海横流的大英雄。

苍龙要收拾这个场面，锣鼓敲出了十面埋伏，一转眼，那苍龙，直接闯入西街，把那些看热闹的人斩成两截，冲散了银龙的看客，这些冰山，裹挟的不再是冰凌，而是生灵，家余的龙珠往空中一抛，接着自己扎下马步，而龙头则直接踏向家余的肩膀，刹那之间，这个稚嫩的肩膀，被呼啸的冰块切割着，包围着，怒吼着，嘶叫着，那一十三节六十四尺的苍龙，好像要把这龙珠吞下了，消化了。人们只见龙珠闪闪，不见家余，待最后的龙尾摆过，家余一个跟头翻上龙脊，站在第七节的龙身上，向着四下的看客双手抱拳。这些看客们，全部弃暗投明，好像得到了最大的靠山，见到了青天大老爷一样，全部回到苍龙身边。

那些一年四季在平原的生灵，在这个时辰，都感到了震起之力，是从冻土的蛰伏而起，是一寸一寸接近了地表，是一寸一寸突破地表。也是蛰伏了一冬天的阴郁，被一寸一寸地拿开，从肺腑拿开，从喉头拿开，把寒气驱走，一寸一寸的寒气，把穷气驱走，一寸一寸。今天大家看的不是舞者的龙，而是一种拜谒，是朝觐，是礼赞生命。

这些父老乡亲们，追着看苍龙与银龙，已经五百年，父祖犹如是，儿孙犹如是。他们也是龙，平常蛰伏在平原的各个角落，在季节的冷酷对待中，等待积蓄，等着龙抬头的时辰，等待着一次号角等待着一次歃血为盟的揭竿而起，平时的日子，他们强劲着筋骨磨砺着爪牙，任你冰山也好，地震也好，任你日子里流淌着血，即使满布着蒺藜铁刺，即使哭喊着，跌撞着。

到了这龙舞的时辰，在冷酷的严冬，只有拔剑而起，才能是完成自我的拯救，在一统江山的寒冬冷酷世界，在冷酷封锁的黄河，这引珠的哨音，就是开河的命令，就是举义的旗帜。于是，我们看到这些舞者，他们如磨出的利刃，或者，那些头颅和身子骨，就是一把把的铁锤，直接在冷酷的世界，撞击着花火，那些看客，朴实的庄稼人，就是一群火石，也迸出来自己的光热。

苍龙和银龙，在今夜，是要决出输赢吗？五百年的相爱相杀，在角逐中互相依存，你中有我，我中有你。互相启发互相争竞，苍龙舞出《十面埋伏》，银龙则舞出《将军令》。一边舞出《普天乐》，一边舞出《百鸟朝凤》。这边舞出《四段锦》，那边则舞出《九连环》。

两边的看客，一会儿潮涌苍龙，一会儿潮涌银龙。直到月亮到了半夜天空，苍龙的十三个汉子，把上身脱光了，只有肌肉晾在寒冬里；银龙的十三个汉子，也把上身脱光了，露出肌肉晾在寒风里。

那些看客见了，大都走避了，苍龙和银龙，都停歇了，只有这些汉子在寒风对阵了。

月亮升得更高，真是应了水落石出，那些汉子的肋骨，如凛凛的石块嵌在寒冬里。

平原的爷们，才是真爷们呢。

四

在多半夜的那些平原里蓄积一冬才迸出的呐喊助威加持下，苍龙和银龙的舞者，就像拼杀红了眼睛的狼，也如狭路相逢的响马，都把自己的刀刃架在对方的脖颈上，稍一划开，就会喷出火苗。

这时，胆怯退去，热血顶上。

这不是绣花，也不是写文章，他们享受的是过程，虽然那些平原深处的父老都走了，各自回到自己的屋檐下休憩，但大家会把这次一辈子也见不到几次的二龙的争斗纠缠记在记忆的深处。拼杀还在继续，苍龙和银龙的舞者们，在夜间的沙河的河滩，空旷，远离镇子，他们互相叫阵，先是龙头的角儿出来。

苍龙喊："豁出去了，百十斤，今天分分谁是公母？"

银龙喊："豁出去了，谁孬种，谁是妮子生的。"

苍龙说："包你先出手。"

银龙说："包你先出手。"

苍龙说："怕你了？"

银龙说："怕你了？"

"揍你个狗日的！"

"揍你个狗日的！"

这里的对阵，是响马的规矩，什集镇的老辈们传下来的，对阵，叫养龙，把龙的骨头养壮。几乎每个十八岁的舞者，在加入舞者的时候，都会碰到这样的机会，但有时，会被双方的会首压下，已经有数十年，没有养龙的对阵了，很多的舞者，舞了十年八年了，也没碰到这样的机会，这次，机会来了。

每个舞者，卸下的是自己舞的那节龙的木柄，拿在手里，如《水浒传》里董超、薛霸在野猪林对付林冲的水火棍。

规矩，先是每个对手，用手中的木棒，向对方击三下，不能击头，不能击裆，也不能躲避。这头三下互相击打过后，可以混打了，谁败下来，谁就是孬种，草鸡了。

苍龙说："妈的你打吧，眨一下眼，你是我爹。"

银龙说："妈的你打吧，眨一下眼，你是我爹。"

一刹那，只见，棍子生风，银龙用水火棍扑向苍龙，一二三；然后棍子生风，苍龙用水火棍扑向银龙。

这棍子真解气，也真带劲，终于赶上一回。两个人是冤家，在水火棍的击打中，一声不吭，都是沉默的泥土一般，就如这一次过后，就成了过命的兄弟，所有的东街北街几十年的猜忌、冤仇，都在水火棍下解决、消融。

好的，兄弟，击打我的力量，就是我的力量，不客气，致命的反击开始了，那沙河的水也站立起来，被谁提着，变成了一道钢鞭，抬头望，从天边猛抽下来，一抽一掌血，一抽一鞭痕。星宿也变成了石块，纷纷拿在手，向着对方的肋骨、牙齿、胸脯、脚踝骨，砸呀。只有喘息，只有叫骂，没有求饶，没有罢手。

这时，第二节站出来了，第三节站出来了，一直到龙尾，都列阵开来，大家都等不及了，直接对阵。

"打吧，娘的。"

"揍吧，娘的。"

大家从父亲嘴里，从爷爷嘴里知道的养龙的法子，今天终于可以一试身手了。大家扭打着，争骂着，赤手空拳地打，拳打脚踢地打，把水火棍打折地打，大家都像眼里喷出火，嘴里冒着火，在这冬夜黎明到来的河滩上，如一对鹅卵石，互相撞击，这里哪有什么皮肉，就是一个个的龙骨头。大家都是鞭子，大家都是棍子，大家都是石头，是坷垃，是半截砖，是琉璃瓦，是碾盘，是石磙，所有的能用的，凑手的平原里的家什都拿出来，就像一场分娩，一场裂变和涅槃，这是龙，在互相撕咬，是把死敌往万劫不复地赶。这些龙，在摇头，在耸肩，在摆尾，不是低求哀告，它们要个结局，它们要个前程。

只打得片甲不留，只打得血肉模糊，再看身边的沙河，这时却如安静的处子，绝无半点的火气，缓缓地，慢慢地流淌，恢复了平静，就像走到了坦途，走出了开阔，走出了崭新。这些汉子们，苍龙与银龙，先是跪在河滩哭，然后是抱着对手哭，接着是嗷嗷嗷地叫，这时会首来了，各家的母亲、媳妇来了，各自抱着自己的儿子、男人。

都是血迹斑斑，都是筋疲力尽，都是满眼的温柔。

会首说："喝酒吧。"

"喝酒吧。"

这些男人都没有回家，聚集在镇子的戏园子的舞台上，摆开了桌子，把坛子的酒打开，先是用大碗，每人面前倒了半碗，用火柴点着，那蓝蓝的火苗，开始从碗里，燃烧到男人的身上、脸上、胳膊上。那些伤口，好像绽开着蓝色的花。

天明了，这些晚上生龙活虎的舞者，在尘世中，嘶吼过，平静下来，在酒中沉醉，他们已经长长地如奔马嘶鸣了一夜，这时，是抖落身上的寒霜的时候，风雪的时候，是真正的养龙的时候，他们温柔了。

家余出来了，那引珠的小女孩也出来了，他们不到河滩区，他们到了沉醉的戏台上，他们抚摸着这些舞者的伤，好像是一片一片的龙鳞，也如马鬃，是龙的趾爪，也是疾驰的马的蹄铁，是这些驾云行雨耕云播雨，是这些，盯紧大地，奔驰大地。世间没有龙，这尘世该多寂寞，这平原，该多荒寒。我的父老，行走人间，胼手胝足，匍匐于斯，歌哭于斯，也大笑于斯，挣扎于斯，如此的一辈，风风火火，也不枉人世一场，念着上场时候，也想着温柔下来，养龙的时候。这日子，也有了滋味，有了嚼头。足矣。

编年切片

戊午年【马】。一九七八年。我十四岁冬天，夜里，裹在被窝里，蒙头偷听邓丽君的歌。

初中，曹濮平原，也即冯杰常写的北中原。天色微明，戴着棉帽，穿着肥臜的棉袄、大掩腰棉裤上学，那些年的冬天，真的格外像冬天，冷得凛厉肃然，于教室的一角，是夏秋割来的青草，堆拥那里，散发着异常的太阳炙烤后，尚未散去烟味直透鼻翼的清香。

一俟傍晚，开始有雪，那时的乡间，大雪的节气一到，天地脸色好像就有了凝重，各家素朴土房中油灯的晕光开始洇出一小片豆黄，从堵满谷草的窗棂罅缝中漏出，雪，纷纷扬扬地落着，麻雀开始在柏树、屋檐或是草堆中寻找晚息的处所；童年时就是这样，几个孩子在暮色渐愈浓重时，从教室里散出，像黑色的蝙蝠没进风雪之中，脚踏干爽"喳、喳"作响的雪，只是兴奋，还没有受到古诗的启蒙，也便不会想到古人的诗句：

天寒白屋贫。

但知道一句打油诗，黄狗身上白，白狗身上肿。

我在墨水瓶改造的煤油灯下开始了读书，当时读的是《雁翎湖畔》《红潮》《大刀记》。我家是离鄄城县城三十五华里的一个镇子，有伙房和宿舍与派出所的公社所在地，这辖区上有一处拖拉机站，几辆洛阳产的东方红牌拖拉机和两辆破旧的解放牌汽车，而拖拉机汽车所用的柴油汽油却是在县城才储存，也可能是动用机车到县城成本高，于是拖拉机站的柴油汽油就由我家用地排车从县城拉回，地排车上装四个铁桶，装满油是四百斤一桶。那时我虽上学，但有时在夏季或者冬季就和姐姐到县城拉柴油汽油。

常是鸡叫时候，备下窝头和一瓷葫芦水，姐姐拉着我和空的铁桶到县城，在油站的人早晨上班的时候，我们就到了，然后吃窝头等待装油。

在装油的时候，我就一路跑着到位于县城北大街的新华书店买书，油站离书店五华里，我必须在一个小时来回，于是到了书店就匆匆买了书，然后折回，《雁翎湖畔》《红潮》《大刀记》都是那时买的，但是书买回来了，却错过了吃窝头时间，于是姐姐驾着车辕，我在边上套上绳子拉偏绳，有时就低头吃窝头，走几华里会歇一歇，在喘息的时候，就慌不迭拿出新买的书，于是也就忘记了劳顿。

而现在在书房读书时，我还想到童年拉着地排车到书店买书回来的那种兴奋。却时常感到儒冠误身，读书几页，就想到美国诗人弗罗斯特《未选择的路》，在到了岔路口，因为"我不能同时去涉足，所以必得选一条路去走"，已经选定并走上选定的路时，诗人还念念不忘"留下一条路等改日再见"，也许，这就是生活，对生活，你能说些什么呢？是忧伤还是感慨，但回不去了，让秦香莲回到陈世美未离乡考学，让小青重回峨眉山，让水漫金山的水重回溪流？让我重返那条三十五华里的路？

也许多少年后在某个地方，我将轻声叹息将往事回顾：一片树林里分出两条路，而我选择了人迹更少的一条，从此决定了我一生的道路。弗罗斯特。

己未年【羊】。一九七九年。我十五岁，镇供销社的百货商店，在布匹、糕点、烟酒之外，开始摆放图书。

"江声浩荡，自屋后上升。"

我被傅雷先生翻译的这句《约翰·克利斯朵夫》的开头震撼了，就如几年后我读到马尔克斯《百年孤独》的开头。

语言背后是生活，语言背后是思维的轨迹，见精神见性情，也见才气与审美。

大江，大江是什么模样？

但那大江的那种气势从书本一下冲进了我的脑海，在那些看不见的沟壑里激荡。

对一个曹濮平原深处的孩子来说，江，没见过，虽然家距离黄河才三十里，但初中以前一直没有机会去看过，何况比黄河大的江的涛声，我放大村后的泥之河，是成吨的倍数的泥沙，成吨倍数的涛声才赶上那大江的气势吧。

但那一刻，异域的江水它就在我心中奔腾起来。

那是一天的下午，我在镇上供销社的玻璃柜台见到了一套四册的《约翰·克利斯朵夫》，下午的光涂在柜台上，恍惚间有一种梦的感觉。

我怯怯地让女售货员拿出来，第一眼江水就冲撞过来，"江声浩荡，自屋后上升"。我读过《雁翎湖畔》《红潮》《大刀记》，那书里都是打杀，是泾渭分明的好坏，而哥哥的一本绣像本的《三国演义》，没有封面，书纸都卷边了，但被我翻了不知几百遍，那时就感到精神的饥渴，物资匮乏使人面带菜色，而精神的匮乏，使人感到乡间的逼仄与窒息。

买这本书，买这本书!

在课堂上，这本书，就如《卖火柴的小女孩》圣诞夜里的烤鸭一样，诱惑着我，使我在课堂上，一直开小差，老师讲的什么我一点都没听进去，晚上在家也是没有胃口，也只是扒拉几口饭。母亲问我："冻着了? 凉着汗了?"

细心的母亲看出我的不对劲，我的倦怠，以为春天忽冷忽热感冒了，或许在学校和人打架了，骂仗了。

我摇摇头，就躺下睡了，当时家境贫寒，我和父母还在一个床上睡觉，床的下面，拴着的是一群羊，而屋子的梁上则是宿窝的鸡。

我想《约翰·克利斯朵夫》，我从村后的泥之河想象那大江的模样。

生活不易，活着尤难，父亲靠在集市上半夜起来扫街，半劳作半乞讨地和来赶集的人一次要上两分钱补贴家用，有时还要遭到斥骂和白眼。

五天一个集，每次下集，我就看见父亲在家里一分一分地点钱，然后交给母亲，那时哥哥刚结婚，姐姐也要出嫁，家里有时就断盐。

一次母亲上集，被小偷偷去了五块钱，我看到母亲从集市上哭泣着回来了，当时我中午正放学，同学说：你娘哭了，在街上走呢。

我悄悄地跟着母亲，看她从集市上哭着走过，那泪从她的眼里流到嘴角，流到脖子里，流到衣襟上，母亲用手去擦，眼泪又流到了她的手上，我怯怯地抓住母亲的手，母亲的泪也在我的手背上流。我也哭了，我们母子哭着从集市到供销社、到水煎包铺与鸡蛋市；人们不知道我们为什么哭，很多人窃窃私语："这娘俩，哭得像泪人似的。"

后来，我想起"江声浩荡，自屋后上升"这样的句式可以形容我们贫寒的母子——"哭声浩荡，在母子脸颊上升"。

黎明，屋梁上的鸡又开始值班鸣叫，母亲早早唤我上学，问我身体好点没有。

我没言语，在学校晨读的课堂上，我撕破喉咙喊："江声浩荡，自我家屋后上升。"

晨读放学吃完饭，在端碗的空隙，我给母亲说："老师要我交学费，五块钱！"

母亲没问，从衣裳的口袋里，在手巾包裹的里三层外三层的中间，找出四块五，然后又去邻居家借了五毛。

我到供销社的玻璃柜台，买下了《约翰·克利斯朵夫》。

那年秋夜和冬夜，我仍是躲在被窝里拿着收音机，第一次知道世界上还有这样一种声音。《小村之恋》《独上西楼》《再见，我的爱人》这些都深深嵌入我的肌体里，我还能忆起一个乡村孩子听到这歌声的满眼泪光，多年以后，我去台湾，特意去纪念邓丽君的地方，表达自己珍藏的记忆，她曾参与了我的精神成长。

写一篇《穿越暗夜的声音》多好，那是我少年时代，一种暗夜的声音，是对未来的期望，从夜里飘出，我感到了激动和迷离。

歌声，能经得起多少的黄昏和暗夜呢？

后来，我写过一首诗，算是还债：

> 你的歌声是这样不顾我的感受，带来
> 锤子、斧子、锯子，来凌迟、肢解我
> 使我心痛，瘫痪，让我不知西东
> 让我在乡间的冬日看到春天的花朵

你的歌里有火，有抑郁，有青山的堆积

有子规啼血中的故国

比你的嗓子更远，是人类的诗与天涯和远方

是你明月下的影子

是你孤岛的笑靥

那笑，如小镇青草

在无边辽远地长，把成千上万倍的思念

留给路上的人

这是真的，你的歌是这样不顾及我的感受

它带着

锯子、斧子、锤子

和无畏无惧来敲击我

我痴迷中，在望着你的歌

是笑是呆，还是如乡间冬日里的电线杆

立在无边的旷野

  庚申年【猴】。一九八〇年。我十六岁。考高中不理想，开始复课。秋天的午后，阳光下，从家到学校，上学的路上，读一本乡间难得的《北京文学》，第一次看到汪曾祺，那是他的最知名的小说《受戒》，在那小说里知道了红尘懵懂的爱，印在一个叫明海的和尚的心里，也就记着了荸荠庵的对联：大肚能容容天下难容之事，开口一笑笑世间可笑之人。

刚入农历八月，父亲把两盒月饼从房梁上摘下来，让我骑着借来的自行车去二舅家。

那两斤月饼还是去年剩下的，一年了挂在梁上，也舍不得吃，月饼，对我们乡村来说，不是吃的，而是看的，就是用来串亲戚的。

富裕的人家，两斤月饼配上苹果或者烧鸡，穷的人家，就是两斤月饼。那月饼用草纸包着，上面是红色的有光的纸印制的吉祥图案，叫月饼签，时间一长，那月饼签就油烘烘的，父亲在集上找了两张新的月饼签，然后把旧的换下，也没打开去年的包装，直接用麻绳包扎好，让我挂在车把上上路。

路疙疙瘩瘩，路过白衣集，有条狗突然窜出，我的车一下子倒了。狗一见此场景，却掉头就跑。

车把上的一盒月饼开了，我惊奇一看，那四块圆圆的哪是月饼，竟然是四块木头片。那木头片都长了绿醭。

我的头一下大了，我不敢开另一封月饼。

就按原样包好。我知道，这两盒月饼就是我们家的脸面。但我心虚，万一到了舅家他们打开怎么办？

我到了舅家的庄，在外面磨蹭，我想等到中午在大家都吃饭的时候，我再去。

果然，到了中午，舅家开饭，几家串门的亲戚正坐在堂屋当门，开始吃饭喝酒。二舅一见，就招呼，外甥来了，就挤在一张桌子吃吧，他说着接过那两盒月饼，和别人家带来的月饼放在一起。

这时我的心放了下来。

但那顿饭，我还是吃得惊心动魄，怕谁说，打开月饼尝尝。

谁知到了第二年，那盒月饼竟然又转回我家，那是西街和父亲要好的卖烧鸡的姓周的大爷提来的。他还给我们带来了一只烧鸡。

月亮上来了，父亲把烧鸡拆了，给了我一个鸡腿，然后打开月饼盒，准备圆月。

那四块木头的月饼露馅了。母亲大怒，说："他周大爷这不是糊弄人吗？"

父亲说："算了，算了，这也不一定是他大爷家的，说不定是从谁家转过来的，最后到了咱这里。"

我认出了那月饼，是我去年到舅家掂的那盒。

在夜里，月亮进来了，我看到房梁上挂着那盒月饼，父亲又把它包装好。到明年，这盒月饼说不准还会转到哪里。

辛酉年【鸡】。一九八一年。我十七岁。在鄄城三中读高中，三中就在我们镇子上，当时三中的图书馆只是两间的屋子，有几排书架，我第一次读到《世界文学》。第一次读到博尔赫斯的小说《玫瑰街角的汉子》。

手抄写汪曾祺《大淖记事》。但我脑海里却是汪曾祺的《受戒》，是水晶般的澄明的童话色彩：情窦初开的小和尚明

海与小英子，就像民俗中的金童玉女，纯净得没有杂质，我
会背诵那些个段落：

　　又划了一气看见那一片芦花荡了。

　　小英子忽然把桨放下走到船尾趴在明子的耳朵旁边
小声地说：

　　"我给你当老婆你要不要？"

　　明子眼睛鼓得大大的。

　　"你说话呀！"

　　明子说："嗯。"

　　"什么叫嗯呀！要不要要不要？"

　　明子大声地说："要——！"

　　"快点划！"

　　英子跳到中舱两只桨飞快地划起来划进了芦苇荡。

　　我对这段的印象太深，它是画面，是雕塑，是乡间的性
启蒙书。那时的乡间的孩子太单纯，一看见书本上的男女在
一起，就心跳加速，就面红耳赤，就怀揣小动物，就幻想，
就挪移。

　　那年的冬天，姐姐出嫁，我坐在拖拉机上送姐姐，冻得
我鼻涕出来，姐姐用她新嫁衣的衣袖为我擦鼻涕，多年后，
我到了岭南，回故乡看望我的老姐姐，在离开姐姐家的车子
上，我用手机备忘写下了一首关于姐姐的诗。

壬戌年【狗】。一九八二年。我十八岁。

　　三中是一所乡间的中学，就在我们镇东南角，离我们镇三百米处，有五百亩大，里面满是法桐，显示和乡村不一致的气质。

　　因同桌的姨妈是三中的图书管理员，我得以多借书，就借了一本《日本短篇小说选》，是中国青年出版社出版的，当时是冬天，我抄写了三浦哲郎的小说《忍川》，这也是日本的电影演员栗原小卷的成名作，写的是年轻人情感的纯洁，上面写的"我"一个卑微的来自乡间的大学生与一个菜馆的同样卑微的招待志乃的故事。那种气味，那种故事那种格调深深地吸引了我，我也是一个屈辱的存在。我坐在家中阴冷的屋子里，一连抄写了三个晚上，当最末的一天，天竟下起了雪，我有点喜极而泣，泪流满面，情感的共振何计东西、南海北海，何计肤色民族，绝对不可以"萧条异代"来说。

　　我是来自农村的，我知道底层的纯朴和哀痛，最后小说中"我"带着志乃回到也是农村老家完婚，走向神圣的婚礼时的场面，是留存我记忆和影响我文学记忆最深刻的事件。当时我还未婚，没有女性朋友，只是在文学里转移自己的情感与注意力，寻找拯救的力量，但我记得小说里的话："我们虽然寒微，但是要坚强地、精神饱满地生活下去，这就是我们的信念。"也许是这信念，也许是文学给我以疗救，虽然当时像所有的农民的儿子一样，灾苦多难的生活培养了一种孤

198

傲、腼腆羞涩而又时时感到委屈的心灵，那时学校里的女生稀少，而最怕的就是与女同学对话，是结巴和嗫嚅，是脸红得如红布，一个底层的农民的儿子，孤傲的背后也渴望一种自由的表达。像卢梭，躺在高贵的华伦夫人怀里，有母亲和情人的关怀的爱情，幻想如《红与黑》的于连一样爱上德瑞纳尔夫人，获得有身份女性的青睐，通过爱来弥补身份的差异，纤弱，苍白，想法是如此的可笑。于是想到《忍川》，想到雪夜的"我"与志乃，那最后的描写，简直是黄金打制的，饱满光辉，有磁力，我曾和我的极为少数的朋友讲述过这个细节，衡量文学钻石的分量是看它的恒久的悸动与感慨，这是金子与铜的分别：

　　雪乡的夜晚如同在大地深处一样宁静。就在这样的宁静中，传来了清脆的铃响声。铃声慢慢由远而近了。

　　"这是什么钟声？"志乃问道。

　　"马橇上的铃。"我回答说。

　　"马橇？马橇是什么？"

　　"就是马拉的雪橇。大概是有些农民到镇上喝多了烧酒，这时候才回村去的吧。"

　　"我想看看呢。"志乃说。

　　两个人用一件棉袍裹起赤裸的身子，钻出了房间。把廊子里的防雨板拉开一道细缝，剑一般凉飕飕的月光，几乎是白晃晃地照射在志乃裸露着的身上。

在像白昼一样明亮的雪路上，马橇拖着阴影，叮叮当当地过去了。马橇上面，驾车的人裹着毛毯，抱着双肘熟睡了。那马是自己在归路上疾驰的吧，马蹄铁在月光下闪闪跃动。正看得入迷，志乃微微发抖了。

"好啦，该睡了。明天还得坐火车哪，睡一会儿吧。"

"嗯，在还听得见那铃声的时候就入睡吧。"

一钻进被窝，志乃就把她那冻凉了的身子挨到我的胸前，把咔嗒咔嗒打战的牙齿轻轻地贴到了我肩上。

铃声远去。骤然间听不见了，只觉得余音缭绕。

"还听得见吗?"

志乃没有吱声。我把自己的嘴唇贴在她的嘴唇上。志乃却已酣然入眠了。

这个细节，我曾在一篇散文《风雪黄昏》里有过追忆，这是一篇发表在《文艺报》的散文，寄寓了我对抄书的怀念。

癸亥年【猪】。一九八三年。我十九岁。

因作文在省里征文获奖，转学到县城鄄城一中读高三，寝室是三间的瓦房，那是通铺，睡了四十个同学，冬天，我的床头是一个木制的尿桶，夜夜，尿溅起的水星滴到我的枕上；冬天奇冷，母亲为我缝制了一个麦秸干草的布袋作为褥子，但虱子跳蚤也温暖一冬，大量繁殖，同学没有时间逮虱子，就用开水烫黑油油的褂子，开水里漂着白花花的一层逝去的生命。

教室的晚上和白天是连在一起的，什么时候到教室什么时候都有同学，青春开始懵懂，有时上课时开始走神，注意女生的衣着，在高考前看路遥的中篇小说《在困难的日子里》，到街角药店买维磷补汁补脑，当时的一门心思就是考上学，不用再羡慕公社大院拖拉机站邮电所供销社卫生院等就着咸菜吃白馒头。最大的愿望就是把农业户口转为"非农业户口"改变命运。

甲子年【鼠】。一九八四年。我二十岁，档案年龄十九岁，七月七日高考，老师要求大家年龄改小一岁；七月七日晚失眠，七月八日晚失眠，七月九日下午考试结束回到家乡什集大睡，但还是失眠。九月到菏泽师专中文系读书，失眠。失眠。

一九八四年的秋天，从老家骑着一辆破自行车来到菏泽师专（当时在老家人的眼里，离城四十五里的这个学校是不能算作大学的），当时的学校破烂，我总想起乡村的满是油腻的拖拉机站，这在一些人看来，你的出息也只能教个小学，人们问我在哪里读书，我说师专，从来没说过我读大学，人们总是把师专以为是菏泽师范，这一向在乡村是被人看轻的，我在回家的时候，总是感到有种羞愧，或者是羞辱，对自己对家庭。

在师专求学的日子，是我精神极度苦闷的日子，那时整夜整夜地失眠，用棉花塞住耳朵，还是感到外面的声响，睡不着，就一夜常常地跑厕所，一到眼睛涩困，就要小便，是什么让我如此？高考的失利，也许是其一，高中的老师动员我去复读，但我的身体是垮下了，其实我知道，在我从乡下的高中被破格喊到县城的一中去读书时，就接到了乡村供电所的所长的女儿的信，这是一个叫平的女孩子，有着对农村孩子天然的傲气，老师让她念课文总是好听的普通话，而我离普通话是那么遥远，在我的作文获山东省的征文奖以后，我发觉她的眼睛，是毛茸茸，有点迷离，但少年的懵懂只是止于幻想，在高中阶段我是不敢接触女同学，也不敢和女生说话的，而只是幻想，女生怎样怎样。

平的姐妹不是七个就是六个，没有一个男孩子，而她的父亲是一个军人，从小我们就羡慕他们，在我到县城读书的时候，一天与父亲一同扫街挣钱与父亲同样卑微的熟人，叫我父亲三叔的人在一个冬夜的黎明说，供电所的那人叫平的父母向我家提媒，我的一生卑贱和屈辱的父母是没说的，他们从来没有被人正眼瞧过，有一个这样高门的亲戚自然是求之不得，那时高兴得手足无措，一天我在一中忽然接到平的信，说她父亲在县城的医院，只是短短的几句，但她拒绝我去看她的父亲，随后就是高考，随后就是我到了师专，随后就有了她拒绝的消息，在一个晚上，她约我到了她家的一个小南屋里，这是我们唯一的一次单独的见面，短短的只是几分钟，当时是秋深，我穿着一件军大衣，她说父母不同意，我的自尊和我的敏感使我知道了，这是高考的失利，她家是看不起一个做教师的。也就在那个秋夜，我听完这句话，就告别了平，我在心里说，我不会回到这个叫"什集"的镇子了，虽然她给了我躯体和生命，但她也给了我许多的伤痛。当时的想法就像一个俄罗斯诗人说的：我爱这土地，我恨这土地！

我知道，我在别人眼里还是一个农民的儿子，我并没有改变自己和家族的身份，虽然人们羡慕我的户口由"农业"转为"非农业类"，好像离开了土地的劳作，但未来的命运还难免回到乡村娶妻生子，也只能是酸腐的一个乡间的秀才而已，在农村人们有奇怪的心理，既爱慕知识，又嘲笑知识者，那时我心里想的是我还要摆脱命运，那残酷的生存的阴影还覆罩着我。农村不是诗意的，吃一口饱饭，病痛，老死，卫生条件的欠缺，没有人考虑农民，爱情也不光顾，我真切地感到了农民儿子身份的"红字"，我是被有些群体排斥在外的。我依然生活在屈辱和绝望的境遇中。

多年后，在省城再见到平，她已发福如贵妇人，有洁癖。她说她真不知道我们家到她们家提媒的事。她说，你要回老家，我也去看看。

老家的泥之河时常断流，我说故乡已不可回，故乡已改装易容，那片土地不再朴实土地不再仁慈，故乡之土吞噬飞鸟吞噬蓝色也吞噬了河流。

乙丑年【牛】。一九八五年。我二十一岁，档案年龄二十岁。

失眠失眠失眠失眠失眠失眠失眠失眠失眠失眠失眠失眠失眠失眠失眠失眠。

整夜整夜地失眠，偏巧同寝室有个单县的同学，温柔像女性，年龄大我们许多，多年的高考，使他也患了失眠，常常在半夜，我问"睡了吗"，他答"睡了吗"，这是唯一的在大学期间结婚的老兄，他有点逆来顺受的模样，说话总是轻声细语，他是唯一的男女同学间不会掌握骑自行车技术的人，平时的星期天也不回老家，如果要返回一趟老家，就提前修书，给妻子，让某年某月某日到单县的车站接站，在唐代文学课过后的一日，他在床上吟出了堪称黑色幽默的作品：

床前明月光，
疑是孩他娘。
伸手摸一把，
原来是床帮。

很长的时间，我徘徊，常是天到晚了，我就买个车票回家，很晚，我敲开家的门，母亲总是惊讶地看我，有时我在一夜只有一到两个小时的睡眠中，常常发出怪叫，或是惊悸而醒，那时的我面色苍白，生活在恐惧和烦躁里，有人说吃不加盐的猪腰子，配上中药肉苁蓉，我也信了。父亲在集市上为我搜集猪腰子，我则使用砂锅白水煮那满是臊腥的东西，人的神经其实是非常脆弱的，长期的压抑和刺激是很容易把一个人毁掉的，或是走向极端变态，或是神经病变。一天我自己来到了精神病院，医生说我快到了精神分裂，压力要是不缓解，一辈子可能就废掉了，这时我看到一句话，劳碌的蜜蜂没有痛苦的时间。

丙寅年【虎】。一九八六年。我二十二岁，档案年龄二十一岁。

当时的师专的四周是菜地，我多次与爱好文学的同桌在夜晚和黄昏到菜地，两个瘦而高的影子，寂寞而充实，记得我们在一九八六年的元旦的晚会，我们两个朗诵一首苏联的诗歌：苹果不一定落在苹果树下，李子不一定落在李子树周围。

在元旦晚会上，我看到了另一种风景，是一电大女生疯狂的迪斯科，那美妙的肢体震惊了我们来自农村的一群人，回到寝室，很多人都谈起她，谈到她的屁股的扭动，那腰就如蛇？

有人爆粗口，就露出乡村孩子在乡村文化濡染出的粗野的一面。

也是在那个晚上，我理解了舞蹈，那是生命的语言，丰沛，诱惑，张力，魅惑，性感，也一样有着风情与野性。

后来，我深深理解了舞蹈也许是生命的最好的表达方式，它本质上是一种孤独，后来我曾见到她，叫她姐姐，怯怯地谈起那次给我启迪和启蒙的舞蹈。我知道，舞蹈释放的原动力是释放孤独，韵律和协调是有神助的。有一天在冯秋子的文章中看到了德国现代舞大师皮娜·鲍希的一句话：我跳舞，因为我悲伤，真是如受电击然。我不会舞蹈，但我理解了这话的内在的质地。迪斯科的娇媚放纵自在，像有攻击性，在光里，我感到屁股与脚踝，把人是那样的吸引，像一朵花在倾诉，台上忘情，台下动情。生命的奇妙，生命的生动。

那年，我们的《黄河浪》文学社成立，就写稿子，就编印刊物，当时是油印的，几个同学和我在油印室里彻夜用手推那油印的轱辘，一下一页，一页一下，不知东方之既白。

应该说当时的师专对文学的思潮是滞后的，曾辗转抄写顾城与舒婷的诗，不知谁弄了一套老木编的《新诗潮诗集》，是北大未名丛书，洁白的封面，是大大的老宋体，我现代诗歌的启蒙应该是这本书，当时我在农村接触的是伪民歌的格式，一下笔就是油滑浮薄，但是一天，我在菏泽新华书店发现了一本刊物《文学家》的创刊号，上面是昌耀的组诗，那次我读到了他的《高车》，感到比《新诗潮诗集》更楔进我的灵魂：

> 是什么在天地河汉之间鼓动如翼手？……
> 是高车。是青海的高车。我看重它们。但我之
> 难忘情于它们，更在于它们本是英雄。而英雄

是不可被遗忘的。

从地平线渐次隆起者

是青海的高车

从北斗星官之侧悄然轧过者

是青海的高车

而从岁月间摇撼着远去者

仍还是青海的高车呀

高车的青海于我是威武的巨人

青海的高车于我是巨人之轶诗

这是一个巨人的诗行，有诗人曾说王昌龄的弟弟就是王昌耀，那时我知道以前接触的诗，是算不上诗的，我从昌耀这里知道了何谓诗，诗又是何为？从昌耀，我开得了新面，后来昌耀先生死去，我曾著文哀悼《老昌耀》，此文于《散文海外版》刊出，算是献于死者灵前的馨香一瓣。

从此，我坚定走上了文学的路途。其实这个路，是一样的崎岖，一样的满布凶险，但再转身折返回去，已经是不可能，就像辛波丝卡说的：

我偏爱写诗的荒谬

胜于不写诗的荒谬

在不是诗的时代里，人们依旧读诗、写诗，诗还像野草依旧存活着，活在我的散文里，活在我的课堂上和血液里，并且给我们的生活和灵魂以安慰，让我们懂得诗和生命的况味。

是诗给了我最初的价值观的启蒙和高地，诗参与塑造了我以后的选择，后来，我在《昌耀诗文全集》的扉页曾写下如此的分行的语言：

我怕回首让你看到我泪流满面的样子

我只是逆着血的方向走，因为

顺流会让你看到我的软弱

我虽然爱流泪，但我不爱哭

我只是向柔软、悲悯流泪

其他休想撬动开我的泪腺

我的泪固执，像扑火的蛾子

如果有一天，你真的看见我流泪

那也是委屈被你从时间深处

抹去

但是，那些文学社的兄弟，那些文学社的姊妹，那些一同奔赴文场的朋友相继背离了文场，我却还像一个寂寞的文化守灵人，独自咀嚼着落日残照落寞的风景。我知道，所谓文哲之学已是自己生命或事业中的欲求，虽然世事扰杂，已难再平静安置一张书桌，但一经伏案于文字，自己仍觉得里面涌动的是温馨与宁定，苍山如海，残阳如血，等到暮色把大野覆盖之际，或许我也不得不抽身从这片土地上走开。那时，我会多么怅然若失。

我记得，在师专一所五十年代建筑的俄式教学楼一间叫一一五的房间里，我曾和友人通宵未眠，为窗外一颗秋星发出的那点予人怀想的光亮而感动。我们并枕而谈，感悟黑夜，倾听人生神秘的心跳。那时，我想到文哲之学于我，就像这所俄式房中所存储的那种神秘的气息一样，令我铭感终生，追求终生。

羊的们

福来甩的羊鞭最响，鞭子在地下会响，在空中也会响，在草尖上会响，在河面上也会响。最神的是，早晨，幸存端着红薯粥喝粥，福来一个鞭子过去，在幸存的碗上打旋，啪的一炸。幸存的红薯块从筷子上跌下。

幸存刚想骂，那鞭子就绕着幸存嘴前只窄窄一草叶处缝隙间又响了。

那幸存家的羊"花脸"，就识趣地"咩咩——咩咩——"地亲热叫了两声，算是温顺地答应福来鞭子的呼唤。

几家的羊从胡同，从柴门出来，那些羊们都挨挨挤挤地往福来身上靠，羊眼温柔，那声音，就像在讨好，福来就像检阅兵士的上将军，把什集各家羊的方面军扫视一眼，说，今天去沙河坝。

对福来的将军站位，我家的羊炉匠颇看不上眼，炉匠也有领袖群伦气质，炉匠见过福来死皮赖脸抄我作业，炉匠曾用角抵过福来几次，福来拿鞭子吓唬炉匠。有次炉匠把福来的裤裆都抵破了，福来只是用鞭子吓唬，他不敢下手，他抄我的作业是其一，他家的母羊，还要我家炉匠的眷顾，才能下崽。

到沙河坝子，我家的炉匠才是头羊，福来只是在羊群的边上，看哪个羊想逸出队伍，偷吃路边的庄稼。他那乌黑发亮的鞭子，还有那红的缨子，才一甩，击在半空，"啪"的警告，声音清脆。

福来就喜欢放羊，他爹用鞭子抽他叫他上学，他总是从课堂偷跑。

什集的羊，像人，也以群分，有好几拨，脾气志趣相投的就混在一起，气味不对的就裂穴，我们和福来幸存的这群，一百多只，大羊几十只，小羊七八十只，如水泊梁山的天罡地煞。绵羊，山羊，绵羊是曹濮平原独有的小尾寒羊，山羊也别异，是青山羊。绵羊多雪白，也有局部黑眼圈，黑屁股的；山羊，则是四青一黑，设色均匀，背、唇、角、蹄为青，两前膝为黑，像是缀的黑补丁，又像春节写对联蹦出的墨点；青山羊，不论公母，都有角，有须，有髯，一看，老于世故像沉思的哲学家，山羊姓山，多奇崛，好爬高，无论粪堆还是屋脊，树梢，草垛，都是展现身段的道场。我们这里说山，是形容词，指敢斗狠冒险敢豁出性命。山羊喜穿房越脊，如乱世里的武林高手，浊世翩翩佳公子，那蹄子在一排排的屋瓦上，荡逸过去如铆钉，如雨点，踢踏的舞步，在外人眼一觑，毫无章法节奏，其实步步惊魂动心，步步踏实落实，故意给乡村匮乏的生活制造话题。

到了沙河坝头，就是福来甩鞭子的专场，这时不用担心鞭子甩到谁，那些胡同里冷不丁出来的小孩或者猪的狗的，在野地里，甩鞭子最过瘾，痛痛快快地甩，大喊小叫地甩，骂骂咧咧地甩，一个人甩，两个人甩，扬起鞭子，在半空中，鞭子一旋，就闪一道寒光，"啪"把空气撕裂口子，那些羊，还是安详地吃草，对草温柔些再温柔些，那些震撼的空气，在我们的耳膜上撞击：啪啪啪。

当天快黑的时候，福来的鞭子就响，如响在黄昏里的铜号，这时羊也吃饱了。

鸡要宿窝，日之夕矣，羊牛下来，大阵仗的炊烟渲染住村庄河道，水似乎慢了，道路也窄下了，黄昏给这些东西镶边，这时的太阳也像刺猬慢慢紧缩在村子的后边。

这时的羊和福来、幸存和我，脚上就像踩了二两的酒瓶子，故意歪歪斜斜地走，那些被草撑大的羊肚子，东摇西晃的，一副陶醉一副小康。

还是我家的炉匠，有王侯风范，在前面行方步，走虎气，一副尊者模样，紧跟其后的是后宫和王子王孙、公主格格之类，那些羊们，在炊烟中行步，走过一座座瓦屋，一个个粪堆，一处处麦秸垛，几声狗的亲热的叫声，好像在迎接羊群，羊们和福来们也就慢下脚步，或者停下，看自己家的狗，亲热扑上。我们都喜欢狗，勾肩搭背似的，狗直接扑在肩上，有的扎到怀里，有的裆里穿越，羊与狗也亲热，有界限但又没界限，吃肉的和吃草的，感觉有炊烟横在面前，细看又空无。

二

羊在某些人眼里是沉默的，怯生的，当我想到童年和离开多年的土地，我就会想到那些羊们，它们是祭祀的常客，待宰的被侮辱的，但它装点的那种仪式的悲怆，谁能抹去？是羊的血唤醒我们某种敬畏，多少草才能养成一只羊，多少羊才能让一个屠夫最后把刀子变成了草，当自己也成了一根草，那时才知道了羊的秘密，知道了向生灵们说对不起。

我在珠海的街头，在黄昏的时刻，看着那些拱北关口如潮的人流，我心底想到的是羊，我也是背离故土，来到五光十色的都市寻找青草的羊。城市里哪有青草，只有叫草皮的那种东西，被人伺候的草，不适合羊的胃，青草只在城市的边缘，或者是遗忘的空地里，我曾在城市里见过有一小片地，还没有被水泥吃掉的空地，不知被谁种了几畦子的菠菜，绿油油的，那垄沟也是那么的漂亮，这一定是一个怀念乡土的老农不忍心土地的抛荒，我看到那几畦子的菠菜绿油油的菠

213

菜，像羊一样，想趴在那些菠菜上啃上几口，即使满嘴的汁液在城市里流淌。

我也是在珠海拱北的广场上，看到过一个男人，拿着一个蛇皮袋子，走着走着，突然泪流满面，我看出来，这也是一个和我一样的外省人，他的孤单不只是一个人在城市里的孤独，而是精神的无依无靠，他的眼神，也是我看到了失群的羊才有的那种恐惧。他为什么哭？是迷途的羔羊一样迷失在这个关口，还是接到了留守在家的孩子的电话母亲生病？在越来越重的暮色里，在这个广场上，我看到了他的哭，我听到了别人听不到的哭声，我想走向前去，想拍一下他，说，兄弟，我和你一样，我在你背后跟着你很久了，你是一只羊，我也是。

我知道，我的心理埋葬着羊的情结，也埋着一片青草，在一个夜里，我读到徐俊国的一首写羊的诗：

怀孕的母羊走过大地

草籽正好触到温暖的乳房

它跪进清清的河水

照了照脸　用去一朵荷花绽放的时间

洗了洗身上的泥巴

用去一只病蜻蜓从阴影中飞到阳光下的时间

我尾随它转了很久　直到它爬上遍布碎石的山坡

那是危险的石料场　工人刚放完炮

它在一片麸子苗中停住　用蹄子一圈圈缠茎蔓

直到把那个难看的伤疤藏得严严实实

这是一个仪式　而且如此隆重

这只羊想让孩子　一出生就能看见

自己的母亲干净而美丽

　　这是一只怀孕的羊，她的乳房也装满了大地的草籽，装满了大地的乳汁，在大地之上，她为温饱而奔波，辛苦，渺小，艰难，稍微大的乡间的一个石块，一个荆棘，都会刺伤她，使她痛苦。

　　但这是一只爱美的羊，如爱美的女人，这是一只怀孕的羊，想给未来的孩子以美的迎接，它用草的茎蔓把难看遮掩，为的是未来孩子能看到一个干净美丽的母亲。

　　这是只令人感动的羊，羊有自己的舞台，也有自己的悲剧和喜剧，我还记得，母亲曾说，应该给我娶一个羊模样的女人，那种女人良善，但这种女人是献祭吗？一个无用的文人，值得一只羊的依附？想到母亲当年的话，我有一种苍凉在喉。羊的眼眉羊的身段还是羊的性格？找到一只温驯的羊的精神，也是多么的奢侈啊。

　　我曾听过一个羊肉汤馆宰羊的故事，一个老板从农村买了一大一小两只羊，这是一对母子。这天，老板准备把大羊宰掉，他把刀放在屋外的案板上，转身进屋拿盆以备接羊血用，可等他把盆拿出来，却在案板上怎么也找不到那把刚磨好的刀子，其他人和他的妻子都说没看到。

这个时候，那只大羊还低着头在舔小羊，而小羊卧在地上，为了不让小羊看到大羊被宰杀的场面，老板就想把小羊拉走，可就在小羊被拽起来的一刹那，人们在小羊身子下看到了老板正在找的那把尖刀。谁都不知道这把刀子是怎样跑到小羊身子底下的……

还是回到童年去。下午放学，才是四点的时辰，时间还早，光阴还早，大家都赶着羊去河滩。

一些人家的羊有五六只，七八只，还有十多只的，就像班里学习小组的人马，组长可不是叽叽喳喳的我们，而是羊们，每家的羊，都有一个领袖，都有一个管事的，那是头羊，有的是公羊，有的是母羊。

这时绳子也不用了，把拴羊的绳子往羊的脖子里一缠一绕，像是黝黑的皮项圈。那些羊可白了，洁净得人不敢用手触摸。有时白的羊会下到河里，就如把一堆白云一堆雪赶进河里，那些羊可有意思，就像是集体跳水，扑通扑通从岸上跳下，我们在岸上看着，有时也会和羊们共浴，大家骑在羊身上，在水里，羊的脊背很滑，那些毛都贴着身子，光着屁股爬上去，一点都不扎。

羊也反抗，一下把我们从背上摔下，落水更好玩，大家有的是抓住羊角，有的是抓住羊的乳头，有的是抓住羊的尾巴，反正和羊不离不弃。这些羊都通人性，真的是灵兽。

幸存家的羊是怀着孕的大肚子，在水里很安静，只是把自己泡在浅水处，很享受，真的是很绵，幸存家的羊叫棉花，幸存满是骄傲地看着棉花，他知道棉花肚里的羊羔一定也很享受。

幸存就唱："我是公社小社员……"

这时棉花也咩咩地叫了两声，像是和声。

幸存就在岸上扯了一把青草，扔在棉花前面，那些草，漂在水上，就是绿的诱惑，很多的羊都游过来。

但我家的头羊，还是那副不与一般群众见识的样子，它没下水，在岸上一双眼乜斜着，好像不屑。我总觉得，炉匠通人性，就像村里的支书，或村小的校长，有领导气质，当大家都下水的时候，要允许领导不下水，在岸上观战。而它要下水的时候，大家要保持肃静。

这村里的大多数的母羊，都是炉匠的妻妾，幸存家的棉花也不例外。人们说羊温顺，慈眉善目，但你要是看炉匠，它会颠覆你这一看法，你注视它，炉匠会和你对视。

一天晚上，幸存神秘地对我说，他家的母羊要生了，母羊的名字叫棉花，棉花是个四岁的母羊，是美丽的小尾寒羊，俊秀而宽厚，温柔而驯顺，幸存说这只羊，就像棉花，那么朴素那么安静。

幸存家的母羊棉花拴在灶屋里，正躺在墙根的豆秸上，幸存的娘拿一片白菜，在棉花的嘴边。

那时还是油灯，灯的晕圈，像迷蒙的梦境，使这个夜有了神秘与期待，棉花对幸存娘的白菜毫无兴味，只是"咩咩——咩咩"地叫，她的眼看都不曾看过，我和幸存不敢吸气，母羊棉花扭着脖子注视着屁股，我们见豆秸湿漉漉的，还有血，血是暗的，幸存的母亲弄些锅底的灰烬把血掩埋。

这是秋夜，天开始有了寒意，幸存的娘让幸存抱来一堆豆秸，点起了一堆火，那油灯一下子就萎缩了，好奇地张望着这噼噼啪啪的火苗，母羊棉花的眼里，好像也燃起了火，那是秋夜的味道，幸存的娘，我一下觉得就是这羊的姊妹。

幸存的娘很有耐心，把自己的一块不见颜色的土布毛巾盖在母羊棉花的脸上，然后用手慢慢推母羊的肚子，一收一缩，高高低低，那母羊的肚子像个鼓。

我也蹲在母羊棉花身边，用手推着母羊的肚子，我看见一只小羊的头从母羊的产道里露出来，一眨眼，那被包着一团羊水的小羊羔就从产道中滑落下来，掉到铺好的锅底灰上，这时的母羊棉花连抬头和叫的力气都没有了。幸存的娘迅捷地用手抠掉羊羔鼻子和嘴巴上黏稠的液体，倒提着腿，在后背上轻轻拍了两下，然后放在母羊棉花身边，这时母羊棉花开始不停地舔小羊身上黏糊糊的东西，直到把羊水都舔干净，把毛舔得松软起来，接着小羊咩咩地嫩声叫着，腿摇摇晃晃地站立起来。一会儿母羊棉花大叫一声，又一只小羊降生，身上全是黏糊糊的，这时母羊还是不停地舔小羊身上黏糊糊的东西，直到把羊水都舔干净，把毛舔得松软起来，接着小羊咩咩地嫩声叫着，腿摇摇晃晃地站立起来。再一个小羊降生了，这时母羊棉花还是不停地舔小羊身上黏糊糊的东西，直到把羊水都舔干净，把毛舔得松软起来，接着小羊咩咩地嫩声叫着，腿摇摇晃晃地站立起来。最后三只羊都出世了，母羊棉花，一会儿舔这只，一会儿舔那只，满眼都是慈爱。幸存的娘看着这一幕，竟哭了，我和幸存都一脸懵懂。

这时幸存抱起一只小羊，塞到我怀里，接着幸存也抱起一只。剩下的那只，母羊棉花还是尽力地舔着羊羔，舔一会缓一会儿，缓一会儿舔一会儿。小羊羔的头、耳朵、眼睛、鼻子、嘴，被母羊反复舔，最后，幸存的娘把羊羔放在母羊肚子底下，把嘴按在棉花的奶头上，羊羔不张嘴，幸存的娘用手指蘸一点乳汁，用大拇指和食指撬开羊羔的嘴唇，抹一下，那羊羔的嘴就动一下，幸存的娘最后把母羊的奶头塞到羊羔的嘴里，一点儿白色的乳汁从羊羔嘴角流出，整个灶屋都有奶和青草的香。

那堆火慢慢弱了，弱了，三只羊羔都挤在棉花的胯下，我也该回去睡觉了。

幸存给我说，他小时候就是喝羊奶长大的，羊也是娘。

三

一个冬天过去，春风一来，我家炉匠的身子骨里也好像灌满了春水，好像抒情的样子，有时站在一个土岗上，看着辽阔的平原。

这是一只出色的鲁西南小尾寒羊种羊，它身体的壮硕，魁伟的身躯令南来北往的平原外的人吃惊。人们只能远远地欣赏地看它，它那弯弯的犄角，如新洗的新月，如铸铁镰刀，人们害怕它割断动脉，它有时安静如羔羊，其实炉匠还未出现，身上的那股冲人的气味就到了。

要么孤独，要么走在羊群前面领着走，母绵羊跟着它，山羊也跟着它，脚步杂沓，如行军的队列走在滚滚的尘土中，它是司令官。那高耸的蹄甲就是带马刺的军靴。

它不属于什集方圆十里的每一只母羊。它没有爱情，它没有单独交往过一只母羊。

但这个春天，镇子上来了一只公羊，这是一只螺旋形角的蒙古绵羊，这是福来他爹弄来的，想配种弄些钱来补贴家里的开销。这羊确实结实，但长相滑稽，它的脸到头顶，包括眼睛，都是黑的，像男人围个三角头巾，如一个二流子，从赌场熬夜出来。福来给他家的这只公羊起名塔拉，我们好奇，塔拉什么意思，福来说，他爹弄来这羊的时候，外面的人说这是草原来的，蒙古语，草原就是塔拉。

我们笑了，塔拉塔拉塔拉地喊。塔拉，我们把鞋子不穿在脚上而是套在脚上，叫跶拉。

塔拉这个来自远方的公羊，好像对什集、对沙河坝、对这个春天很满意，看似平和，但感觉它的肌肉是紧张冲动的，目前在那些本地羊面前，有点谦逊和平和，叫声也很得体，不像有的人在乡下讲普通话。但春天的秘密是憋不住的。

那天，我家的炉匠被父亲牵到另一个集市配种，我赶着别的羊与福来、幸存还有百十只羊又去沙河。

那时芦苇长出啦，疯狂地争夺天际的空隙，河水也向远方的村庄跑去，草也长出啦，好像人把家的被单平铺在这里，当风变大，这草会不会被卷起，那些羊们可不管这，它们啃着，好像随时都能把这些被单提起。

那阳光也好，在草尖和羊的眼睛里动弹。但春天，也是刮黄风的时候，突然，就在沙河坝的西北，有一个旋转的无比巨大的麦秸垛样的东西，向我们这里呼啸着、旋转着轧过来。

大家蒙了，不知道是什么。

那蘑菇状的东西越来越近，打着尖利的呼哨。幸存问我是什么？我问福来是什么？

大家最后认定，是黄风，但比春天哪次都大的黄风。

那些羊们不吃草了，眼里满是恐惧，我们开始去抓拴羊的绳子，但又怕绳子在风中太紧把羊勒死，那些羊的尾巴被吹得卷起，耳朵被吹得趴下，我们的耳朵像无数的青蛙在叫。感觉风在我们的脚底逐个把我们抬起，衣服被吹得啪啪打着脊梁，比用鞭子抽还疼。

一些小羊羔，开始四散倒伏，奔逃。

这时我们都傻眼了，谁也没见过这阵势。但这对来自草原的塔拉来说，也许只是笑话，它经历过草原的风雪比这更凶猛，这些黄风，对平原深处的羊们是噩梦，对塔拉只能是洗礼，它稳稳地站在一处高坡上，也恰如一个叉手而立的武士，四只蹄子，如铁锹紧紧扎在地上，一点都不含糊，一点都不发抖。

哪怕风把沙河的水卷起，砸在岸边的羊的身上，好像能砸塌羊的脊骨。在这一阵一阵的黄风里，只有塔拉丝毫不为眼前的黄风所惧。这时，塔拉突然像吹起了集结号："咩——咩——咩——咩——"

这声音雄壮，要盖住风声似的，那些四散的羊在黄风中听到塔拉的叫，一下子都稳住了神，我这时才感觉我原先对塔拉的二流子的印象是错误的，那风来得急，走得也速。风停了，那些羊都围住塔拉，它的羊毛好像不再是羊毛，而是骄傲。

福来，甩了一下鞭子，也像他的羊一样骄傲，我们说："这风真大。"

福来说真大，幸存说真大。我们的手在刚才的风中，都被拴羊的那些绳子，勒进了肉里。

没有了炉匠，这次塔拉好像登基，那些羊们，开始讨好，在回家的路上，夕阳下，塔拉的队伍，都如镀金一样，灿烂，霸气。

四

炉匠回来了，那是巡幸后的幸福，它的种子和 DNA 在这方圆数十里被春风复制，你不论到哪个村子，都有炉匠模样的羊，这是这片土地的功勋物，它脖子上的褶子，是长长的毛，如绶带，写满了王庄、李大楼、三里胡同、徐集。炉匠无论走到哪里，人们都会被它外表的俊朗、霸气所折服，连人也不例外。

炉匠不只是颜值，更是流淌着鲁西小尾寒羊的纯正高贵的血统，查五代，它父亲，它父亲的父亲，那可是名门，在晚清，在曹州府斗羊的三年一次的赛事上，曾七次获冠军，碾压来自济宁府、东昌府、归德、濮阳各地的小尾寒羊高手，它是场上的烈焰，只要是看到对手，那羊毛就直立，就燃烧。

在《曹州府志》，曾有炉匠的直系祖先的记载，头名冠军七次，披红戴花，在曹州府亮相游街，就像中了举人，做了京官，夸官亮职，吃流水席，唱梆子戏《摸羊圈》三天。

《摸羊圈》是苦情戏，与得头名气氛不和，但题材和羊相关，人们也就图个乐呵。没那么较真。

炉匠一回来，塔拉一下子就感觉到了反差，这两天把它捧上天的那些羊们立场不稳，开始叛变，开始往炉匠面前聚拢，好像在说思念想念，离别几天便如隔三秋之类的话。

这时，羊们都听到了塔拉在黄风中的那样的叫，只是低了许多，但还是传到了炉匠那里。

这叫声，传到炉匠的耳郭里，无疑就是显示一种低调的存在。我们什集的人都是凭借声音来分辨孬话好话，所谓的听话听音，那声音的短长、低昂、高亢，反映的都是心理，是宣示表，是标签书。夏天的夜里你怎样知道青蛙？秋天的夜里你怎样知道蟋蟀？它们只有鼓腹而歌振羽而鸣。

夏天，我们也能听到蝉的愤怒，针对辽阔的热，春季我们也能听到喜鹊的呐喊，那是别的鸟进入它的领地。那些鸟们双目圆睁，就像泼妇大骂。

这时我想到了塔拉的愤怒，那些羊们的背叛和奴颜婢膝，它只有发出自己的声音，才能确证自己，而使炉匠知道，这里有个来自草原的公羊。

只一刹那，我家的炉匠，扭过高傲的头颅，它的眼睛像箭镞，光的质地的箭镞，向着塔拉，而塔拉，也不含糊，来自高原的高傲也激愤出来，两只羊的眼睛在角力。

这时，炉匠想挣脱拴着的绳子，焦躁地用脚刨地，鼻翼哼哼地翕动，像戏台上的花脸：哇呀呀呀。

还是福来看出了危机，他的一记鞭子在塔拉的鼻前，炸了一个花，而炉匠的前蹄已经腾起，它铆足了愤怒，也是福来的那记鞭子，让它看到了塔拉的暂时的隐忍。

我上去，搂着炉匠的脖子，用力压制着炉匠，然后拽着羊绳，而福来把塔拉牵到远处，但塔拉也还是扭着脖子，一副骂骂咧咧的样子，谁都明白，它们成了彼此眼中的鱼刺，也成了春天的心结。

好些时日，塔拉沉默了，在河滩上，它远远地吃草，但我发现，塔拉在远处，不看羊群，只是望着远去的水流，有满腹的心事。

又到了母羊大面积发情的季节，那些小母羊，有的是雷管，一会儿跑到塔拉面前，一会儿跑到炉匠面前，就如情窦初开，自然界也有俊男靓女，也有争风吃醋，那也就有了大打出手、头破血流。

有俊美的小母羊靠近塔拉的时候，那炉匠就高亢地叫起来，如黄壤平原深处戏台上的红脸王，那嗓门，像红脸姜维的调子，一股英气。当有小母羊靠近炉匠的时候，这儿的塔拉也叫，但是低沉得多，那里的压抑分明是拉的仇恨。

时间一天天过去，福来在学校逃学的次数，和他爹打他的次数一样多，每打一次，福来就在砖墙上，画正字，五次就是一个正字，到了十次再一个正字，到了十五次，他记下一个操字，我说操字十六画，他说，爹多打一次吧，然后福来就在河滩上甩鞭子，那鞭子也如他家的公羊塔拉，多的是隐忍。

多日的沉默，我们忘记了塔拉的仇恨和炉匠拉的仇恨。但刻在骨子里血液里的仇恨，是我们的橡皮擦不去的，有一次福来的爹再一次打了福来，这次福来却拿鞭子照着塔拉出气，用鞭子照着塔拉的脑门、鼻子猛抽，把塔拉的鼻子抽出了血。

塔拉是条好汉，它不叫不跳，就如风扫过，最后，福来抱着塔拉的脖子哭起来。

一天，塔拉挣脱了拴着的绳子，突然站在炉匠的面前，当时我们都没注意。

这是一场对决，天才半下午，太阳的光线显得温和，那些远处的芦苇就像屏障，隔开了喧嚣，这是一处高岗上的空地，正如擂台子，天然的比赛的设置，平时只有炉匠才在这里，像大将军巡视众生。这个时候，塔拉闯进来了。没有不打招呼，没有小心思小伎俩，这真是好汉爷的做法，不使暗器，堂堂正正。

塔拉叫了一声，然后后撤，蓄势，那两只角如刺刀，头顶的太阳倏然地把河道上的云沾染了，有了猩红。炉匠看见了，也就稍稍后撤，它还有一根绳子呢，还拴着，但这镣铐正是它的本色，在束缚之中，还是那么骄傲，那脖颈就如高傲的公鸡，它的毛发开始直立，而尾巴，则是一把小号角，它的鼻子哼哼地喷着，是愤怒，是警觉，是观察对手，也是爆发前的自我的倒计时：五、四、三、二、一……那些猩红的云彩投下的光，像武士的甲胄。蒙古勇士和鲁西南响马的眼珠都是猩红的，它们的血管也是猩红的，它们往后缩，但那是蓄积的力道。

我担心，炉匠的脖子里拴着的绳子，在冲击的时候，会把它的脖子割断，或者勒死，但我们都不敢靠近那两只愤怒的公羊。两只羊的脊背都如高低耸起的愤怒。

塔拉发起攻击，而炉匠则迎头撞击，只听惊天动地咚的一声，血就出来了，空气里尘土里，都有血，不知是哪只羊的血，那两只羊的额上，都有血。

那是塔拉的首次冲锋，它的头低着，而两只角，就是接敌的匕首，那是头上长出的匕首，寒刃肃然，它斜着刺向炉

226

匠的脖子，这是速度和力度的纠集，只一下刺中，无论是哪个部位，都会是一个血洞。

炉匠一个趔趄，那条绳子限制住它的活动，它躲过塔拉的利刃，但两只头颅的撞击，四只角的訇然的对撞，像是十万面铜锣一下子击响。

炉匠跪下了，塔拉在撞击后后撤的时候，它的角划开了炉匠的脖子，那肉一下子翻卷，血如喷泉，在塔拉刚想后撤的时候，塔拉的角也把拴着炉匠的绳子割断，那炉匠脖子里的半截绳子，真如血染的火苗，哪里容得你得手后撤，炉匠的角已经把塔拉挑起来了，顺势，脖子一梗，把塔拉摔在了几米以外。

这是两块出炉的铁，红红的，都把对手当作淬火的液体，把对手的血当作淬火的汁液。

我们都吓得不敢动了，那两只疯狂的雄性的羊，撞在谁的皮肉上，骨头上，不是开花，就是骨折，这平时温顺的羊，也有着惊天的杀戮，不要小看那些所谓的羔羊，温驯里的火，燃烧起来，也有毁灭的可怕。

塔拉被甩在高岗下，但一瞬，就直立起来，冷酷而漠然，如冷面的杀手，这是蓄积多日的出手，看它那使用双角的阵势，它不是和炉匠决斗，而是去要对手的性命，它要证明谁是平原里唯一的真正的王者。

塔拉没有炉匠高大，炉匠正是盛年，但这次是炉匠刚巡幸回来，是身体巨亏的时候，塔拉是经过算计的，但第二次塔拉冲击的时候，炉匠没给勇士机会，因为没有了绳子的束缚，炉匠可以后撤，腾挪，它前肢高高地跃起，然后头颅直冲下来，如压顶的巨石，向着塔拉锤击，炉匠的两只角直直地刺进了塔拉的脖子。这时大家都不知发生了什么。

塔拉好像没有感觉，它的四肢抓住地，没有倒下，脖子里的猩红已经染红了前腿，但这恰如斗牛的红布，这只能令塔拉癫狂。

我们在外围用土块，往两只羊决斗的地方扔去，几个孩子的土块如雨，福来的鞭子也在上面炸着，但那两只羊的眼睛里已经没有了这些平时的畏惧，我们无法止息它们的血的奔涌，我们无法止息它们为原始的荣誉感而战的勇毅。

炉匠和塔拉的角再一次顶在一起，炉匠的前腿弓斜，成三十度的锐角，后面的腿与前面的腿平行，都如铸铁，斜插在地上；塔拉仿佛是响马的复制，一样的造型，都是那么坚决，那么把来自大地的意志通过血管通过脖颈，到达头颅到达犄角；它们的犄角交叉，是盾牌也是出鞘的刀剑，盾牌把袭击和内心的孱弱挡在外面，刀剑则把荣誉、尊严传导。

炉匠把勇士抵翻五次，塔拉把炉匠抵翻两次，但屡败屡战的塔拉，却没有在炉匠的攻击中败下阵。

两只羊都气喘吁吁，谁先后撤，谁就会被对手击垮。

就在两只羊角力的时候，勇士的头一偏，接着，我们都没明白，以为它支撑不住，谁知它一下子用犄角向着炉匠的最值得夸耀的、如水葫芦一样明亮的睾丸撞去，这是致命的一击，也是终战的绝杀。

但是炉匠也非等闲之辈，它竟然跳跃起来，勇士扑空了，一下子踉踉跄跄，撞到虚空里，犄角扎在地上。

这次炉匠没有给勇士机会，它的牙齿一下子咬到塔拉的后腿，只听咯吱咯吱的声响，炉匠的脖子在旋转，就像炉匠在咀嚼着一截玉米的秸秆，塔拉的腿断了，它没能站起来。

一切都安静了，福来的眼里满是泪，他的塔拉腿断了，就像他的腿断了；一切都安静了，河水流着满河的太阳的余光，那些晚霞就如羊的血，一块一块地凝结。

五

这次羊的王者之战，让我彻底改变了对羊的看法，羊是沉默的可怜的一群？所谓的沉默的羔羊是大部，还是局部，每个词语的背后都是遮蔽，也许，每个词语的背后都是洞见。

董仲舒说："羔有角而不任，设备而不用，类好仁者；执之不鸣，杀之不啼，类死义者；羔食于母，必跪而受之，类知礼者；故羊之为言犹祥欤！"羊有这么高尚的品格，似仁、似义，知礼、祥和，那它不在重大祭祀中充当牺牲，谁充当牺牲呢？羊从来就是逆来顺受、任人宰割的一群。

不要低估人的狡猾和残忍，我们要吃羊，当然要奴化羊，要羊听话，要羊顺从，也许，我的母亲也是从此种角度，来让我找个羊一样的女人么，但娘也是女人呀。

我曾看到过一只绝妙羊的眼睛的特写，摄人心魄，是一次摄影展览，我被一幅在山坡上的羊的注视的眼睛征服了，它的眼睛清澈锐利又有期待，有深情，又有倨傲孤独；它又像是注视远方，有着别样的灵异，又像是看穿了一切。在这个繁华的都市，在静静的展室的一角，我想到了我故去的母亲，这是一只透露出思索的羊的眼睛，是羊中的智者。

　　它的眼睛，让我不敢直视，又感到了无比的温柔慈悲，羊的眼睛和人的眼睛一样，我在老家放羊的时候，就曾发现，眼睛是它们的灯盏。

　　但是很多的人，为了吃羊，宰羊，吃得顺当，宰得安稳，吃出太平无事，吃出冠冕堂皇，吃出心安理得，便把那羊的灯盏，一盏一盏熄灭了，把它们驯化了，洗脑了，还是深谙中国历史的鲁迅说："驯兽之法，通于牧民，所以我们的古之人，也称治民的大人物曰'牧'。"

　　在今年的暑假，我回了故乡，而如今故乡很少有人再养羊，那鲁西南小尾寒羊，就珍贵地被作为基因种群被保护，圈养在几处保护基地，见到了福来，也见到了幸存，在聚会的场面里，一例的乌烟瘴气，一支接一支的烟，一句一句胡吹海侃，一律大碗喝酒，然后就是吃我们镇上的名吃"什集烧羊肉"。

　　在酒席上，已是窑厂包工头老板的福来，大腹便便地说："我给你出个题，答对了，我喝三个酒，答不对，你喝三个酒。"

福来说："一个人只开了一枪，便打死了二十四只羊，为什么？"

看着福来的奸笑，我喝了三个酒，后来，他说："你再喝三个酒，我给你说答案。"他站起来，手一甩，像当年甩鞭子的模样，"告诉你吧，那人一枪打死了站在悬崖边上的领头羊，头羊掉下悬崖，所有的羊不都跟着跳下去了吗？"

我说这不是领头羊利用群养的盲从在起作用吗？福来说是啊，头羊或者那些羊的领袖，在前面走进屠宰场后，在悠扬的铃铎声中，羊们会很自觉，很规矩地跨入死亡的门槛。后死羊的执拗其实是一种信仰，一种托付，也许还有一种对头羊的崇拜畏惧在内，它们交出了自己的前程，跟着头羊，走下去。

在酒桌上，我还听到一个乡间羊上楼的故事，很多村子合并，住楼了，一家人家住在了三楼，就在三楼的一个房间，养了一只羊，那是随着主人搬迁住进楼房的羊，被拴在一个八仙桌子腿上，这只羊，不适应那些工业美学的东西，它还是怀念有草的原野，在一个早晨，经过了一个冬天，在春天到来的早晨，这只羊，跳楼自杀了，为了窗外一片青色遥看近却无的草。

听了这个故事，我沉默了许久，福来说喝酒喝酒。

我问福来，还记得塔拉和炉匠的决斗么。那种热血，或者说那种血腥，来自原始的依存的，没被驯化的野蛮。

羊决斗后的第二天，福来还在睡梦里，就被父亲揪着耳朵，脚不沾地从床上提起来，把盛草的粪箕子和镰刀扔过来，叫他蹚着露水去割草，等割草回来，却不让吃早饭，连地瓜粥也不让喝，只是给福来一个窝头，一头蒜，一碗凉水，福来不敢吱声，他看一眼受伤的羊，谁知这时父亲大骂一句，又把粪箕子给扔过来，把镰刀给扔过来。这时太阳已经很高了，福来想草不是割过了？刚想磨蹭，就见父亲抓起窗台上的鞭子，福来一看，就咬下牙下地了。等再扛着一大粪箕子小山一样的草回来，就分不清脸上是泪水还是汗水。

父亲说："上午的广播还没响，吃饭早着呢，把草弄到屋顶上晒，晒之前，去井里打水把草洗了。"

等把草晒到屋顶，福来下来，累得连饭都没吃，腿发软就想睡觉。还没等福来在午睡把梦做完整，就又被父亲提起来，别自在了，庄稼人有几个睡午觉的。

那天下午，我们放羊，看见福来割了三粪箕子草，到晚上，喝一碗地瓜粥，就睡了，第二天，福来早早地被父亲提起来，他发倔脾气，梗着脑袋，不接父亲扔过来的镰刀粪箕子，母亲也求情。可是父亲一把抓过窗台上的鞭子，劈头盖脸朝福来捆来，一捆一鞭血。福来哭着拿着镰刀扛着粪箕子出门。连续几天，福来只要一使脸色，父亲的鞭子就到了，有次，母亲实在看不下去，就抱着福来，父亲的鞭子还是照抽不误，如鼓点，如雨点，最后是如谷粒那样密集，母亲的脸上，胳膊上，身上，福来的脸上，胳膊上，身上，都是一段段蠕动的蚯蚓。

母亲大放悲声："恁咋恁狠啊，我们娘俩死在你的鞭子下吧，我们娘俩的命，还不如一只公羊值钱。"

在福来父亲眼里，那被炉匠打败的公羊，败坏了名声，不会再有母羊找上门的，福来父亲的梦，被炉匠打碎了，但在父亲眼里，是福来没有照顾好他家的公羊。

但福来就是一只替罪羊。

在学校，我问福来，鞭子疼不？他说他家就是电影里有老虎凳的班房。

一叶如来

一

茶，是最具有民间气质的物什，但也是最接近哲学和佛学的一个文化现象。茶，是佛家哲学的具象。

我认为，茶，才是庙堂和江湖既可供奉，也可随意泼洒掉的一种生存的隐喻和象征。我的故乡人和尚赵州从谂"吃茶去"，最是一种朴素家常的话头；我一直把他看成我们曹州（菏泽）一个有泥土气的和尚，茶不离身茶不离口，以茶作喻，以茶为生，茶也禅也？他在曹州出家，过安贫乐道的禅修——绳床的腿断了一根，就用烧火剩下的木头锯一段绑上，有人要为他做一个新的绳床，他却拒绝了。

我在他的《十二时歌》中，看到了茶和他的日常，他八十岁仍旧为了证道，四处行脚，在这些日常中，他用心唯一，除了吃茶吃饭，但吃饭吃茶，岂是杂用处？不也是参禅？

一天十二时辰，他多处都写到茶。辰时吃饭时，赵州徒然看着周围炊烟四起，但他这院里还只能回忆着前年的馒头空咽口水。谁知他正念难以相继，频频嗟叹，但这周围百户人家不善男不信女，来到寺院就只知道讨茶吃，没吃上茶就生一番怒气走了。赵州曰：

食时辰，烟火徒劳望四邻。

馒头椎子前年别，今日思量空咽津。

持念少，嗟叹频，一百家中无善人。

来者只道觅茶吃，不得茶噇去又嗔。

到了巳时近午了，我们看到的赵州和尚，是这个模样：

禺中巳，削发谁知到如此。

无端被请做村僧，屈辱饥凄受欲死。

胡张三，黑李四，恭敬不曾生些子。

适来忽而到门头，唯道借茶兼借纸。

巳时近午，出家的他，没想到沦落到这般地步，无端被请到这个荒村做住持，屈辱饥凄，只差一死，那些个胡张三黑李四没曾生些恭敬心，就算偶尔来寺里，也是无事不登三宝殿，借点茶水借点纸而已。

午时日南，可是中饭还没有着落，只得从村南到村北托钵乞食，还是北家不曾推脱。吃着苦粗盐、大麦醋、蜀黍、米饭、莴苣。还有一些善信对这一餐供养很珍视，勉励和尚道信须坚固：

日南午，茶饭轮还无定度。

行却南家到北家，果至北家不推注。

苦沙盐，大麦醋，蜀黍米饭蘸莴苣。

唯称供养不等闲，和尚道心需坚固。

到了申时，该晚饭了。五个老婆三个瘿，一双面子黑黢黢。几位老婆婆和村汉来这里吃茶，都知道这油麻茶是很珍稀的，劝道赵州和尚不必像怒目金刚似的青筋暴起，来年麦子和蚕丝有了收成，定会来布施一些的：

哺时申，也有烧香礼拜人。

五个老婆三个瘿，一双面子黑黢黢。

油麻茶，实是珍，金刚不用苦张筋。

愿我来年蚕麦熟，罗睺罗儿与一文。

到了夜半，这时的赵州和尚呢，更有意思：

半夜子，心境何曾得暂止。

思量天下出家人，似我住持能有几。

土榻床，破芦席，老榆木枕全无被。

尊像不烧安息香，灰里唯闻牛粪气。

哈哈，想想全天下的出家人，有多少是我故乡的赵州和尚这样呢，土砌的床榻，破旧的芦席，老榆木的枕头，连被褥都没有。佛像面前安息香也免了，闻着氤氲的牛粪气睡去了。

这是一幅非虚构的唐代和尚的日常，在场，现场。在困苦中以身证道，最后道成肉身，有时三餐不继，周围的那些男男女女，哪是善男信女呢？不供养不布施，还时时在揩老和尚的油。

我记得《布施度无极经》上那几句，不正是写我故乡的老和尚赵州吗？"众生扰扰，其苦无量。吾当为地，为旱作润。为湿作筏。饥食渴浆。寒衣热凉。为病作医。为冥作光。若在浊世颠倒之时。吾当于中作佛。度彼众生矣。"

在这浊世里面，颠倒流离，为旱作润，为冥作光，是茶伴随着和尚，我感觉，和尚的胃就是茶的器皿，也是禅的独特的感知器官，它是自然的，也是精神的，是肉身的，也是形而上的。

看到茶在和尚的生活中，滋味深长，有两位僧人从远方来找赵州，向赵州请教如何是禅。赵州问其中的一个："你以前来过吗？"那个人回答："没有来过。"赵州说："吃茶去！"

赵州转向另一个僧人，问："你来过吗?"这个僧人说："我曾经来过。"赵州说："吃茶去!"这时，引领那两个僧人到赵州禅师身边来的监院就好奇地问："禅师，怎么来过的你让他吃茶去，未曾来过的你也让他吃茶去呢?"赵州称呼了监院的名字，监院答应了一声，赵州禅师说："吃茶去!"

以茶待客，这样的和尚，使我想到了在古老的曹州土地上，生活了七十多年的我的父亲，我的父亲颠倒流离的一生，就是两个嗜好，茶与酒，天天离不开，朋友来了，是酒，是茶，逢年过节，更是茶酒当家，这是他理解世界的方式，酒与茶，为他播撒着生活的香气和满足。

我曾骑着自行车到曹州古城的酒厂，去给他打散酒，那时我初中，和几个伙伴，骑着自行车，几十里，自行车的车把上，吊着瓷嘟噜，大家听到嘟噜瓶的名字的时候，会有点怪怪的感觉。好像一个特别土的名字不那么正规，那么嘟噜瓶为什么叫了这么一个名字? 有人说这是瓶在往外倒酒的时候酒经过瓶口的时候发出嘟噜嘟噜的水流声，所以就叫嘟噜瓶。这个器物的形状好像肚子一样球形圆腹，在乡间，一是盛酒，再是盛水。

嘟噜瓶跟着我们，我们跟着自行车摇摇晃晃，从酒厂打地瓜烧的散酒，回来，那父亲就喜笑颜开了。

他从自行车的把梁上摘下酒嘟噜，拧开木塞子，把嘟噜拿到鼻子跟前使劲地闻了几下，然后长吸一口气，憋了一大会，然后慢慢吐出。

我到现在还记着这一个动作。

一会，我称作二哥的我们村子北街的马新胜来了。他手里则是拿着一个铁盒，还有一包花生豆。

马新胜比父亲大一两岁，是老街坊，他和父亲数十年为我们的集市打扫卫生，扫除集市各类人等牲畜留下的菜叶、砖瓦、泥块、纸屑、塑料袋等垃圾，他俩就每个摊位收五分钱。

于是，他俩就能有辛苦的小碎钱喝酒喝茶。

我常跟着他们上桌，就是能吃些酒肴，一些猪头肉，下水，水煮花生豆，但我从不喝酒喝茶，我嫌恶酒辣茶苦。

母亲把几个小菜端上小方桌，他们坐在木凳上，直接从酒嘟噜倒到两个小黑碗里，酒花绽开，二哥闻到了酒香，咂巴一下嘴，然后说声三叔，喝吧，就大拇中指张开箍住小黑碗的腰，食指扣住小黑碗的碗沿，食指都已经半截在酒里。那满是污垢的指甲在酒里，好像也兴奋，一动一动。

二哥酒入口的那一瞬间，他的表情夸张而激动，鼻孔打开，嘴里嘶哈一声，接着喉结的那个圆球就像珠子，在全身滚动起来，然后小黑碗往桌子上一放，右手一拍大腿根，好像全身的每一个细胞都来响应这个酒的滋味。

酒喝的空隙，二哥像是考一考我父亲，就说，三叔，还是闺女好，小棉袄，你看，大闺女给捎来的茶，这是女婿特意买来自己喝的，闺女不让，非得给我捎来一盒。

我父亲喝酒喝茶，都是口下有真知，但一辈子囿于乡野，没有喝到好酒好茶，酒是粗酒烈酒薄酒，后来就伤了身体。

茶，就是一些花茶，一些粗茶，父亲和二哥是一生的朋友和搭档，他们两个一散集，就聚在我家吃喝。在我的童年记忆里，他们喝酒喝茶，我吃肉，到了初中，他们两个喝酒喝茶，也让我学着喝，我拒绝，到了高中他们喝酒喝茶，我开始学着抿一口酒。

二哥，只有三个闺女，没有儿子，他对待三个闺女，像儿子一样，替闺女盖房子，替闺女养孩子。

这不，他闺女捎来了茶，说是一种新茶，从来没喝过的茶，叫她父亲尝尝，这不，二哥就拿来一个铁盒，像炫耀似的。

父亲准备用紫砂茶壶泡茶，二哥先揭开铁盒，然后让父亲再闻一下。

三叔香不？

香。二小，这是啥茶？闺女送的啥茶？

你猜？三叔。

父亲喝茶，大都是很便宜的"大把抓"散茶，用一张土色的纸随便包着，二哥这个茶，是用铁盒盛的。

父亲敲敲铁盒，这得很贵，贵的有香味？

三叔，你猜多少钱？

我猜不出。因为父亲对茶的想象，是生活贫窭限制了他的想象，他不知道世间还有白茶、黑茶、绿茶、红茶、黄茶，他只知道大把抓的散茶，稍微高级点的就是茉莉花茶。

二哥打开铁盒，从里面倒出一点茶叶放在手掌心，黑黑的，如黑蚕，递到父亲的鼻子下，确实有股香味儿。

他们泡好那黑蚕似的茶，父亲俯下身子，对着茶壶里袅袅升起的热气，深吸了一口气。

"闻起来怎么样？"二哥问他。

"不一样的味！"父亲很满足，最后父亲问二哥，这是啥茶？

二哥说，听女婿说是观音茶，父亲疑惑，观音茶？

其实父亲曾跟我说过，他这辈子喝过的最好的酒和茶，是在曹州城里的一个领导的家里，这人年轻时曾偷过人东西，被父亲几句话解救下来。他姓孙，年轻时候混穷，后来在外地当兵，后来当兵发达了。

那时候，为贴补家用，父亲平日里就贩卖白菜，平时在乡下收几车子白菜，都是鲁西南的狮子头白菜，白菜心包得紧紧的，外面再用谷草或红薯秧捆扎，如铁疙瘩，那一棵棵的狮子头垛在堂屋的屋檐下，然后挑日子拉到集市上或是城里去卖。

父亲说，那天，有霜，天还黑咕隆咚，他穿着大腰棉裤起了个大早，喝完娘做的杂面疙瘩汤，就拉着一车狮子头去曹州城里卖。城里人多，家家过冬都会储藏几棵白菜，去曹州城既能出手快，还能卖个好价钱。

"那次卖白菜，真是太巧了，早一步晚一步，都不行！"

多年以后，父亲常是在端起酒杯茶杯时，嘟囔起多年前的这事。

他说，那天他刚把一地排车狮子头白菜卸下来，在路旁摆好，就有一辆吉普车从他放下的地排车旁开了过去，还差点碰着地排车，父亲慌忙躲，这时，吉普车开过去了，一会儿，吉普车又退回，慢慢停在那些狮子头白菜旁。

车上下来一个穿中山装的男子，说谁的狮子头白菜？我全要了。

父亲一惊，看着面前的这个人，这个人面容灿烂，朝父亲伸出手，问，你是不是冬天在什集街头卖丸子的？

当时父亲的棉帽子上，眉毛上，都是白霜，手也冻得僵硬，他赶紧迎上去，胆怯地握住那双伸过来的手，有些迟疑地问，你是？我眼拙，就是看着有些眼熟，你是？

忘了？二十年前，你在什集的街头给我一碗丸子汤，一个窝头……他们两人就那样握着手，站在狮子头白菜旁说了好久，然后，白菜被装到了吉普车上。后来，父亲被这人连拉带拽盛情邀请到家里，然后他拿出了汾酒和龙井来招待父亲。父亲说，在喝第一口汾酒的时候，他第一次知道地瓜干酒外还有好酒，真是天外有天，在喝第一口龙井的时候，他的喉咙弥漫起来的是周身的暖，然后，这热流遍他的全身。

当二哥把观音茶拿给父亲的时候，他也说起了他喝龙井的事，仅仅一次，就让他记住一生，这次观音茶，父亲说，真好喝，我以为一辈子再也喝不到好茶呢。

父亲本质是农民，虽然在街头做一些小生意，但一杯酒，一杯茶，那曹州城里的那次卖狮子头白菜的经历，他觉得，这辈子没有空过，他一辈子都是被践踏被侮辱，这次被尊重的感觉，让他铭记一生。

二

北方是酒的，咸的，油的，是惺忪蒙眬的踉跄。特别是我的家乡古曹州今菏泽，那菜不咸不香不辣是不行的，而酒呢，度数越高越受追捧，能喝六十度的，绝不喝五十三度的，能喝白的，绝不喝啤的，而红酒，被认为是甜酒，是女人喝的，娘们喝的。菏泽人嗜白酒如命，一般人都能喝上半斤八两的。喝酒时间的长短、喝酒量的多少代表感情的深浅。一桌酒有时喝上五六个小时，有从傍黑喝到天明的，有中午喝酒与晚上连到一块的。一边喝酒，还要一边喝茶，说是喝酒后多喝点茶会解酒，胃里感觉舒服一些。喝茶也有礼节，茶要浅，酒要满，茶凉了就得泼掉，再续上热茶，人走茶凉，茶凉了代表感情淡了凉了，还有就是在农村老家，女人们是不上桌的。

在菏泽的那些年，几乎天天酒场，上午十点就有电话搓弄中午酒场，下午四点就有电话搓弄晚上酒场。那个时段的电话，一问一答，都是搓弄着啥时酒场聚会，喝酒成了人生的正典，好像酒是我们生活的正规军其他都是杂牌。

有时是大排档烧烤，有时是饭店，那菜要讲拿手特色，或者是炸金蝉，或者是烧鸡、糟鱼，或者是女主人容貌姣好。

主人一落座，就拿着手机轮番拨打，重复着同一句话："怎么还没到啊，就等你自己了……"对方就会说："到了，到了，已经到饭店门口了。"或者是："五分钟到……"常有摆谱者，故意姗姗来迟，常挂在嘴边的一句话就是刚散会，今天又加班，烦死了。

菏泽离曲阜近，都属于鲁西南，酒场的规矩多。通常主人、请客者会坐在主陪位置上，右手边为主宾，左手边是副宾，对面是副陪位，副陪右手边三宾，左手边四宾，其他位置就随便坐了，上了四个凉菜，酒斟满，主人会说上一两句，"也没什么事，就是想大家了，在一起聚聚"，要是主人什么也不说，客人会催他说上两句，然后酒宴正式开始。

最搞笑的是主人开始一一介绍客人。这时候，主人就像组织部长人事局长，现场办公火线提拔，比如派出所的刘警官就是刘所，银行的出纳便是行长，学校的陈老师就是陈校长，医院的护士就是院长，自由职业者王某人立马摇身王总……诸如此类。一个桌子上，全是领导，大家也不客气，介绍到自己也是一本正经。不认识的，还谦逊地相互点点头，表示知道了认识了。从这些食客的面部表情，可以看出大家对主人的介绍很满意。偶尔有些新手，不适应，也会不自然地谦虚一下，小声，含含糊糊模模糊糊地说："不是，我不是……"声音小到扎到裤裆，像蚊子哼哼。但马上就有人纠正说："快了，快了，别急，在路上，马上发文。"

介绍完出席的客人后，主人开始带头喝酒，一般是连喝三杯，杯杯见底，这是共同科目，并督促监督大家全部喝完；然后是副主陪带头喝三杯，这样六杯酒下肚，主陪才开始敬酒，从主宾开始，每人面前两个酒；然后是副主陪敬酒。然后就开始随意，酒量大的人也就开始发挥，有了用武之地，提杯打圈，挨个敬酒。如遇到老乡战友同学等，便是"我俩干一下"，若对方是女性，干字便说得特别重，我干了，美女随意，弄得桌上美女粉面含羞。老朋友的，新朋友的，一推一杯，几个回合下来，不少人吃不消，大喊不喝了不喝了，留点，留点……敬酒的便说，不行，你这是养金鱼呢？这时，"串座"又粉墨登场了。所谓"串座"，就是端起酒杯起身到朋友面前敬酒，这样的礼遇是高规格的，没有人能够拒绝，于是，酒又是海喝了一通。

几番下来，一箱白酒就见底了，主人便喊饭店老板再拿两瓶酒来，众人就惺忪着眼，摆着手："不要了，不要了，拿了也没人喝。"主人看看大家那熊样子，便说："能喝也不拿了，那就搬箱啤酒来冲冲。"老板便搬来一箱啤酒，全部打开，一人发一瓶，接下来，便是乒乒乓乓的啤酒战，白啤交加，如此这般，各人的酒都到量了。于是，"刘所"与"李校"就开始交换手机号，加微信扫一扫，"王局""周总"相约兄弟下次聚会的时间，如高山流水，你兄我弟相见恨晚，惺惺相惜，紧握着的手紧紧不放，又拥又抱，拍打着肩膀……等大家跟跄出得门来，十八里相送，难舍难分，摇摇晃晃的身影在灯火阑珊的小城渐行渐远，各回各家……

第二天，准会接到电话：我昨晚喝断片了，没说错啥话不？

这样的日子，我近乎二十年，天天如此，日日酒场，夜夜酒场，并且，喝酒的时候，从不喝水，别说喝茶了。终于，在二〇一〇年的秋天，我的胃如渔网一样，大出血，差点要了身家性命。在写这段文字的时候，我打开我的博客，找到了当时的博文：立秋日胃出血康复出院，以诗答友人。

博文现在看，很可笑，在病床上，还扭捏搬弄文字，先移来搬来如下：

小序：某所好无多，不抽烟不打牌，唯好饮酒及读书，酒不求粗细，书不求甚解，只求快意。曾把宁伤身体不伤感情作为口头禅，酒品即人品，多年来，把煮书下酒作为境界，不效魏晋时人读汉书痛饮酒成名士。二〇一〇年七月三十一日赴京八月一日领取冰心散文奖，八月二日胃出血住进北京空军总医院，辗转床榻五日，农历立秋日出院。作诗一首告别酒坛，从此酒功废矣。

曾经豪饮看空盅，座中顾盼为谁雄？

诗仙斗酒诗百篇，情重虹吸情似虹。

十八碗后拳碰虎，呕吐夜半觇流星。

此般景象成追忆，只写散文摹人生。

天道立秋，超脱医囚；大道默默，几人参透？饥则觅食，困寻枕头；晨读朝霞，晚诵星宿；三五至友，酒垆没酒，可弹琴，可鼓呼，无来处，无由头，顺生论，乐亦忘忧。

这是当时的博文，是在手机上，躺在病床上写下，当时就是一个念头：戒酒。当时的文字尚在，我确实也戒酒两年，朋友再约酒场，我只是枯坐，看到大家那种酒中的癫狂和快乐，我有深深的失落，看到大家的呕吐和胡说，出丑，我想到自己的过往。

也就在我戒酒的时段，似乎也只是在一夜之间，曹州小城便忽然蹦出了许许多多的茶楼来，这些茶楼，大都开在隐隐约约的街巷，门头雅致，多是毛笔字，不是茗，就是阁就是轩楼，司茶的是可人的女子，也如茶，有一种韵味，佳茗佳人相宜，也如一道标配。

这时，有朋友约我到茶楼，也许，她看出了我远离酒场的寂寞，而在酒场又如呆子傻子掺和不上的窘境，她想改变一下我的生活方式。

那是小城青年南路路口的一个茶楼。

朋友的背影，优雅。进到了茶楼，我也恰好踏着约定的时辰到了。也许，她不知道，这样的举止，在我像遇到了人生路途上的观音或者菩萨。在这个小城，她有着少有的漂亮和优雅，常一人去旅游，常是一人抚琴，练习一下毛笔字里的隶书，有模有样。她曾给我说，想去看华南的植物园，那里有北方不见的乔木花草。多年前的冬天，我见她时，觉得这个小城还有如此漂亮的女人，在白色羽绒服里，看出的是波希米亚围巾的混搭。那个黄昏，我没能和她说话，她只是到一个书店去提一件东西，恰好，我在书店看书。黄昏的小城的街头，她在暮色中，走向了一辆白车，我记下了这一幕。

几年后，就相逢了，我知道她是一个爱书爱茶的女子，也有着好的文字，那文字，随写随掷，她一次和我谈起《约翰·克利斯朵夫》，在这个茶室，让我看了她的笔记，我说，我们是知己了，就因"江声浩荡"。在我少年读书时，那个乡间的供销社的玻璃柜台里，就有这书卖，我是翻开书的第一眼，就看到了"江声浩荡"，那水声至今还在，因了这平原外的水声，才把我启蒙唤醒。

她的文字也优雅，看她在笔记中所写的"江声浩荡"，她的耳朵特别敏感，特别是在这个小城的春季，她几乎天天在茗茶在听风。

她总是觉得窗外的风声是凭空而来的，像野兽的怒吼，那么强烈，那么气势汹汹。但是当她走到窗前搜寻这野兽的踪迹时，只见水岸柳树顶端的晃动，而俯于地表的小花小草不过是轻摇身姿，似乎全然藐视这风的威力。这是春季的下午，阳光晴好，天气温暖和宜人。她就在五楼的窗前聆听风声。

午睡后，泡好一杯茶，她仍感到困倦，就从这个房间走到另一个房间，而后又来到窗前，拿出昨夜读过的书，接着读下去。

书里面频频写到江声，江声浩荡，冲击着书中人物的耳鼓，使他们感到仿佛置身于动荡不安的水中。

她的耳中也充斥着一阵紧似一阵的声响，那是风声。风声从清晨就已经开始了，时至眼下，仍没有停歇的意思。

江声虽出自文字，但仿若亲闻，她在心底叹息着作者的手笔。江声与风声于是交织在一起，使她一时不知身在何方，她在更倾向于现实的一瞬时，风声更响，但随即又被文字呈现的江声淹没簇拥。如此这般，这个阅读的人在文字与现实、水声与风声中间挪移，这种体验是那么美妙与难得。

她听惯了风声，间或那么一瞬，风声戛然停止，静得出奇，她便觉得自己的气息也被扼住了一般。风声再次响起了，这一回的风声又像严整的队列了，它们来自漫长岁月的深处吧，踏着凛然的脚步。

阳光从背后斜照过来。这一片亮光由无数道线组成，是光的线，它们拂过她的手臂，光点在汗毛尖上跃动，她忽然想笑了，在沉寂的生命瞬间里，忽然觉出了活力和动感。

她知道，光阴短暂，一会儿工夫就要日薄西山，西天上一轮落日，云彩染上红色，孩童走在归家的路上。接下来光线逐渐暗淡，天气转凉，这样的景象虽然平常，但还是使人感受到轻微的哀伤的幽情。她知道，大自然风光无限，她这一生所看到的，少得不足挂齿，她也知道，太阳只有一个，月亮只有一个，多少景色转换都因之发生，她每日的仰望与感受也因之发生。世上各人总是凭着自己的一套想法，来填补思想的空隙，又哪里知晓原本的真意？

风要停歇了吗？还是要继续？

这是她在茶室，和我分享她阅读和听风的感受，她问我，你听到风声了吗？整日整日的，整夜整夜的？

我摇摇头，她站起来，走到窗前，那窗帘是暗红的，她拉开一道缝，有一道黄昏的光投射到她的脸上，好像脸上跳起无数的绒毛，她说你的生活像火烧火燎，见你总是急匆匆，不是在酒场，就是沉醉在从酒场回来的路上。

是的，近二十年，我好像不认得自己，总是扎堆在酒气雾气缭绕的酒场，周旋与此，周折与此。

但现在，静静地坐下，喝一杯茶，随意地谈天，这是我多年来仅有的一次，我的性格，原先，是从不会和人静下来，聊天谈话，总是一副在路上的感觉。就像窗帘拉开的一刹那，暗室里涌进了光束，我认得了自己。

在小城里，我的高中同学士忠，在一个元旦，喝酒，殇了，我的好友，书法家玉麟，喝酒去了。当时喝酒的豪气，喝酒的欢乐，曾是我少年垂涎不已的，我也曾和他们在乡间喝，在城里喝，在草堤喝，在湖边喝，雪中喝，雨里喝，喝到不知人事，喝到咿咿呀呀，唱着无词无调的歌穿过小城回家，而家在哪里却不辨东西了。

这样的醉酒狂歌的小城，使我多次魂断，多次迷狂，在我胃出血后，在这个茶室，我望向她，她从窗帘处折身，就觉得突然互相张望着对方，我像是受到了神启，像是在除掉酒外的生活抓到了一根稻草。

她说，你会毁掉的。不管你是在酒场毁掉，还是如今你的落寞，你会毁掉自己。

我的心头一凛。

三

北方是酒的，咸的，油的，是惺忪蒙眬的趔趄。

南方是茶的，是甜的，是糯的，是糖水的。

我以故乡一个叛逆者的身份走了，从山东的鲁西南到广东的岭南，我不愿在故乡的酒场和各种人情中被围猎。我知道我到了岭南，就是拥抱另一种有别于中原腹地的鲁西南文化，有别于家乡的水浒文化，也意味着选择了另一种生活方式。

我是一个闯入者，是一个异质，我必须落地生根，虽然在这个世界上，我们都是异乡人。

岭南。

虽然，我到了岭南，到了珠海，但我的骨子里，我的基因里，还是北方的东西，性格中的急躁，刚直，无城府，冲动，直觉，尤其是不能放弃的家国情怀，对道义、自由、正义的向往。

　　而岭南，这里是经济的，个体的，契约的。

　　看到这里的冬季的灿烂的花，那羊蹄甲花，那异木棉，我觉得，我的故乡的冬天，太单调，土地太贫寒。看到这里早茶的食品的繁复和花样，我觉得，北方的是那样粗粝和粗糙。

　　在我刚到珠海的时候，与朋友吃饭，我端起茶杯里的水，就喝，朋友就笑了，一定是北方的，刚来珠海的。朋友说，那不是喝的，第一轮的茶水是消毒碗筷的。

　　后来，山东的人来看我，他们一律是端起茶杯里的洗碗消毒水，都喝。

　　在北方久了，应该是北方的环境和人早就合二为一，少水的生活，也少了灵性，极端的环境，造就了极端的性格，路见不平，拔刀相助，三碗不过冈，倒拔垂杨柳，那都是，酒与肉催生的刚烈，所谓的白马秋风，是荒凉，隐隐的是怆然，是悲歌，是长调。

　　但我是投奔南方而来，我让它补救我的那些褊狭，那些粗糙，其实这也是我对我的文字的看法，我需要南方的水汽氤氲的滋润。

　　我需要慢下来，不再火急火燎，不再忽略道旁的风景，这对我，应该说是基因的突变。

这里的朋友见面聚会，在一茶一饮间，看出的是细腻和细心，也看出了从容。这些年，多次离开岭南去北方，或是回故乡，或是外地讲学，但我觉得，我开始不适应北方的干燥，冬天的雾霾，冬天房间里的暖气，常常弄得我鼻子出血。我觉得，我在北方的生活，是十天为界，为节点，到了，我就必须回返南方。

我想我刚到珠海的时候，还不习惯岭南的米饭与饮食，我让家人和朋友给我寄玉米面，寄馒头寄烧饼寄烧牛肉，到春天，朋友还有寄槐花的，寄榆钱的。

当时，寄玉米面的时候，我做玉米面粥，当时我曾写下几节分行的文字，现在看，是有点可笑：

来自故乡，快递而至的玉米面

有着故乡的肤色

有着故乡的邮编、门牌、胡同

离开故乡四千里

我的胃还是故乡的粮仓，储存故乡的芝麻

大豆花生红枣与小米

我的胃是节妇，只为故乡守着

这是岭南，要有多少的桂圆荔枝枇杷杨梅

要有多少的黄酒茭白鱼腥草

才能勾引这节妇失掉贞洁啊

哈哈。这得是多大的乡愁啊，我的胃是节妇，只为故乡守着。

我反思自己，是为了改变自己的生活文字才来岭南，是为躲酒，是为换一种活法才来岭南，现在我需要的不是回返，不是重新走回那种酒肉的生活，那种匆忙，而是走向草野，走向庭院，走向真实的生活。

在这里的客家的朋友，送我茶具，送我好茶，我说，我喝茶，都是一个味。

朋友笑了，慢慢品。

我给朋友说，我父亲喝一辈子酒，也喝半辈子茶，他酒没喝够走了，茶没喝够走了。当时我的工资低，无法给父亲买好酒好茶。

我到了南方，好像一个身份不明的人，是南方的北方人，还是北方的南方人？我在这种夹缝里生存，物质的和精神的夹缝，有时在梦中醒来，我觉得，我是一个故乡的逆子，也是岭南的弃子，我拒绝北方的认领，但南方能认领我吗？

朋友从北方来看我，在华南植物园，下雨了，朋友说，在故乡我请你喝茶，到了广东你请我喝茶，看看你变成了南方人吗？

我痛快地答应了。说，你点最好的茶，反正只一次。外面落着雨，有些迷离。我说，在故乡，下雨天，就是喝酒天，今天，我们茗茶，也优雅起来，做一回南方人。

朋友回看，盯着我，两年了，你还是北方的粗糙？

雨下大了，茶室，只我们两个人，絮语啜茗，觉得茶香也从身上浸了出来。这时候，当我凝望朋友，竟然看到小城曹州青年路口南那家茶楼，她的侧影，生出了今夕何夕之感，还是那样优雅，她是看华南植物园的花草树木，我怀疑，自己是否是一株北方的植物，长在异乡呢，也被朋友看，朋友就是故乡，是故乡的土地与方言，都触手可及，都近在咫尺和眉睫之间。

有茶有友人的茗茶，那就不再觉得时光漫长，但茶是淡了，虽然说雨还未停下，朋友说，雨里去吧，植物应是另一种风貌。

在华南植物园，我看到了朋友的兴奋，她喜欢这里的生机郁勃，那寄生的树干上的花，那如欢呼的芭蕉，那雨中的草木气，朋友说空气加了伴侣糖，那路上横斜的枝柯，那些野果，都像是情欲旺盛、四处招摇的样子。

朋友说，她的精神基因里也是南方人，不辞长作岭南人，她理解了。这里生命的澎湃、阳光的丰富、雨量的丰沛，那些椰树、番木瓜、荔枝、黄皮、茶林，那些海湾、楼宇、美食、音乐，都是与北方格格不入的另一极致。

人们说南方这块土地，杵下一根拐杖都能发芽。是的，虽然，我在北方几十年，但总觉得骨子里，是个南方人，我就要像一株植物，即使是脱去水分的拐杖，脱离了北方的干涸，在这湿润、没有冬天、一年四季都能生长的地方，可以扎下根须。

但这里，有我的挣扎，我有时在珠海的街头，还会寻找北方的胡辣汤，到了那北方的面食馆，还是吃馒头，吃大蒜，吃荆芥。南方朋友的孩子跟我去喝胡辣汤，当凉拌荆芥上来时，她用筷子夹了，接着两眉紧皱，嘴角嗫起，然后吐出。

我曾用手机拍下，大家说，这是最好的痛苦表情包，那是个客家的孩子，我看到了她对中原面食的拒绝。

到了岭南的前几年，我的胳膊和身上，起来很多的水泡，奇痒无比，周围的人对我说，喝凉茶。

这里的人开始规劝我，要学会煲汤。广东人的煲汤，又称"老火靓汤"，每次的聚餐，第一道就是煲汤。

在广东，汤分几种，清汤最简单，把水煮沸后，放进蔬菜肉类等汤料，再滚一下，拌上调料即可食用。

也有炖汤，那要用盅隔水来炖。盅要上盖，封上锡纸，避免水蒸气流失，保留着原汁原味，那些参、茸、燕窝等都是作炖用的。

煲汤是最讲究的。广东本地人家家都有一套煲汤的工具，传统砂锅，广东女人每天用三至四小时来慢火熬汤，这种耐心和细心，是其他地方的女人无法比拟的，那是慢工细活，需要像伺候小孩一样伺候，那要小火慢煲，只要煲的时间够，汤的鲜味就会出来。并且中途不能开盖也不能加水。煲汤时也不要过早放盐，临出锅时，才放盐，要是女人，广东人说想做广东人的媳妇啊，那定要会煲靓汤，不然，那是没法拴住男人心的。

其实，在南方靠近天涯海角的这里，比汤更普及的是茶，广东人去茶楼喝茶是一种传统，无论是家人或朋友聚会，总爱去茶楼，泡上一壶茶，要上两件点心，美名"一盅两件"，如此品茶尝点，润喉充饥，风味横生。由于饮早茶是喝茶佐点，因此当地人称其为"吃早茶"，实际上还是上酒楼吃早餐。

全家老幼登上茶楼，围桌而坐，饮茶品点，亲朋之间，上得茶楼，谈心叙谊，喝茶、会友、聊天、谈恋爱、谈生意，吃早茶已经不是纯粹的吃，而是变成了一种文化。广东人喝茶不赶时间，广东人说"得闲饮茶"，意思是大家都忙，如果连饮茶都赶时间，那就不如不喝。

广东人喝酒随意，在酒场上，不劝酒，你想喝就喝，一顿饭吃下，时间很短，不像北方，一顿酒几个小时。

慢慢地，我开始亲近茶，特别是到了福建安溪感德，到了铁观音茶的腹地，我算是理解了茶，这茶，是有记忆的，温暖的，它有着古典的质地，古典的气质。

安溪的茶，当我走进茶王的庙，看到祭祀茶王公谢枋得的时候，我知道，这是感恩的茶人，也是感恩的草木和泥土、山川溪流。

谢枋得，我是熟悉的，他的气节，他编选的《千家诗》曾是我们这个民族的道统和文统的熠熠星辰，他的诗多伤时感旧，沉痛苍凉，也常有味外之旨，他是我的书法老师谢孔宾先生的先人，我在谢先生家看到谢氏族谱，见过族谱里谢枋得的写影，我喜欢他的诗："十年无梦得还家，独立青峰野水涯。天地寂寥山雨歇，几生修得到梅花。"

这是一首可以和文天祥《过零丁洋》比肩的诗，南宋德祐元年（1275 年），诗人抗元败走，弃家入山。次年妻儿被俘，家破人亡，至作此诗时将近十年。"十年无梦得还家"，但他以梅花励志，要修到梅花那样的高洁，对抗着冰雪，绝不屈膝。

抗元失败后，他一路南下入闽，至常乐里（今感德镇）大岭山。隐姓埋名，一边讲学劝道，教化山民，一边鼓励群众垦荒植茶，富裕山民。

在安溪，他留下了《觅茶》诗："茂绿林中三五家，短墙半露小桃花。客行马上多春日，特叩柴门觅一茶。"

谢枋得殉国后，安溪的百姓奉他为"茶王公"，塑造金身供奉。

在茶王公庙，虽然，我听不懂闽南话祭拜的词语，但看到那些穿着红色长衫，头戴黑色礼帽，手奉香烛的端肃，在一叩一拜，诵经钟磬的氛围里，我知道了铁观音的最香最醇的来源了，那些香烛，那些茶人的端肃的面目，模样也像是一枚枚的茶叶，在时光里发酵。

夜里，我和诗人汪漫住在一个茶人的乡间别墅，别墅在半山，窗外逶迤的也是山，月亮在楼顶，如一片白瓷，就如冲泡铁观音那种瓷器中走掉的一片。

　　我们徐徐喝茶聊天，我觉得在安溪，那一枚枚的叶子，像融入了这土地的精神与皮囊。

　　这位茶人的生意很广，在上海的浦东机场、虹桥机场，还有西安的机场，都有很多的铺位，是茶，驮着安溪走出感德，走出安溪。这里的人，饮茶的讲究，使我开了眼界，我觉得茶建立了一种雅致诗学。

　　在这里喝茶，真的成了一种修身宗教。我和汪漫兄，听茶人讲道，真难得，在这个喧嚣的世上，还能放下安静的茶桌，来修复人们疲惫的心灵。

　　也许茶的修复分摊在每个人的细胞里，只是人感觉不到，但日久为功，在与茶人的对话中，我听到了最朴实的茶，不是那些云山雾罩、神乎其神、附会的邪魔外道。我原先曾对那些喝茶的玄虚，有过心里的犹疑，在这夜里的山间别墅，我知道茶就是一个味，要你自己体味，这确实如禅了，悟者悟之，得者得之，一些野狐禅，那是大话唬人是邪魔外道。

　　在与茶人的叙聊中，我在茶人的话语间，知道了铁观音的摇青的环节的源头了，那种茶香的来源。

　　有这一幕：背着一篓新采茶叶的茶人，发现一只兔子。

　　其实这是神示，是密函。

　　茶人追去，虽然没追上兔子，下山时，背篓里的茶味道却发生了变异。

这是摇青。

还有第二幕、第三幕、第四幕……

我明白了，这里的每一片叶子，如悬在大地上的道场，观音就趺坐在天地间，圆满，温润。这就看你的虔诚，你的机缘，你的悟性。

安溪的人悟到了一片叶子的天启。

最后我们安静了，茶人说，他备下了纸和墨，准备明天让到他茶园的人写字，汗漫兄就推我今晚，就可写。

在为茶人写字的楼梯间，月亮在上，愈加是白瓷的白，我想到了一词：一叶如来。

《景德传灯录·慧海禅师》有言："迷人不知法身无象，应物现形，遂唤青青翠竹，总是法身；郁郁黄华，无非般若。"

这一枚小小的叶子，何尝不是法身？茶是观音，是佛，是如来，是地藏，是茶王公谢枋得，也是保生大帝吴夲，人们也可在茶里找到菩萨和安慰，也找到了疗救。

今我南来，兜兜转转了几年，在这安溪感德的山中，在接近夜半的时分，在下楼的时候，一叶如来四个字，使我如遭电击，我从山东老家的酒逃出，在今夜，我才终于看见了那枚茶，它藏在草木间，只是今夜，我觉得，我的肉体和精神才走近它，也许，以后，它引渡我的灵魂、肉体和文字。

写书法回来，看了一眼西斜的月亮，一列山间的火车，正鸣笛通过，我想到了我的父亲，在他去世下葬、棺材成殓的时候，我给他的棺木里，放下了两瓶酒，我欠父亲一包好茶叶，在他的棺木里，没有茶叶的位置。

在这个山中的月夜，我的心思在茶上，在这枚叶子上，我可以找到如来和父亲。

那白瓷一样的月，正好一束光照下，在我转角的楼梯，真的就像是如来，是佛陀，在我的头顶。

在这夜里，我和他相遇。

我想着，该如何面对这个场面。

第三辑｜木镇风物记

替一只苍耳活着

有人从城市拿着柄斧头走向了乡野，建一木屋，受够了飘浮在城市上空的污浊的云霾和那些噪声。一个人宁肯坐在一颗南瓜上，也不想挤在天鹅绒坐垫上。

但对一个乡下出生，乡下成长的人呢？城市对他意味什么？他又居于何处，又因何而生？

他能把城市当作一颗南瓜坐下吗？

如果将人分为乡下人、城里人、流浪者（漫游者），我把自己定位为一个从乡下到城里的流浪者，最后愿望能成为一个城里人，这是内心的真实，即使像《红与黑》的于连，这并不下贱，也不低俗。

当去澳门参加五四百年研讨会，看到那些百年的遗存和金碧辉煌的游乐场，我觉得我像一个苍耳附着在城市的墙上、树上，在座谈的时候，我意识到，你就是一只苍耳，虽然有着光荣的刺，但要谦卑，这是城市，城里的水泥的地面是没有多少苍耳的生存空间的，在乡土上，你好像很强大，那些刺，一是针对伤害你的人的，二则是一种附着借力的武器。

作为一个苍耳，我是多么渴望踏进城市、落脚城市，虽然我在与澳门一水之隔的珠海，虽然在珠海之前，我在山东鲁西南的一个地市级的小城，但就是在那样的小城，我依然是那么的虚弱，不能把刺亮出，只能把那刺攥在手心里软化。

是的，苍耳的刺，是可以被手心的手汗慢慢浸软，像投降的旗子。

当我在鲁西南小城毕业留校的时候，那时我一无所有，拥有的只是年轻和热血，但热血有用吗？

"你以为你是谁？"这个声音多次在我的面前，就像苍耳的刺，直直地扎向我，即使扎我的肉，扎出血，我也必须忍着，我知道，我是一只从乡间来到城里的苍耳，留下来，活着。

那天，是一次小范围的聚餐，一个高一年级留校的学兄，不是同一专业，留校做某个系的团总支书记和辅导员，很跋扈，对学生，对同僚；但又驯服、谦卑，对上级，常去领导家干杂活，捅下水道、打扫厕所，最拿手的是，做得一手好菜，领导家每次来人，他必下厨展现刀工，展现烹煎炸炒余。

大家开始喝酒，那天，因为感冒，我坐在酒桌前，一直哈欠连天，天不到晚上九点，但因是冬天，感觉天就黑得很透，就想早早结束。在喝酒举杯的时候，因感冒，我说明了原因，就喝酒减半，但到这个学兄所谓的走一圈喝酒时，我说，感冒了，喝一半，我喝了一半，他就给剩下半杯的酒杯重新斟满。

喝下，我们不许喝半杯。

感冒了。

感冒？谁没感冒过？

我……

"什么我我我的。你以为你是谁？"我陡地从头顶听到这样一句这么跋扈刺耳的声音。那么不容置疑。

你喝不喝？

我感冒了，不要强人所难。

什么强人所难，这么文绉绉的，酸得倒牙。

这时他暴风急雨，好像我不喝下这杯酒，就是折了他的权威，薄了他的面子。"你以为你是谁？你以为会写个文章，就牛了，没门！"

他说着，就把那一杯酒，浇在我的脖子里，我正感冒发烧，那一杯酒就如冰块，或者是我的身体就如一块火红的铁，一下子淬火，就觉得浑身冒白烟。

我是谁呢？我一下想到了《红与黑》的于连，这是从高中就落脚我心灵的人物，但我不是于连，少了他的狠劲，他只是滋养我的精神。我只是一个无根基的才留校的嘴上无毛才二十出头的农村的孩子，这一杯侮辱的酒应该激起我的血性，也把一杯酒泼在他的脸上，但我知道，明天，我可能会卷起铺盖走人滚蛋，我是苍耳，有刺，但这刺，是为了更好地生存，而不是刺人，我知道，苍耳毕竟是草。

大家看学兄把一杯酒浇在我的脖子里，似乎是看笑话，看我的反应，我说，他喝多了，能理解。

这是最无力，给自己找台阶下的一句无奈的话。但这是弱者和炮灰的话，是尿人的遁词。

活着，把苍耳的刺往里长吧，毕竟是草。

我曾多次写过黄壤深处的草，一本散文集的名字就叫《藏在草间》，但都是说乡间父老如草一样卑微，一样低贱，他们不霸道不欺负人，父亲对粮食有感情，对草也有感情，七分种草三分种庄稼，那是给自己、给鸟儿给牛羊留的口粮，父亲算得很清晰，一年到头，该给自己多少庄稼，剩余的也不能亏待。庄稼是草本的，人是草命的，仿佛人与这些植物们都像是有相同的 DNA。

但我想，如果，我是一棵乡间的草，我是什么呢？节节草，姜姜芽，嘎巴草，婆婆丁，马齿苋，扫帚菜，败酱草，牛舌头棵？不。

我是一只苍耳。是的，我就是一只苍耳。

我像乡间的一种植物：苍耳，是的。这粒种子，想方设法，附着、粘在路过乡间的羊毛上，牛的肩胛上，动物的腿上、身上，人的衣服上、裤脚上。

这是一种倔强的植物，很多人不喜欢，但在乡间，你一定见过它，它的坚韧、顽强，不肯罢休的性格，只有把它碾成齑粉，否则，给它一丁点的土，它就会活下去。

我总觉得，这是一个噙着泪、哭泣着走的植物，值得敬礼的植物。它类似一类乡下的人，这就是生活本身，正如朱娜·巴恩斯所说"我所描绘和勾勒的生活就是生活本身"，但"正因如此你说它是病态的"。

苍耳的执着，被人认为病态，但这是把故乡带在身上的植物。

萨尔曼·拉什迪说："我们都在越过边界，所有人都是移民。从美国农村到纽约市，是一种远比从孟买迁往纽约的更极端的移民行为。在这个漫游的世纪里，流亡者、难民、移民在他们的铺盖里装着很多故乡。"

乡下有很多的草，这是植物里最低贱的品类，但生生不灭的是它们，在田间，在沟旁，在水渠，屋顶，墙垛，凡是有丁点土的地方，就有它们，你践踏它们责骂它们，用铲子镰刀，甚至放火，也灭不了它们。

我曾想编写一个乡下的草词典，比如：

萋萋芽：学名小蓟，多刺如锯齿，鼻子冒血，弄几枚叶子挤烂，塞到鼻孔里，血立马就止；

马蜂菜：别名马齿苋，叶片团团厚厚，油油的，它的茎是红色的，可凉拌，可炒鸡蛋，可和面，擀成薄薄的饼，然后把调制的马蜂菜包起，弄成长蛇状，放锅里蒸，叫马蜂菜坨。

地里还有节节草、拉拉秧、葛八草、牛舌头棵，米蒿、灰灰菜、蒺藜，平原上，有多些人，就有多些草，这些草连一个响亮的名字都没有，都是一些不登大雅之堂的字，虽然，人说苍耳就是曾在《诗经》出现的卷耳，我总感觉写的是另外的植物，"采采卷耳，不盈顷筐；嗟我怀人，寘彼周行"，这是首怀人诗，多数人都解说一个正在劳动中采卷耳的女子，想起了远方的丈夫，想到他在外会经历各种险阻，心中起了离思和忧伤。但有耕种稼穑经验，在乡土生活的人，都会知道苍耳全株都是带毒的，是不可以食用的。也许，这个女子，是中了思念的毒，喜欢这带毒的植物。

但平原深处的人，喊不出苍耳这样文雅的名字，人们都叫它蒪子棵，我以为应该是饿子棵，蒪子，太温柔，女性化，不合乎苍耳浑身带刺的外貌，而饿子，才还原苍耳的神与貌，我们这里的人把吵架，称为饿起来了，我有次读《儒林外史》，读到"两个说饿了，揪着领子，一顿乱打"，就像看到我的街坊进了吴敬梓的笔下，传神写照，以气图貌，我们把喝水时喝到气嗓里，就叫呛着了。

苍耳的刺是扎人的，黏人的，总感到要是握着苍耳念《诗经》是一种滑稽。

在乡下，我见过姐姐的头发上，衣服上，总是粘着苍耳，姐姐要我给她把头发上的苍耳揪掉，会把姐姐的头发扯下几根，把头皮揪起，姐姐就疼得叫"轻点"，这才是生活的坚硬，和《诗经》里的卷耳简直是南辕之北辙，有云泥之别。

二

但苍耳，或者饺子棵给人的是草家族的异类，在草的版图上，它不是主角，而我们鲁西南平原呢，在山东的版图上，是缩在黄河的身子下，是偏远之地，这里充满的都是草野之气，也不是主角。

你说泥土气息也好，那里有黄土的湿的黏稠的淤泥和干净如绵的沙土混合的腥味。一个村庄连着一个村庄，那路就是连起的针脚，没有太大的差异，只是这一片土，适合种花生，那片地适合种玉米，有的碱了，有的酸了，这是泥土的质地，与人一样，黑脸红脸，但我常常觉得天是灰蒙蒙的，这么一马平川的平原，却往往使人的眼睛疲倦，天是灰的，庄稼是灰的，特别是那春天，虽然有阳光，但大地会从弥漫播种时晒大粪的那种刺鼻的味道。夏天，那些坑塘是沤麻的死亡的气息。

我是在这里长大的，我是这里的一株植物，是能走路的植物，虽然后来来到了城里，但还只是一株移居城里的植物而已，我一直有着可怕的自卑及其自尊混合的那种内心的脆弱。城里人的那种先天的气质，我没有。

人们好像一提故乡都会莫名地激动，其实很多人，是故乡的累赘，或者故乡是你的累赘，这是一个被过度的渲染和思念的包浆遮蔽了原色的词，这里面多的是沧桑。这是口古井，曾经的你，是井中男孩，你趴在井沿上，那时的井中的你，是怒马少年，有明媚的笑靥，有青春的肢体，但你也感到了沉重，这一片天地里，即使充满盛满一井的月亮，那能有几吨的月光呢？

也不能说乡间庸碌，但大部分人在生儿育女中循环，最后还是消磨了斗志，沉在了麻木里。当我二十岁骑着自行车奔驰，从乡下到小城读大学的时候，开始的兴奋，被大学的气味所打到，这个学校就在郊区，是被几个种菜的村子包围在远远遗留下的护城堤外的乡村，学校近旁的庄子，叫刘庄，菜刘庄，也有叫刘小鬼庄。

学校外面，就是大粪场，我的心一下子痉挛起来，原本想的大学，是杏林白云，星空蓝天，西府海棠，紫藤长廊，但学校的院墙，满是洞，刘庄的人进进出出，如走自己的堂屋门。在寝室里，我的心沉下来，我还没有离开故乡，离开泥土，只是挣扎到一个故乡的边缘，一个被乡村包围的读书的地方。

一九八一年秋天，我的高中生涯还是没有走出我们村子，那高中就在家门口，叫鄄城三中。在那个秋天，我读到了上海译文出版社，罗玉君翻译的司汤达的《红与黑》，那个封面，是黑红两个色块，泛白的书名，有几个男女，是舞会的场面，是竖排的繁体字，当时读得眼疼。

但谁的心里没埋藏一个于连呢？特别是那些底层的孩子，即使他白发苍苍，于连也会唤醒他。

我看到于连，就如于连在心里给拿破仑留着位置，我在心目中为于连置下位置。在课堂上，读到于连用手抓住德瑞纳尔夫人手的时候，我的两条腿是打着战，牙巴骨在交错着激动，我想在教室里喊出来，我像在茫茫的夜色挤压的河道，在船只不知何往，也许要触礁沉没的时候，发现了爝火。

"夫人，我出身低微，可是我绝不卑鄙。"这是我最喜欢的《红与黑》里的一句话，后来看到有人翻译为："我出身低微，夫人，但是我并不低贱。"这翻译更有力，更传神。

于连，才十九岁的于连他绝不愿意为一个金币而向那些公卿大人们弯腰，他视阿谀奉承为奇耻大辱，他要凭自己的才干赢得人们向他脱帽致敬，也许卑贱的出身，使他对捍卫个人尊严更有过人的敏感，我曾神经质一样敏感，特别是对那些白眼。当德瑞那市长准备聘于连做家庭教师时，于连的父亲老索黑尔关心的是报酬，为增加每一个法郎而准备拼命，但于连关心的却是另一个问题：和谁一起吃饭？"让我和奴仆一起吃饭，我宁可死掉。"当德瑞纳尔夫人出于好心想送给他一笔买衣服的钱时，于连认为这是对他的侮辱。

"夫人，我出身低微，可是我绝不卑鄙。"于连站起说道。眼睛里射出愤怒的电火花。他停滞了身子，傲慢至极。

结果，德瑞纳尔夫人吓得说不出话来了。我懂得了，尊严是可以挣来的，那是自己首先的人格之力，但应该，所有的人格都受到尊重，不受到侮辱。别人的好日子是别人打拼的，也许是运气，但应该是悲悯，不应该居高临下，其实在读《红与黑》的时候，在英语课上，老师讲到了美国民权领袖马丁·路德·金在一九六四年的梦想，一九六四，就是我出生的年份。有人出生，有人死去，有人心怀梦想，有人绝望而死。

马丁·路德·金的梦想，也是于连心里有而没说出的。但吸引我的是于连的一连串的举止，在于连被聘为家庭教师后，第一天到市长家的大门前，竟然不敢举手去按门铃。其实，这也是存在我身上的，当到一个陌生人家去，我总是胆怯，当母亲让我去见一个生人的时候，我总是脸红，好像要被捆绑起来的猪去屠宰一样。但当于连发现不敢按门铃的胆怯样子被德瑞那夫人发现时，就激起了于连对自己的憎恨："……停留在府第的门外，不敢伸手按门铃，于连以为这是他的莫大耻辱。"（罗玉君译）正是这种对出身的自卑心理，他一直以为德瑞那夫人是看不起他的。这种虚幻的被蔑视感，激起了真实的自尊反抗。一次在花园里谈话时，于连无意中碰到了德瑞纳尔夫人的胳膊，德瑞纳尔夫人立即把胳膊缩回去了。这个动作，也许完全出于一个贵妇人的教养。想不到，又触动了于连的自卑心理，"变成他自卑情感的创伤"，以至于下决心要报复：一定要把德瑞纳尔夫人的手抓在自己的手里。

我曾拿着《红与黑》把于连如何握住德瑞纳尔夫人的手段落，作为秘密似的，让很多男生看。

　　有一个晚上，于连说话很起劲——他讲得得意挥动起手臂来，因此撞着德瑞那夫人的手了，这只手倚靠在一张椅子的背上，木椅是早就安置好在花园里的。

　　她的手很快地就缩回去了吧。于连心想这只手，假如他偶尔撞着仍不缩退，这，他应该把它紧紧地握住，这还少是他的"责任"。他这种责任的观念，使他想到假如她的手不再回到原处了，这就变成可笑的事，或者变成他自卑的情感的创伤。

　　他无心教孩子们的功课，很快就结束了，不久，当德瑞纳尔夫人来到眼前，他不禁立刻想到胜利的光荣。他暗中决定，决定在今天晚上，要她把手送到他的手里。他要握住它。

　　终于大家坐下来了，德瑞那夫人坐在于连旁边，德薇夫人又坐在她的女友的身旁。于连一心一意要去实践他的企图，找不出半句话来说。

　　他们的谈话没有劲儿了。

　　于连暗自想道：有一天我将和一个人第一次决斗，难道我也是这样怯懦战栗和不幸吗？他太怀疑了，他对自己与别人都失去了信心，这样他如何能窥见他心灵的状况呢？

府第里的闹钟，刚才响了九点三刻，他还不敢有所动作，于连对于自己的怯懦感到愤怒，他暗自说道："等十点钟来到后再说吧，这个千金难买的时光，绝对不能把它放过。我定要履行我的计划。我整日所憧憬着的，所追求的，一定要在今晚上实现；否则宁可回到我自己的寝室里，打出自己的脑浆来。"

在等待与焦急里，于连的过分紧张的心情，使他几乎失去知觉。终于传来了十点钟的钟声，飘过他的头上，这命运的钟声每敲一下，在于连的心头引起一阵回响，他的肉体也不由得不跳动一下。

后来，十点钟最后的一下了，在他的心里起着更大的回声的时候，他伸出他的手去把德瑞纳尔夫人的手握着。但是她的手立刻就缩回去了。于连不知道怎样做才好，本能地又把她的手抓着。他在无限的感动里，他还感觉到他握着的手，冷得像冰霜一样，这给了他一个大大的打击，他拼命地把这只手紧紧地捏着。她再努力缩回这只手，但是结果这只手还是在于连手中握着。

司汤达于一八〇五年一月十四日写下过这样的日记，当时他二十二岁："我认为我是为最高级的社会和最漂亮的女人而生的。我强烈地盼望这两种东西，而且配得上它们。"

是的，于连卑微，但他有实践的勇气、征服的勇气、占有的勇气，他是为自己的梦而拼杀，最后死去，我想把于连作为自己的偶像，那只是偷偷地，我不敢那样张扬，人们会嘲笑我的狂妄，不自量力，我胆怯，瘦弱，卑下，在一个平原的深处，就是一只内心长着刺的苍耳，但表面应该是平顺的甚至是光滑的。

但我内心，是一直有着供奉着于连的精神的骸骨，我们的梦想，都孵化于卑微的底层，黑暗的乡下，他的父亲是木匠，而我的父亲只是一个街头啃食的卖饭的小手艺人。我有着底层的最彻骨切肤的体验，其实这不是来自皮囊的痛，更多的是心灵的痛，那才是底层残酷的真。

我无法给任何一个人说，于连的梦想，就是我的梦想，但他确实是一个乡下孩子的梦想，难免，我十七岁，我读到了《红与黑》，知道了于连，在我写这文字时，我在孔夫子旧书网，购买到了那个版本，就是还原我当初读到于连的惊悸与感动，这是我曾经的梦到的行状，我今天的血液里，还泛着挣扎的光焰，我能感受得到，于连的存在，甚至我能和他对话。

但我说于连是法兰西的苍耳，附着在城市的城堡的石缝间，艰难生长，最后陨落。

三

我一直认为《诗经》里的卷耳不是苍耳，它和爱情无涉，它就是《本草纲目》一味药，苦、辛、微寒、有小毒。主治：久疟不愈、眼目昏暗等。

也许，我就是带毒的，是小剂量的毒，不是那种杀人越货、在刀尖讨生活，敢以血计酬的主。在现在尘埃落定，能静观自己人生的时候，我一直回避的农村之子的身份，有时是更突显；即使我在城市安顿多年之后。

它曾是我的耻辱，摆脱乡村，摆脱灰暗的乡村生活，好像在乡间生活，是那么卑微，我的父祖一代一代生存在乡野，他们也曾有苍耳之愿，可惜是苦命，这些苍耳没有远方，还是在脚下的土地挣扎。

当我在乡间高中读书的时候，一篇习作在省里获奖了，被邀请到省里领奖，当时全省获奖的只五六个人，一个乡村的孩子，见到了《铁道游击队》的作者，也见到了大书法家魏启后先生，只觉得当时魏先生在我的本子写的字，歪歪扭扭，等理解魏先生书法的时候，那个给我的留言本子早就找不到了。

在我从济南领奖回来，我感到了我的周围起了变化。在那个逢集的多半夜，父亲要起来到集市上打扫卫生，而他的伙计，比父亲还大两岁的，按街坊辈分我喊二哥的马新胜，就给父亲和母亲说，木镇铁器加工厂的厂长家，要马新胜来提亲，把厂长的独生女介绍给我。那时，父母亲在堂屋的西间，我在堂屋的东间，中间是所谓的客厅，三间屋子，用高粱秸秆做成的箔隔开，但声音传达到我的枕边。

厂长家的独生女与我同班，位子正在我的后边。

母亲很兴奋，一个农民家庭能攀上一个吃国粮的家庭，那得是多大的造化？

我知道，我如果只是一个农民的儿子，他们家是万万不会下嫁女儿与我的，所谓的穷小子和公主，那只能是在童话里，如果于连不是凭借着自己的实力进入市长的家庭做家庭教师，他是没有机会握住德瑞那夫人之手的。

那是我渴望成功，也是欲求最强烈的十八岁的年纪，但男男女女的情史也搅动我，这是我成长过程中必须面对的沟坎，或者陷阱或者困境。

那出身的自卑，是横亘在我面前的鸿沟，我和厂长独生女的差距，只是一个购粮本，她是天生就有的，我必须奋斗才能获得那个小小的购粮本。

厂长的独生女名字叫黎明，每次到上课的时候，才到教室，有时在教室外喊报告，老师说进来，才扭捏进来。黎明当时婴儿肥，微胖的身体在我背后坐下时，能感到她的呼吸。其实她家离学校很近，只隔一条路。在我因为获奖被县城的一中要走的时候，我在一中收到了黎明的信。彼此都是说一些不痛痒的话，我知道这不是恋爱的时候；她家之所以到我家提亲，是赌的我的未来的出息，没有未来，一切还会回到原点，我依然在农村，重复着父亲的生活。而她会有别人的爱情和家庭。

在一中的一年，我钻在被窝里，也曾幻想，是从我开始改变农民后代的基因的时候了，原本在预考全文科班第三的成绩，却在高考时，还是数学拉了后腿，一百二十分的数学我只考了五十分，虽然我的历史地理都是全县第一，而语文也在前列。

我只能到一个专科学校去了，大家都劝我复读，但我确实怕了高三复习的紧张，一个班里，晚睡的和早起的在教室会合，我患了严重的失眠，快一米八高的个头，只有九十斤，走路，就觉得发飘。

即使高考过去多年，那噩梦仍是高考，总是在交卷的时候，才发现还有一张试卷，没有做，这时就急得哭着醒来，几十年这场景从未改变。

在我收到专科通知书的时候，还是在一个逢集的夜里，夏天天明得早，马新胜到我家，对父母说，厂长家传话了，说闺女小，不再说原先提亲的事，一别两宽吧。

但在我开学后，我还是收到了黎明的一封信，说见一下，说开。

一个二十岁的小伙，一个十八岁的少女，在满是白杨簌簌落叶的夜里，她趁在铁器加工厂外茶炉打开水的时候，把我带到她家，然后让我在暗黑处等待然后她出来，就到了她家南面的厨房。当时是那么的单纯而直接。

其实她知道我就想当一个作家，她也是一个喜爱文学的女生，当时是秋深了，我穿了个军大衣，好像能包裹住一个农民之子的皮囊和灵魂，我的内心充满了挫败感，她仰慕我的所谓的才华，多年后她回忆，说自己情窦初开，喜欢我个子高高，文采飞扬，也喜欢我的满腹经纶滔滔不绝。其实这在现实面前，又能算得了什么？

当时我把作家当成是神圣的职业，也充满了诱惑，如女人一样，现实所谓的爱与婚姻的挫败更激起我的斗志，我问她，如果接受我的爱，与你的家庭决裂你敢吗？如果敢，我就回到这个乡村的中学，否则，我不会回到这个拒绝爱，满布荒凉的土地，我要像一个苍耳，到异乡，在城里接近我的文学，我宁愿在城里选择的是婚姻，是我附着的皮。

当时就是这么生硬，我知道现实的爱情，禁不住农民之子的标签，但我要靠着文学的爝火，在我黑暗的道路上照亮我鼻子前的光亮。

在那个乡间的铁器加工厂，他们拒绝的是我一个专科生不配得到爱，这给我的父母以打击，自己的家，还是农民，即使儿子考上了学，那前程只是一个没出息的教书的而已，我们家的愿望就是为儿子找一门亲事一个能生儿育女的媳妇。

当时，我想，我抱一下她？她会怎么样？她会喊叫吗？这个家庭拒绝了我们家的是婚姻，他们找的是有出息的男人，他们不愿把女儿嫁给一个会回到乡下教书的一个农民的儿子。

我要改变自己，我不能再回到乡下，在被人的嘲笑声里，再一次受到伤害，在城里，即使如狗夹尾巴活着，也不在家门口受到鄙夷。

我在城里留下了。我知道婚姻就是过日子，是利益的平衡综合，虚幻的爱情是不能给我城里的面包的。别了，这个秋夜。我埋葬了所谓还未萌发，就凋谢的不算爱夹杂着复杂算计的家庭的亲事。

多年，多年后，我没有她的消息。后来她辗转联系到我，我离开当初的小城到了岭南，她也是一个富家的优雅女人，有自己的经营，但她却觉得这一生少了什么？

她给我留言，她甚至想到老了，把自己的骨灰悄悄撒到那个铁器加工厂里。

后来我明白了，她的父母没错，谁愿意把自己的女儿嫁给前程不明朗的一个农村之子，又有谁会拿女儿的幸福或者未来来赌一把呢？

我留在了这个平原深处，叫曹州的一个城里，虽然还是很土气，但比起我的木镇，这就是大城市，这里有几十条的街道，有一个一个的单位和一堵一堵的围墙，有的地方还有卫兵把守；但我总算也在一个围墙里有了安身立命的地方。

但这个小城，是最讲关系的地方，谁是谁的亲戚，谁是谁的同学、战友、邻居；这小城又是欺生的，你问路，如果是口音不对，行头是农村打扮，那被问的人也是爱理不理。

但在这样的日子里，我遇到了烨，遇到一份惊喜，一个优雅的女子，声音带有磁性，而身子走路富有弹性，有江南女子气质的人，她不世俗，她是当时小城，冬天很少穿高跟马靴、涂口红、描眉，且绘画和唱歌都很棒的女子，她看重我所写下的文字，对我的未来有些期许。

我和她接触的时候，第一次闻到不知是化妆品还是女人特有的味道，她的牛仔裤包着屁股，在寝室的窗台的阳光下，描画出一个女人的夺人心魄的力，我觉得那些阳光就涂在她的身上、眉睫上、鼻梁上，她的鼻子坚挺。我觉得这不是气质所代替的，还有一种雅致，一种味道，那次，我才第一次见到她的眉笔，她的口红，她的女性的化妆品，但她是淡妆，若有似无，她透出的是一个姐姐的纯熟的女性美，我觉得，是她照亮了那座房子。

我们是在一次朋友聚餐时认识了，交往了，后来交往到很深，一块吃饭一起去看电影，她喜欢吃大米，我静静地看她吃。但我却没有一次拉过她的手，我觉得，好像那太圣洁，我怕玷污了。但一次，我们在夜晚的大堤行走，我拉了她的手。在我想进一步，想吻她时，她说："月亮会笑我们。"

我看了一下天空，在树间的月，也觉得尴尬了。

无疑，和她交往，给了我动力，我曾几次跑到她的寝室，夜间想敲她的门。那真是神魂颠倒，当我举手正想敲的时候，旁边有人走动，我吓得一下子跑了，心跳得如做贼。有一次，她问我，是不是晚上站在她门口，她觉得，好像听到了我的脚步，听到了我的呼吸。

我在她的寝室里，看到了她平时的生活状态。她的吉他，还有画板，更有那些精致的放衣服的箱子，我也是第一次看到优雅的旅行箱，她的床铺洁净，衣服被子叠得整齐，鞋子也是那么整齐，我看到了一些文学刊物和电影、歌曲、吉他方面的杂志。我察觉出了自己的差距，我是供奉不起这样的女子的，她的城市的气质吸引我。我的一个老师说他从农村考到城里，就是想找一个烫头发的女子。

但未来在哪？其实为了留在城市，我已选择了婚姻，虽然还没有结婚，但我和烨，只是一份情感，虽然，每次见烨或者不见烨，都有那种冲动，但我知道，这只是想象，我不配。为了在城里扎下，我必须向现实靠拢，爱，我是不配的。我每每想到于连，于连如果遇到这样的事情，他会如何？但我知道，每个男人心里都有一个于连，当他无法通过正常的个人奋斗来实现自我价值，他走的捷径就是通过女人来实现自己的梦想一样。于连其实不爱任何的女人，他只爱他自己。

当爱到来的时候，我是怕失掉了自己的前程，而退缩了，当那个春天，我和烨踏着一辆单车去烟厂附近的一个洞预卜前程的时候，那个推演周易的神秘老人说：你们今年会结婚。

但我拒绝了爱情，在夏天结婚了；烨也结婚了，在年关到来的时候。我结婚她知道，她结婚我不知道。她结婚半年就离了，还拒绝打掉已经怀孕的孩子。

她和我告别似的见了一面，记得烨说："我要走了。又恢复到单身。"

我很惊讶："怎么？离婚吗？"

她回答说："离了，没有爱的婚姻，我一天都不愿意待着……"

我说："你疯了吗？不是还有孩子？"

她说："我没疯。如果过下去，我会疯，我不想要孩子生在一个没爱的家庭。"

我感到自己的羞愧，迟疑道："过日子吗？"

她说："我不是羊，只为一把草活。"

我说："你没发烧吧？"

她说："发烧？我正常，是你，烧不来。"

我真诚地告诉烨，我的农民出身，只是想在城里扎根，而爱不能提供这些，我慢慢调整吧，也许三年五年，我会找你。

她说："我要等你三年？"

我摇摇头，我真的不敢给她承诺，但又不甘心，只是一句无法验证的空话，或者不甘的安慰？

后来烨远嫁到另外的城市，那是我心中牵着的一个结，我是不配爱情的，在女人那里，我知道了自己的懦弱，心里的于连，只是自己的一个幻象，一个躲避的借口而已。

她远嫁前，我去看她，那是一个有雨的秋夜，我冒着雨，找到她住的小楼，打开门，连着湿濡的衣服，我们紧紧地抱着，那是相识的七年之后，我们紧紧抱着，知道这是最后的日子，她仍旧寻找爱，但还找不到，她也向现实妥协了，嫁到外地。

四

在珠海的街头，有一天，我竟然看到了庄稼地，在野狸岛看到了成片的玉蜀黍，成片的芝麻。在长数十公里的珠海大道到机场的中间宽阔的地带，原先的榕树、桃花心木、鸡蛋花等乔木灌木不见了，被铲除移栽到别处。

换上的是水稻，是马尾草。在这个比邻澳门香港的城市，忽然有了庄稼地，我当时想，可以种下苍耳了。在这前沿的城市，忽然浪漫加入了农民，那苍耳也像庄稼一样从容地有一个成长空间。我看到那些绿化队伍起早贪黑，从栽花栽草到种庄稼，也一样的专注一样的认真。

这是给城市以乡愁吗？珠海，是一个移民的城市，我到这里也近十年，但听粤语，还是如春江水暖的鸭子听到了炸雷。

从树木到水稻到玉蜀黍到芝麻？这里面包含着多少难以解析的乡愁？

毛姆在《月亮与六便士》说："在出生的地方他们好像是过客；从孩提时代就非常熟悉的浓荫郁郁的小巷，同小伙伴游戏其中的人烟稠密的街衢，对他们说来都不过是旅途中的一个宿站。这种人在自己亲友中终生落落寡合，在他们唯一熟悉的环境里也始终孑身独处，也许正是在本乡本土的这种陌生感才逼着他们远游异乡，寻找一处永恒定居的寓所，说不定在他们内心深处仍然隐伏着多少世代前祖先的习性和癖好，叫这些彷徨者再回到他们祖先在远古就已离开的土地。有时候一个人偶然到了一个地方，会神秘地感觉到这正是自己的栖身之所，是他一直在寻找的家园，于是他就在这些从未寓目的景物里，在不相识的人群中定居下来，倒好像这里的一切都是他从小就熟稔的一样，他在这里终于找到了安静。"

我们在都市的大多数人是没有精神故乡的，我这粒苍耳，也是从鲁西南的那平原深处出发，艰难寻找着一片适合自己扎根的土壤啊。这是另一个意义的故乡，如果在这个故乡扎根，那苍耳也并非是本源意义的苍耳了，而是转基因的植物，我在多数的日子里，遮蔽自己的苍耳的本性，就像遮蔽了自己的"忍"，就是这个忍，这个动词，渗入到我的命里，但这个忍，不能昭告天下，它始终是我内在的一个秘密。在城里，我想成为一个异类，我想过他们那样有尊严的生活，但我时时认识到，我和那些人，还是两个世界的植物，它们天生就出生在城市的阳台或者花盆里；但我是异类，没有人在花盆里，栽种苍耳呀。

我在城市的一切的心慌，一切的遮盖，一些的伪饰，都是留下，我曾长久注视我的右手中指上的伤疤，这城里留下的疤痕，再也没有了当初留下的心理的不适和反抗，这些一切都被认为是正当，是该付出的代价。

当我在珠海扎下根之后，我开始审视自己，其实选择乡土与城市的困境一样，都不可预知，乡土太局限，一辈辈循环，这是懒惰，还是没有发挥人的自由意志？

而做一个有信仰的苍耳，在城里那里，愿意试一下，做一个卑微的城里的苍耳，这是我心底的"愿"，苍耳是流浪者，是心有所属选择的远方。

顶着一只苍耳活，不想将自己的命运随意交给那片土地，谁会拯救你呢，大家都在匆匆忙忙，大家都在寻找中自我拯救。

那么多的苍耳在这个城市，有的扎根，有的成为粉末，我不因我的落脚而沾沾自喜，我想着那么多苍耳，一颗种子，也应该装得下另一颗种子。我们卑微，但我们都有同为种子的同理心。

我觉得城里的苍耳不是离开故乡，而是拓宽了故乡。

城市是乡村的乌托邦，这里飘着的，不是朵朵白云，而是大脑。

从乡村的苍耳，走向城市，不是背叛，是激情，我宁愿相信，城市是修补乡村的补丁，只有不断地打补丁，这样的乡村才可爱。

在我去珠海机场的路上，看到珠海大道宽阔的中间，那些守望的庄稼，我觉得这都是苍耳的兄弟，它让人再一次把目光投向故乡，那使我挣扎着走出的那片土地。在这个城市稻子成熟的时候，也满城飘着稻花香，我也该悄悄地把一个苍耳的种子，撒在那稻田里，给这个城市以别样的植物，因为，每个植物都有活着的理由，这才是最大的道德。

童谣是泥做的

馋嘴的老鼠

馋嘴的老鼠，是天性，童年的记忆深处，有首儿歌：

小老鼠，上灯台，
偷油吃，下不来，
喵喵喵，猫来了，
叽里咕噜滚下来。

现在没有可供老鼠偷着吃的花生油、猪油了；现在也没有灯台了，过去素常百姓家点灯，是一个陶制的或铁制的油碗，里面匍匐着一根灯草，或者棉芯或者布条，那灯碗中的油，有的是动物脂油，有的是植物榨出的油，比如蓖麻或棉籽，还有用豆油花生油的，这些油都是老鼠爱吃的。

为了灯光的范围更大些，也为了防备老鼠，人们发明了灯台，灯台的作用就是把灯油碗架得高高的，老家有句话"高灯下亮"。那灯台有铜的，有铁的，有陶的，有瓷的，穷人家置办不起灯台，就用砖头来代替。

老鼠是无法上我的灯台的，因为我用的是煤油，并且，没有灯台，我用墨水瓶自己制的油灯。

夜晚，油灯亮了，就如一朵花绽开。那红的花、橘黄的花围绕着灯芯舞着腰肢，火苗是有腰的，有时纤细，有时饱满。

有时我想，第一个制灯的人，最了不起，它是模仿天上的星星，把星星放到人的眼前，给夜弄出了一片不属于黑夜统治的特区。我想这灯火就是黑夜的义军，它们不满足黑夜的统治。童年是最怕黑夜的，也最怕冬天。但大自然没有把春天冻死，也没有把草冻死。蝴蝶呢？这也是冻不死的，你看，当花起义了，蝴蝶也跟随来了，只是一夜的工夫，那义军就集合起了花朵蝴蝶的队伍，把冬天的统治掀翻。

灯也是掀翻黑夜的义军，但我想，现在上灯台的老鼠，一定诅咒我们这些自己制造灯具的人，没有了灯台，用什么练习蹦极呢？

没有了可以食用的灯油，小老鼠，一定饿肚子，它们也失去了在灯台练习跳台一样敏捷表现的机会了。

小老鼠一家的丧事

小老鼠，爬谷穗，

掉下来，断了气，

大老鼠哭，老老鼠闹，

一对蛤蟆来吊孝，

蜻蜓蚊子来陪灵，

一群蝇子瞎嘤嘤。

　　大家都知道老鼠嫁女的故事，对老鼠家的丧事多不了解；老鼠嫁女，有年画，在我老家，到旧历的年底，在集市上，就有卖年画的，我曾闹着父亲给我买过《老鼠嫁女图》，后来看鲁迅先生的书，他也写过老鼠嫁女的故事，那年画很喜庆，画面上有横幅长条，出嫁的鼠女坐在花轿里张目外窥，鼠亲列队相送，鼠工抬轿者、吹喇叭或鸣锣打鼓者众，吹吹打打很是热闹。

　　我还记得母亲在我的小时，坐在纺车前讲的大概：传说，在很久很久以前，有一年正月初八的晚上，老鼠出嫁女子。只见张灯结彩，喜烛高照，老鼠新娘头戴翠花，身穿新衣坐在花轿之内，由四个老鼠抬着，新郎官也由傧相陪同，在前引路。迎亲送女，前呼后拥，锣鼓喧天，唢呐欢唱，好不热闹呵！正当大家欢声笑语，杯盏交错恭贺新郎新娘大喜之时，新郎却趁人不注意偷吃了粮食。守卫的猫看见后，立即上前抓住老鼠。新郎高呼救命，大家发现老鼠新郎成了猫爪下的俘虏后，均愤愤不平，就找老鼠官儿告状。老鼠官认为猫这样做是不对的，要求放开新郎。猫不服，双方又告到县官大堂上。县官老爷在听了原告、被告的陈述后，认为老鼠偷吃粮食，固然可恶，但念其大喜之日，一生只此一次，应予以宽容。猫这样做，有点不近情理，所以要求放开老鼠。正当宣判之时，老鼠新郎又咬烂了县老爷的桌裙。县官一看，勃然大怒："混账东西，真是本性难移！"遂改判："老鼠被捉，罪有应得；猫吃老鼠，为民除害，天经地义，永远如此！"

而老鼠家的丧事，也是母亲唱出的小曲，这民谣的小老鼠，也是嘴馋的，它爬到谷穗上，也许是饿的，见了谷穗就像蚊子见血，一下子就扑上去，但它的本领不强，也许脚滑了，也许恐高。它就从谷穗上摔下了，然后就死了。

那出殡的场面热闹非凡，有吊丧的，有陪灵的，最伤心的是大老鼠，它一直哭。我曾问母亲，老老鼠闹，为啥呀？

母亲说，老老鼠闹，就是没照顾好自己的孩子，它惭愧，躺在地上打滚。我们老家那里，把孩子打滚说成哭闹，母亲说老鼠闹，就是老鼠打滚。

娘变屎壳郎

小时候，母亲曾一遍遍问我，长大后，疼不疼娘？

我说疼，母亲摇摇头。

母亲说，你娶了媳妇就不要娘了。

我大声喊着，我要娘，我要娘，不要媳妇。

那时，母亲就唱了个我们鲁西南平原里最流行的民谣《小麻嘎》。

小麻嘎，尾巴长，

娶了媳妇忘了娘，

烙白饼，卷砂糖，

媳妇媳妇你先尝，

我往家北看咱娘，

咱娘变成了屎壳郎，

嗡嗡嗡，到北京，

北京有个好年景，

十个麦穗打一升。

小麻嘎，就是小喜鹊，我们那里把喜鹊就叫麻嘎，屎壳郎，是农村里的丑物，与粪为生，整天推个粪蛋在地上滚，最吓人的是屎壳郎的装束，黑的盔甲，令人不快。而娘变成了屎壳郎，那就是把娘从家赶走了，我们那里有个俗语：屎壳郎推车——滚蛋。

而十个麦穗打一升粮食，那麦穗一个就像玉米棒子一样大的超级麦穗，那样的年景，是丰收啊，但丰收了，有了白面，却不让娘吃，这样的儿子确实不孝；一升的升，是一种盛器，往往和斗联系一块，升斗小民，每天现买现吃，没有多余粮食的人家。

每当唱罢，娘总会问，你愿意当那个娶了媳妇忘了娘的小麻嘎吗？

我不当，我不当，我不要媳妇，我光要娘，我给娘擀白饼吃，还给娘卷砂糖。

当时母亲听了我这样稚嫩的许诺，往往答得不是太确认，母亲经历过许多的世事，她早已明白，她对孩子的爱是无私的，而孩子对她，那就说不定了。

这个吃法够狠

我的老家，民风彪悍，是出响马的地方，小时候，大人常讲瓦岗寨的结义，什么单雄信程咬金大都出在我们这里，还有黄巢宋江之类，这里离梁山近，离郓城更近，和我老家挨着，说的话，做的事，风俗习惯都一样，讲话都大声大韵，好像吵架，而我小时候，姐姐唱的一首民谣，我现在感到，这个民谣真够狠。

月姥娘，黄巴巴，
爹织布娘纺花，
小毛头要吃妈，
拿个刀割了它，
挂到脖里玩去吧！

我们那里把吃奶叫作吃妈，把乳房叫作妈妈。在童年，吃奶是孩子的本能，饿了就吃，但大人还有活计要做，爹织布娘纺花；如果这个时候，孩子忽然闹着要吃奶，你就知道大人无分身之术。孩子闹急了，这时大人的举动竟然是把乳房用刀子割下来，然后挂在孩子的脖子里，说玩去吧！

这个动作现在看够吓人的，我听到姐姐唱的当时，只是感到好玩。许多年过去，我对这个民谣记忆犹新，多喜欢我们那里的母亲们这个剽悍的动作，这把刀只是在民谣里闪闪发光。但当时，一说刀，也能起到吓唬和惩戒孩子的作用。

孩子要吃奶，大人也要吃饭，于是矛盾来了，于是解决矛盾的刀子就在童谣里闪光了。

老鼠家的红事

老鼠在民间，除掉偷油偷粮，咬碎人的衣物，惹得人牙根痒痒，还有就是玩物一样的角色，比如《老鼠嫁女》。

　　大红喜字墙上挂，老鼠女儿要出嫁。女儿不知嫁给谁，只得去问爸和妈。

　　爸妈都是老糊涂，争来争去才定下：谁最神气嫁给谁，女儿自己去挑吧！鼠女听罢仔细想，最神气的是太阳，太阳高高挂天上，光芒万丈照四方。

　　鼠女求嫁找太阳，太阳急忙对她讲：乌云能把我遮挡，嫁给乌云比我强。鼠女又去找乌云。乌云说：大风能把我吹散，大风来了我胆战。鼠女又去找大风。大风说：

　　围墙能挡我的路，我见围墙心打怵。

　　鼠女又去找围墙。围墙说：老鼠打洞我就垮，见了老鼠我害怕。鼠女听罢猛想起，老鼠的天敌是猫咪，看来猫咪最神气，我要与他定婚期。

　　婚期定在初七夜，鼠女出嫁忙不迭，大红花轿抬新娘，群鼠送亲喜洋洋。新娘刚到猫咪家，猫咪一口就吞下，猫说新娘怕人欺，为保平安藏肚里。

　　娶亲是人生的四大喜事的一大，而老鼠不知是否也有金榜题名的考试，大旱甘霖的喜悦？但我想，如果一个老鼠到了外地碰到一个故知，那也许会把自己偷的粮食分给对方一半。

《老鼠嫁女》的年画，是我童年春节的爱物，看到它，就像看农村里的娶花媳妇，既热闹，也可在那时得到新媳妇带来的火烧，那火烧的中心点一个红点。

年画里的老鼠的打扮是民国范，鼠新郎头戴瓜皮帽，足蹬厚底鞋，坐在前面一顶花轿中吸着旱烟。而鼠新娘体形娇小，头绾发髻，坐在后面一顶花轿中，足踩花盆，"手"抚花叶。这样的老鼠，谁不爱呢，鲁迅在《猫鼠狗》里曾记述他童年的老鼠成亲：

> 别的一张"老鼠成亲"却可爱，自新郎、新妇以至傧相、宾客、执事，没有一个不是尖腮细腿，象煞读书人的，但穿的都是红衫绿裤。我想，能举办这样大仪式的，一定只有我所喜欢的那些隐鼠。现是粗俗了，在路上遇见人类的迎娶仪仗，也不过当作性交的广告看，不甚留心；但那时的想看"老鼠成亲"的仪式，却极其神往，即使象海昌蒋氏似的连拜三夜，怕也未必会看得心烦。正月十四的夜，是我不肯轻易便睡，等候它们的仪仗从床下出来的夜。然而仍然只看见几个光着身子的隐鼠在地面游行，不象正在办着喜事。直到我熬不住了，快快睡去，一睁眼却已经天明，到了灯节了。也许鼠族的婚仪，不但不分请帖，来收罗贺礼，虽是真的"观礼"，也绝对不欢迎的罢，我想，这是它们向来的习惯，

无法抗议的。

鲁迅先生的笔很毒，褒鼠而贬人，在年画里，既有鼠父、鼠母的得意忘形，又有那摇着扇子的"媒婆"居功自傲的夸张形象，俨然"没有她不成事"的做派气焰。

老鼠嫁女，一切按人间的意思办，讲究场面排场，整套娶亲的仪仗队，有乐司、鸣金、挑灯、打彩的，真是各有分工，依序行进。两只老鼠抬着一个大"喜"字走在前面，后面依次出现二十二抬嫁妆，如成双成对的圈椅、八仙桌、柜子等，还有"长命鸡"与酒，十二对老鼠充作执事，分别打着龙旗、凤旗、开道大锣、伞、扇等走在前面，花轿后面，跟着"女送"以及吹吹打打的乐手，有的是八对骑马的吹鼓手，分别拿着长号、短号、笙、管等，显得热闹非凡。最后一部分，是两个骑马的"男送"。

我还读到另外的民谣，说老鼠嫁女的嫁妆的丰厚，好像王母娘娘出嫁闺女，那么富足："年三十夜里闹嘈嘈，老鼠成亲真热闹；格只老鼠真灵巧，扛旗打伞摇呀摇；格只老鼠真苦恼，马桶夜壶挑了一大套，绣花被头两三条，红漆条箱金线描；这边还有瓷花瓶，鸡毛掸帚插得牢；格只老鼠真正娇，坐着轿子里厢眯眯笑。头上盖起红头巾，身上穿起花棉袄，吹吹打打去成亲，亲戚朋友跟仔勿勿少，旁边还有花黄猫，一塌刮子咕精光。"

老鼠家的红事，最后被黄猫搅和了，怪不得鲁迅先生那么仇视猫。它的性情就和别的猛兽不同，凡捕食雀、鼠，总不肯一口咬死，定要尽情玩弄，放走，又捉住，捉住，又放走，直待自己玩厌了，这才吃下去，颇与人们的幸灾乐祸，慢慢地折磨弱者的坏脾气相同。它不是和狮虎同族的吗？可是有这么一副媚态！

　　我也不喜欢猫，它把娶亲的老鼠吃了。

木镇的屋檐

我居住的木镇，房子所有的烟囱朝上，所有的屋檐向下，房檐下鸟巢所有的鸟雀头朝外。是的，在冬季，最避风寒的就是在黄昏时回家找一个栖身的屋檐。早先木镇的人死了，坟墓里脚都对着村口的方向，好像翘向屋檐，伸到屋里去。

每次从外面回来，我都感到木镇局促与狭小，连挂在白杨树梢的月亮也是一半，瘦瘦的，清癯，好像另一半被城里夺去了。我真的觉得木镇很小，如废弃的卷角起毛的邮票，有时又真的觉得它是那样的敏感，如一个刺猬窸窣在平原的深处里，一有响动，就胆怯地蜷缩起来。

对故土时时反顾，有时又觉得，无论你离开土地多久，从乡间走出多远，总能感到隐隐有一根脐带连着你和乡村，这脐带如输液管一样，给你温暖和营养。

在外地，常会无端想到——夜里，窗外有风，父亲常在风里早起，那时风吹动窗棂上的纸，噗噗响，父亲走出篱笆门拿着扫帚，把落叶和枯枝弄到一起，然后背到灶下。到了晚间，灶头的火照红了母亲，而墙上筷笼子里的筷子，也成了红的，一根根如铅笔，在灶下，母亲用火的灰烬埋下一块红薯，到了夜半，在惺忪的梦里，你接到烤得焦焦的红薯，觉得乡村的柴草和炭火烤出的红薯，那才叫烤红薯——这不是手艺，是乡下母亲们天生的独门绝技。这里面有母亲的体温，有父亲收拢的枯枝落叶，更有大风把漫天的星星吹落后，父亲走在风里的踉跄。

确实是狭小局促的木镇，每当夜里风起之时，我总有一种担心，怕那像草绳一样羊肠一样的小路，那上面无尽的落叶，不会把路淹没吧？或者路也会被风吹断，一截被风吹到另一个村子？

在城市无端的失眠，被那些夜里的肆无忌惮的光弄得心惊肉跳。失眠久了，时不时想起乡村，总有一个词突显——"屋檐"。是啊，有屋檐，你就感到温暖，那在乡村被子里，无边黑夜里新棉花被子下的脚指头如一个个小猪在安恬地趴着睡。

平原深处，黄壤深处的乡村的屋顶是如缓坡一样的耸立，如三十度的夹角。那是水和泥土柴草烧制的灰色的瓦，在陕西的阿房宫旧址的土地上，我曾看到秦代的瓦，与现在的模样简直是兄弟，有着同样的基因。灰色的瓦排列起来，一片压着一片，如鸟羽，下面是草是房梁是檩条，就这么简单支撑起一片温暖。夜里，曾有几次惊叫把家人吓醒，被问是否有梦魇，我说看到乡村的瓦片如鸟的翅膀在夜空里翻飞。那些瓦片也如钢琴的琴键在奏着谁也不懂的曲子。

　　该如何形容乡村的那一排排瓦呢？真如钢琴或者手风琴的琴键呀。在还有生产队的时候，从城里下放的马老师，为大家演唱《红星照我去战斗》，那是我第一次看到挎在胸前的手风琴。那黑键白键在老师的手下，如风触到了瓦片，触到树的枝柯，触到了水面，各种声音都一起汇聚到乡村牛屋旁边的"完小"。

　　第一次看到那黑键白键，就想到乡村屋顶的瓦，那是雪后的瓦，微微露出黑黑一角的瓦，或者是霜降夜里的瓦，凹的地方是白，凸的地方是黑，那霜降的夜，睡不着的人，看到了有一只黑猫，在屋顶十分诧异地看那霜，它不明白，就用脚一下一下划那霜。猫的爪子如印戳，盖出老猫到此的阴文和阳文。

　　是啊，那时的我觉得老师演奏起手风琴来，就像把手伸到河里伸到溪里，在那些荷叶底下淤泥中摸鱼——孩子在木镇后的河里，用肚皮紧贴浅浅的河床，张开手摸鱼，不经意间就摸出欢乐，如老师在手风琴里摸出的音符。

　　回家，有一次远远地看到村口的父亲，戴着一顶老式的芦苇编的草帽，那尖尖的模样，就如乡村的屋顶。父亲说，刚割了麦子，有用石磨磨开的麦仁，那是幼年十分盼望而不易得的熬麦仁啊，到了嘴边是植物的清香，还有母亲在草垛里用豆秸捂到长白毛的酱豆，乡村的酱豆是故意发酵到长白毛，到时再配上辣萝卜。在麦天，儿子戴着爷爷的草帽，喝了一碗麦仁，接着又喝下一碗。乡下的饭食养人，我那时知道了根系在这片土地，连儿子也莫能除外。

父亲老了，他走过多少乡村，真的不好说，但他触摸过木镇的每个角落，他的脚也踏过这里的每一寸泥土。泥土有记忆，哪片地方父亲踏了一遍，踏了两遍，泥土都保存着。有时在夜里，在城里的夜里，父亲仅有的几次住到城里我的楼房里，我听到父亲的梦话，虽然不清晰，但我知道那是与一辈子厮守的泥土对话。木镇有多少户人家，有多少房子，有几口井？这些父亲都知道。

乡村远离了我住的城市，但故乡却潜伏在我血液的深处，骨髓的深处。有一天，一位诗人朋友说，你头上隐隐的有东西，我说，那是故乡的屋顶。朋友说，你眼里的东西呢，还没到生白内障的年龄呢，我说，那是木镇的屋檐。

那夜，朋友醉了，为自己没有一处眼里的屋檐，故乡的屋檐！

低于一棵草

在木镇，最神奇强壮的是草的家族，最示弱的也是这个家族，人无论怎样努力也高不过这些草，也斗不过这些草，人与草最后就会草草讲和，相安无事。

草族不是霸道，不是欺负人，她们有时就想高人一头。在你不知道的时候，她们已经登房越脊跑到屋檐上屋脊上，有一点土就能栖身，一点也不感到委屈。最惊险的是在破的瓦和砖缝里，她们像怀揣着使命似的，给破败的木镇以风景和安慰，有时我想，这些草是有想法的，她们并不低于那些翅膀和羽毛，她们虽然出身卑微，也许家族里的很多兄弟姊妹无法离开沟壑崖角，一辈子死守着那一亩八分田地，但是，只要有机会，还是会有不安分的灵魂，随着飞禽，随着走兽和风，尽量走到高处。

我想，那些在高处的草，兴许是人不安分的灵魂在附着，有谈宇宙起源的书里说，人死之后，他的血肉化作分子，粘在很多有机物和无机物身上，粘在几百万个人的身上，重新成为生命体，我想，那站在高处的草也说不定就沾了不安分的人的血肉。这草就有了使命，换言之，这草有了人的体温，也有了人的脾性。

我明白了，草走得再高，也离不开土，就如一类的人，走再远，也会挂着家。草是乡间最普通的居民，没有草，就没有别的一切，如果一个地方寸草不生，那这个地方就是死寂的荒芜，说草是乡村的底座和原住民一点也不过分，这是上苍送给世间的最好的礼物。

庄稼是草本的，人是草命的，仿佛人与这些植物们都有相同的 DNA，仿佛是堂兄弟，没出五服。谁也离不了谁？有时打打骂骂争争吵吵，红一下脸拌几句嘴，或者大打出手，但最后还是和解。

当春风一吹，草们就躁动了，最早是羊知道了信息，羊们在河坡啃去年的宿草，忽然感到嘴巴里有了汁水的甜。这些草如春天的神经脉管，连着贮存一个冬季的力量和糖分钙质。草们是柔弱的，但她们顶开了初春还有冰碴子的地皮，先是试探，怯怯的，还不敢亮出自己的招牌，本色是遮不住的，只能遥看，走近了，却是害羞似的让你捉摸不住。是草的鹅黄染绿了柳枝，还是柳枝匀一点颜色给了草们，这是一道无解的四则混合试题，小学生在黑板上解答不出。

草色应该近了才看得清晰呢？

为何走近了却是接近无？

恰如太阳的难题问倒了孔子，早晨的太阳大应离人世间近一些，还是中午太阳热如人围拢火堆近了才暖，圣人陷入了两难。

这难题也难倒了老师，老师的瞳仁也成了绿色，恰如泄露春的池塘的鸭子翘起的屁股潜伏在老师的眼睛里，小学生们知道，在自己早晨上学的时候，经过小河坡的时候，一转身，就感觉身后的草绿了，好像是孩子的热情把这些草惹出来，等蹲下身子细看，这些草们又羞涩地躲起来。

农人们都知道，草有自己的步子，等春风稍微扫过地皮，那些草芽就张开口笑出声了，农人们能听得到，有小口的，有拘谨的，有开怀大笑的，有张牙舞爪的。先是探头探脑，继而是张狂，谁都压制不住草。

草是从小处开始，逐渐才浩荡的，你如果站在田野的畦埂上或者一塌坟包上，也可在春天里踮着脚，你就会看到远处的绿，开始伸胳膊，乍膀头，调皮地挤眉弄眼，开始一簇一簇，然后是一方一方，最后是起伏荡漾，如巨大的涨潮的海水，开始撞击过来，你一不小心，那就会溅湿你。草们就是这样。她们把雪藏匿起来，把沟壑藏匿起来，把土松软了，在惊蛰时分还是探头的羞怯，忽然一场夜雨，草们就把日子占据了。

因为有了草，才使得寒碜的乡村有了某种诗意和意外。在打麦场的石磙下，你觉得石头是坚硬的了，但那些草籽能从石磙的一角突起，把石磙的一侧翘起，像是能把石磙掀翻，这是一种什么力与美啊，为了地上的阳光，这些草的种子是如此抗击压制她的一切，无论石块还是砖头，草的胃都能消化，她们都顽强地透出地面，不屈于环境，不懈怠自己的虔诚。把阻遏的一切掀翻，这种坚韧恰恰是草和农人才有的品质。

其实草是很低下的，被很多人践踏，看成是下作，但我对草们怀有敬意和敬畏，虽然在农村的日子，我太喜欢与草腻在一起，躺在绿草上睡觉或者在干草堆里掏一个洞，窝在里面读书，鼻翼里的香是墨绿的，而书页上的字香则显得浑厚了，有点厚黑。

草很香。不是那种浓烈，和土地的朴素和低调相近。从泥土里走出的，难免不带有泥土的基因图谱，草们很少喧哗，这也近于朴讷的农人，都是从土里走出的，一个叫草，一个叫草民，一样的姓氏，一样的花，有泥土的质地，草们不鲜艳，她的种子也是如是，多是泥土的色调。

草们平凡吗？是的，但她们一样是天地的子民和子孙呢，人能造出航天的飞行器，但造不出一根草，造不出一粒草籽，草与草籽有着的神性，可以给狂妄的人以警示，我曾看到过一棵草在野地里从人的头盖骨里长出，什么事业和事功都不在了，草却在啊。

躺在草垛里，看着把我围拢覆盖的草与香气，我感到了一种忧伤的况味，不是文人的小情调，是一种哲学的情怀与忧伤。人生一世草木一秋的警示，真是天道循环的大道。草们的偃仰沉浮，草们的燃烧与不屈，正是这些，使我们感到了世界的生意。这，是她美的极致。

我知道这些干草是牛羊的食粮。正如农人面对一囤一囤的玉米地瓜干，羊们看到这些干草，走起路来也精神起来，嘴下的胡须更加哲学化，好像羊们思考：草转化成奶要经过多少梦的里程？

一只羊一生能吃掉几垛草？正如人的一生能消耗多少的粮食。

无论冬日多么的严酷，草们总有出头的日子，人呢？父亲告诉我，草们最能忍，有能忍的肚量，才有出头的日子。

我曾留意过草的黄，那是霜降的早晨，还记得霜降的夜，一般都是亘古如斯的静寂犬吠静音，鸡鸣不再，大家好像都悟到了什么，像迎接节日，像迎接关口，是啊，都劳碌了一季一季，农人该歇歇脚，喝口水，枕在土屋里做一个大梦。落叶辞别树枝，庄稼回到仓廪，田鼠守着过冬的食粮和柴草。

第二天早晨我开门去学屋。但开门，我惊吓了，以为是下雪了，天地一白。但接着看道旁的草，都是苍黄自守，删繁就简。

我的心头一凛，哦，和惊蛰的生意是如此的反差。这恰是世道，谁也阻不住，谁也别想争执，草们走了，回到她的本然，普普通通的几棵草，春来草自青，秋回舞萧瑟，如人的劳碌半世。读懂草，就读懂庄稼人的一半。人只有经历一些事，吃一些苦头，才会俯身问草，才会在意草，是的，在人的一些阶段，不妨给草一个位置，草是有表情的，惊蛰的模样，雨水的模样，夏至了，处暑了，立秋了，寒露了，霜降了，草们的表情是各异的，但草们在自己的路途中走得扎实，在岁月里从青丝到白头，绝不含糊，一步步往深处走，草们知道天道，即使白霜覆盖了她，淹没了，消遁了，还有来世呢。

走近一棵草，就如走近了一篇土地的谜语，我喜爱的诗人惠特曼写过草，那是我窝在草垛里最喜朗诵的诗篇：

一个孩子说："这草是什么？"两手满满捧着它递给我看。

我哪能回答孩子呢？我和他一样，并不知道。

我猜它定是我性格的旗帜，是充满希望的绿色物质织成的。

我猜它或者是上帝的手帕。

我猜想这草本身就是个孩子，是植物界生下的婴儿。

是啊，我想，那个捧着草的孩子是我吗？我捧着草询问上帝呢，草们有没有委屈，问她：那些花啊树啊，就像人间的豪强富户，宁有种乎？草是世间最平凡素朴之物，这世上的芸芸众生不也如同草一样素朴和平凡吗？这些草的兄弟姊妹没有一棵成为提笼架鸟的八旗子弟，也没有一棵成为肠满脑肥的王孙，她们仰头是天，俯身是土，她们的模样不俊俏，还撑不起年轮，都熬不过秋啊。每想到此处，我的眼窝都有

310

泪水，这也是一世啊。

但草又是自由的，无拘无束的，她生生死死，循环不息，充满着自由的神性，哪里有自由，哪里就是草的国度。她是"性格的旗帜"，处柔弱不卑微，是"上帝的手帕"擦拭着这尘世的污浊，也是"婴儿"，"也是文字"，是世界通行的文字。

草也是舌头啊，是的，草们有对命运抗争的语言，草们可能被你遗弃践踏，但别慌，终有一日，人死去了，在荒寂的坟头，草们会踮脚站起。人说斩草除根，那只是人的一厢情愿而已，草的种子早已附着在牛羊的尾巴毛发，鸟的羽翅，还有风的呼吸四处潜伏了。

人，警醒啊，草，会成为墓地里未曾修剪过的秀发，你终于还是高不过一棵草啊。生前，人与草常常作对，对她们痛下杀手，但最终，还是草慈悲，怕人的灵魂孤单，把新绿和生意在坟地里长出卑小和祈愿，给荒野以宽慰。

草是讲究来路和因果的，不到自己的节气绝不胡来，哪像不知天高地厚的某些生灵，张牙舞爪的，最后弄得头破血流，然后才服软，才开始按着规矩，草是小草，但草也是世间的生，世间的死呢，该萌的萌，该立的立，该低头时低头，该走的走，真是一个得道的灵魂啊，冷热寒暑，兴衰云烟，没有怨恨，没有委屈，有着"枯荣还生"的态度，这个季节走了，还会回来继续繁衍家族，如西西弗一样，对命运的石头，没有咒语，没有气馁，走好属于自己的，走好脚下的一步一步，不和命运苟合，也不向命运俯首，不错过机会，也许蛰伏也许远走他乡，但草终究是草，人有时糊涂到死时，也往往弄不懂一棵草，一朵花，或者一粒种子。多少根草才能长成一头牛？多少根草才能拼接成一个蠕动草的胃？多少根草和河流、花朵与鸟鸣才能组织一个春天？其实一棵草和一介草民命的长度和尺寸相同。人常自以为是，认为和草比，自己的骨节是站在高处，难免看不起草，草是从土里走出的，人到死的时候不也走到了泥土里？一个起点，一个终点，要交流在泥土里的感觉，人要像草扎下根谦卑一下才可以，人真的要是在泥土里扎下根，在低处立身，那绝对是个圣人，其实你弄懂的不是一根草，你弄懂的是世间的道，是草大还是人大，其实，人与草一样，当人躺在土里，草会问人：土硌疼了吗，可以翻一下身。

苍苍者天，茫茫者地，听了草的问话，大地一派静默。

乡间的雨

雨对乡村说：我来吧！牛的眼窝就激动湿润了半圈。

当春天雨来的时候，乡村是蹙着身子谦卑着感恩，夜里半截子蜡烛好像跳了一下烛花，也俯下身子，太干涸了，一有雨意，那墨水在孩子草纸的本子上开始有了绿字。雨感觉自己来晚了，有点惭愧。

雨是乡村的血，关乎着乡村的生死，多了不行，少了不行，黏稠了不行。雨与土地周旋过久，那得有多少的春秋？吵吵闹闹，分不清他们是否有契约？是否有成年或数月的分手？当然违约的多是雨们。

记得一年春天，一个春夜，父亲坐在院子里一张耙地的槐木的木耙上，无奈地看着满天的星斗抽烟，又是一年春旱，那些时间，母亲和一些农村的老太张罗求雨。她们迈着裹的小脚围着碾盘扫碾盘，围着井台扫井台，然后跪在碾盘和井台前，祈求上苍，要上苍给个活路不要收了这一方人。一冬无雪，一春无雨，瘟疫横行，这村死人，那村病殁，整个乡村都是干燥的，手一碰空气，就哗哗地响。

几个春夜，父亲都是呆坐在槐木木耙上，忽然有一天，他说了句："要下雨了。"当时还是满天的星星，但父亲说："我摸触到了木耙上的潮气。"我也摸一下木耙，却感觉还是干燥的，没有异样。天旱得太久了，担心父亲的烟头把夜点燃了；父亲忧心忡忡，白天到地头，一次次，看那些贫血的麦苗，像后娘奶大的孩子，黄巴巴干瘦，是一片的黄锈，锈在大地上，父亲担心口粮，农夫靠天，大自然一使性子，农人就只能承受，咒骂、祈求，自然还是自然；所谓的顺祝它，那是一种无奈；父亲白天脸色凝重，看着东南方；夜里脸色浓重，看着西北方，母亲和那些老太太辛苦祈雨的祷词隔空传来：

神啊，盼您今年

让我们的大地下一场透雨，

让我们沟满壕平

盼您明天给我们大地长出麦秆

麦秆上长出九十九个穗头

神啊，盼您今天

给我们东南风

别刮西北风

314

就在父亲说要下雨的那天夜里，天空竟然真的一场睽违的暴雨来了，就是从东南来的。

那时的乡村是静的，像不再呼吸，就等着那雨。

一会儿，村子的屋顶和榆树槐树的叶子，被细碎的雨滴打得噼啪作响。

然后音响加大，好像有一条音带，从天上扯下来，它们从天庭到泥土。

树叶有树叶的响，瓦片有瓦片的响，有的是噗噗声，有的是叮当声，有的是滑音，有的是拖腔，也有红脸，也有青衣，这雨组成的音响带，在这个夜里搬演。

第二天，父亲和我赶到地里，只一晚上，那些昨天白天还干枯得翻白眼的麦子，如今却是齐齐地踮起了脚，她们的叶片不再匍匐在土，她们在雨水的恣愿下，都把自己的手举起来，每个手心都写着"真解渴"，到处都是醉了雨的麦子，到处都是蓬勃，像服了速效救心丸，开始横着身子，霸道地把畦埂都占满了，还有大胆的竟然想走到田中的小路。

这个乡村呢，那些曾经祈雨的母亲嫂子姑姑，那些有儿有女，无儿无女的女人，她们一个村子，一个村子集合串联，她们敲着面盆，敲着铁锅，敲着铲子，敲着斧头，七人一组，围着井台，围着池塘，她们拿着扫帚，竹扫帚，苇子扫帚，高粱秆子扫帚，扫地的扫帚，扫面盆扫面案的扫帚，她们扫啊扫。

扫帚在前面扫，铁盆、铲子、斧头在后面敲，以祈雨为结，串起乡村的敬畏。

哪哪哪，咚咚咚，嚓嚓嚓。每一个母性的后面，都是一个家族，都是一群的生殖，是这些母性掌管着乡村，是这些母性负责与天庭的沟通。她们的每一根毛发，每一个手指，每一个眼皮，还有每一句祷词，都是与雨联络。

直到最后行走在雨幕里。

雨给了乡村以生气，以润以滋，为旱做润，雨之大德，没有雨水的地方，只能是沙漠和荒芜，虽然雨时有脾气，忽大了或小了，给土地和人们以灾难以悲喜，但什么生物没有利弊？福兮祸兮，总是一半天使一半魔鬼，你如何顺遂她，早做打算，摸透她的脾性，不管怎样人要和雨水和土地纠缠一辈子，这是命定的，雨水可以离开你，你却离不开雨水。

如果把农人比成一粒种，一辈一辈的在雨水里滋养萌发，爷也好，父也好，子也好，生在斯地，死在这里。我心中一直有个疑问，如果问父亲一辈子经历过多少次雨，就像问父亲一生握过多少的铁锨的木柄，头戴过多少的草帽和斗笠蓑衣。但问他记忆中哪次雨给他留下了悲怆？他可能会把端起的酒盅慢慢放下，痛苦会攒击他的神经，虽然那时我没有记忆，但在我一生里，有那段的年轮，如果把我的记忆的横断剖面，那最初的应该是那年的秋雨。

父亲不会失忆，但他会拒绝回忆，那年的秋，秋傻瓜一样的雨落在鲁西南平原整整四十七天，瓮里没米，灶下无柴，高龄的大肚子的孕妇母亲待产，我的落生并没有给这个只有两间土屋带来添丁的喜悦，父亲为给做产妇的母亲弄二斤小米温补身子，央求着，委屈着……秋雨季节里早已没有了雷声，但他喉咙里像是有轰鸣着重浊地从肺腑爆出，季节目睹了这雷带来的水，父亲的脸颊汹涌的水黏糊糊的，夹杂着枯叶泥土，如黄壤土墙上的屋漏痕，他不愿再在这个世道无尊严地活着，他已经把命给了儿子，一瓶药一根绳一眼井即可让我替他活，他想从生活里逃窜，倒净这苦胆一样黄连一样黏稠的胆液，但生活还没折磨够他，命运怎么能放他走，在雨中生产队新修的机井旁，苦难再次冷漠地拒绝了，他被人在井口拽着大腿救下了，回到家，这个纯种的农民跪在地上，咧开棉裤一样的嘴巴，呜咽着，在自己的两间土屋前毫无尊严悲怆地哭起来，他爬着，像一只动物要给主家谢罪，从雨声的门口爬向里屋，直到产妇的床前，他男儿的膝盖下并没有黄金，他站不起来。

我知道，我的灵魂就一直沤在那年的雨水中和父亲的下跪中。虽然，后来，我喜欢听雨，也许是幼年的雨锻冶了我敏感的神经和听觉。对雨总是从美德的伦理一面看，觉得她给这个世界和人生营造了一种文化肌理和氛围。

雨给人以力，有时又给人以朦胧和隐私，好像为人拉下了一道帘子。

是雨成就了池塘河流，也成就了湖泊江洋，雨水是免费的，这样的好事，使人要学会感恩才行。不是在祈雨的时日，而应该在一定的节气备下香烛醴酒祝词敬礼才好，殷墟出土的甲骨文上面有卜辞《四方雨》："今日雨，其自西来雨，其自东来雨，其自北来雨，其自南来雨。"那时我们的祖先对雨也一定是虔敬的，也像我的乡间的母亲们姑姑们嫂子们祈雨时，对着池塘和井口椎心泣血地祷告：

雨从草垛来，雨从池塘来，雨从大路来，雨从东乡来，雨从王庄来。

最后那些女人们哭起来，哀求雨神别把这一方的人收走啊，给这一方的人留一条活路啊。

这个时候，你才体会出这个乡村内里的生的艰困与脆弱，其实这才是"乡愁"，这才是乡村的真实神经，真实的现场，在这些祷词里，你才看出那些平时遮蔽不彰，处于土地暗处故乡暗处的声音，这些声音，为这片泥土的嘶喊。

从这，我再不敢把雨看作乡村的打击乐，雨在屋瓦上噗的一声，那蓝色的瓦，就是乡间的被褥，覆盖着父老。我想把这雨，看作这土地的唢呐调，那雨的唢呐的音长，变成了屋檐滴水的滴答，然后是瀑布想填平地上所有的沟壑和深渊。雨在大地上奔跑，挪步。打滑，跌跤，四脚朝天，她们在草垛上想使那些干枯的草再度受孕，变得发青，在牛的身上，清洗着硕大的睾丸，而使情欲勃发。确实，雨是有某些的挑逗，把乡间的隐秘弄了出来，古人早就挑明了，把交媾之事说成云雨，云雨是天地的交合，是孕育新的生命，云雨后，就是变化就是生长，只要是下雨三天，即使只一天，那土地和庄稼就是别样的成色。

雨把颜色给了花，把颜色给了草，那些植物遇到雨，就像换了一副骨骼和气色。惹人的是雨中的荷叶，那田田硕硕的叶子，就如女人在雨里，就是女人的裙子，在雨中是凌乱，有一种挑逗的味，因为雨中的裙子是反卷是裸放，是一种情欲。特别是在有风的不正经，那更是给羞涩的被打湿的女人的裙子添乱，一个个如梦露在风中的荷，紧紧用双手捂住要翻开的裙子。

我喜欢那些蓑衣穿行在雨中的情景，特别是黑夜，穿着蓑衣，如刺猬，如蝙蝠的外罩。蓑衣对农人来说，是如手足的兄弟，可以披，可以坐卧取暖。用高粱的叶子编织的蓑衣，有着庄稼的体温味道，穿上他在雨里制造了一种特别铁的氛围。我想到父亲雨夜归来，如一只鸟，在推开门的时候，翅膀收束了，父亲在地里护秋，当时是秋深时候，外面很冷，父亲进屋，从蓑衣下，拿出一个烤地瓜，他说在护秋的庵子窝棚里，几个人为了取暖，开始弄些酒喝，没有菜肴，就烤地瓜，到下半夜换班，父亲就把一个地瓜捎给我，那时的我也想拥有一件蓑衣。如鸟的翅膀的蓑衣，也能在庵子窝棚里烤地瓜，轮到我喝酒，我也会像大人一样，抓着小酒壶晃一晃，然后再仰脖把酒倒进喉咙，那才真的是乐不思蜀的架势，是一种笑傲江湖，是一种杯酒释兵权后解甲归田的安逸。那蓑衣，就是权当一副高粱制作的铠甲吧，那是回家的行囊啊。

雨对于大地生灵、庄稼草木，有恩赐，有杀罚，主生，也主死。雨，可谓是阴阳两面，海水和火焰，半魔半道。这是天道吗？是天道，但人要顺道而行，不可逆着性子，背离天时，人要学会，该藏的藏，该露的露，天旱，也是一种提醒，让你知敬畏，守天时，天涝了，也是提醒，未雨绸缪；风调雨顺，那是天走了中道，但人不可忘记天的属性，她只是打个盹，把脾气蛰伏下来了。她暴戾专横的基因还没有摘除，人啊，要小心行事。

我知道，在雨中，很多的鸟卧在巢里，在等待着何时能把湿透的羽毛晾干。

树有其命

当我在阿龙山看到猎人安道坐在一堆木柴前劈柴时，正是午后，阿龙山的天蓝得让人沉醉，让眼睛不敢相信，端肃的猎人安道脸是酱色的，像不可思议的秋后的枣，他的身边是一柄劈柴的血气方刚的斧头，很安静。

人们说安道老人最擅长打制猎刀，但他的嘴巴好像落了锁，一天一天都不说一句话，我见他时，他的身边只是一把斧头，并没有猎犬，但大家说猎犬才是他最近的伴侣，猎犬和他同一碗吃饭，同一双筷子，人吃一口饭，狗也吃一口饭，晚上也和猎犬同眠一床。

当同行的人拿起斧头在安道老人面前笨拙地学着劈柴时，老人这才笑了。也许在老人看来，文明人早已退化了吧，拿一把斧头，如舞龙。人们告诉我：安道老人用作烧火劈的柴，都是在森林找的枯死的树，鄂温克人从不伐还生长的树做柴烧。鄂温克人从来不会破坏一棵树、污染一条河。在鄂温克人的眼中，这些树都是神灵的赐予。他们相信万物有灵魂，这些灵魂可以互相转的，人是自然的一部分，鄂温克人把动物植物当成和自己一样的物种，他们有了烦恼，可以对着大树诉说，他们通晓鸟儿的语言，他们不贪婪，他们平和地对待自然。

鄂温克人视树为生命，他们火塘里的柴，都是用风倒木劈出的柴火。砍伐鲜树作为烧柴那是一种罪孽，森林中那些枯干的树枝，被雷电击中的树，被狂风击倒的树，被山洪冲下的树，他们把这些失去生命的树弄来做柴烧。鄂温克人不像汉族人砍那些还活得好好的树，那些还活着的树就被汉人砍下，劈成木柴绊子，垛满了房前屋后还有院子里，像炫耀，他们不理解这种贪婪。

在森林生活的鄂温克人离不开树，他们对树木充满感激充满敬畏，鄂温克原始神话里有："开地之初，在大地的黄色肚脐上，单立着一棵大树，树上有八条繁茂的树枝，树干一立穿过三层天，树皮和树疖都是银的，树液闪着黄金色的光芒，果实像巨大的酒杯，树叶像张张马皮。从树梢经过树叶流淌着神圣的黄色泡状液体，人们饮过它就得到了大福。"

在鄂温克的传说里，是神树养育了人类、赐福了人类，神树是给予鄂温克人生命的树，鄂温克人对树木最根本也最原始的观念，就是把树看得像是养育自己的母亲，东非万尼卡人就认为："每毁坏一株椰子树，就等于杀害了自己的母亲。"

　　鄂温克人把树作为祭神的圣所，他们认为神的灵魂寄居在某棵大树中。比如鄂温克族猎民信奉的"白那查"山神。"白那查"的形象是在大树上绘制的一个长须老人的模样。在狩猎途中，猎人从"白那查"旁边走时不能喧哗，否则对狩猎不利。鄂温克人认为一切野兽都是"白那查"饲养的，猎获野兽是"白那查"的"恩赐"，因此，遇绘有"白那查"神的大树，要用兽肉献祭，还要摘枪卸弹，跪下磕头，祈求保佑。如果猎获了野兽，还要涂一些野兽身上的血和油在这神像上。

　　这是鄂温克的古老传说：很久很久以前，有个酋长带着全部落的人去围猎。他们听见大山里传出各种野兽发出的各种各样的叫声，就把这座大山包围了。其时天色已晚，酋长就让部落的人就地安歇。第二天，部落的人开始缩小包围圈，一天很快又过去了，到了日落时分，酋长问部落的人，让他们估计一下围猎了多少种野兽？这野兽的数量又是多少？没有一个人敢回答酋长的问题。大家知道，预测山中的野兽，就跟预测河里游着的鱼就跟森林里开多少朵花一样，谁能说得准？就在大家沉默的时候，有一慈眉善目的白胡子老人开口了，他不仅说出了山中围猎的野兽数，还给这些野兽分了类，鹿几只，狍子几只，兔子几只。等到第二天围猎结束，酋长亲自带领人去清点围猎的野兽的数，竟然与那老人说得一模一样！酋长觉得老人非同寻常，打算问他点什么，就去找老人。明明看见他刚才还坐在树下的，可现在却无影无踪了。酋长很惊异，就派人四处寻找，仍然没有找到他。酋长认为老人一定是山神，住到树里去了，于是就在老人坐过的那棵大树上刻上了他的头像，这就是"白那查"的来历。

在这次鄂温克人居住的森林里，我第一次看到了长着眼睛的白桦，我压抑着像看到梦想一样的激动，让朋友帮忙为我留影。

在我的感官中，白桦是一种异域的风情，在俄罗斯画家列维坦的名画《白桦林》前，曾莫名地潸然地落泪，为那种美，为那种秀劲挺拔的树干上，诗意般地围裹着一层厚厚的、白光闪闪的银色。多么纯洁的银色！它使你联想到《这里的黎明静悄悄》的那些女兵，它使你联想到纯真圣洁，联想到爱人。

俄罗斯民俗学者费德科说："只要你走进白桦林，就会知道桦树对俄罗斯人意味着什么。其他任何一种树都无法带给你那种纯洁、孤傲和完美的特殊感觉。我认为这就是俄罗斯灵魂的写照。"

诗人普希金在给友人的书信中，曾描述过去南方旅行看到白桦树时的喜悦心情：我们穿过了一道道山岭，首先令我惊讶的是白桦树，北方的白桦树！我的心为之战栗。

这次在鄂温克人家，我看到随处的白桦的物件，那种欣喜无法形容，我一时头脑空白，为这与美的相遇。

白桦树是鄂温克族人生活的影子。小桥是白桦搭的，猎人坐骑的马鞍是白桦做的，渔人的船是桦树皮做的，一间间用尖顶、形似帐篷的"撮罗子"是白桦树翻皮搭建的，院墙也不是砖石垒的，而是清一色的白桦树"木栅子"，甚至吃饭用的桌子、凳子及碗筷，也是桦木或桦树皮做的，在鄂乡小孩子生下来，也放到白桦做的摇篮里挂在树上。

白桦的汁液，像乳汁哺育着鄂温克人，他们用猎刀在白桦树根那里轻轻划一个口，插上一根草棍，摆好桦皮桶，桦树汁就顺着草棍像泉水一样流进了桦皮桶里。那汁液纯净透明，非常清甜，喝上一口，满嘴都是清香。

鄂温克人打猎、捕鱼、挤奶用的制品很多都是用桦皮制作的。餐具、酿酒具、容器、住房、篱笆、皮船，甚至人死后裹尸都用桦皮制作；鄂温克人许多的服饰也是用桦皮做的，如桦树皮帽、桦树皮鞋。

我看到了一只桦皮船。桦皮船行驶时轻巧无声，就像一条鱼，白白的，所以在水里行走不会惊走水里的鱼和岸边林中的兽。

在白桦林，我抚摸着那白色树干上那一只只黑色的"眼睛"。感到了她们在手的抚摸下忽闪忽闪地动，传说用红丝巾遮住白桦树身上的"眼睛"，这样，就能让情人不再看其他的人，而一生一世只爱自己。我想用刀子在白桦的皮上刻上一个人的名字，但怕破坏了那种圣洁，只好作罢。

离开了白桦林，我看到了身后的一只只眼睛，在注视着我。

鄂温克是一个信萨满的民族，他们认为，天地万物都有神灵，人们要谦卑敬畏，即使是一朵花的开落，一丝的风声，一声的鸟啼一声的雷鸣，一片的雪花一片的桦树的叶子，甚至一粒星子，都有神在远方在看着主宰着，于是，这就有了火神、山神、风神、雷神，等等。

其实他们敬畏的就是一个神，这个神就是自然，他们对自然充满敬畏，顺从自然，不背拗，不狂妄，不贪婪，不过分索取，于是受到敬仰的神就赐予他们更多，让他们得以世代繁衍，生生不息。

他们相信万物的轮回，人的前世可能是熊托生的，虎托生的。于是，他们认为他们和熊啊鹿啊，灰鼠啊猎鹰啊，都是出自一家，对它们，只是饥饿时，不得不打猎时才出手。他们认为他们和花啊草啊树啊浆果啊野菜的，也是出自一门，只是为了填饥时，才去采摘，于是手下就小心翼翼，就充满爱意。

他们对森林怀着的是感恩，这使我想起了被称为"红人"的印第安土著，我的记忆里有一篇名叫西雅图的酋长的演说，那可以是鄂温克人的宣言，和鄂温克一样的大自然的信徒，都是那么古老，那么有着金子一样对待自然的品质。

"对我们民族来说，这片土地的每一个部分都是神圣的。"

每一处沙滩，每一片耕地，每一座山脉，每一条河流，每一根闪闪发光的松针，每一只嗡嗡鸣叫的昆虫，还有那浓密丛林中的薄雾，蓝天上的白云，在我们这个民族的记忆和体验中，都是圣洁的。

我们是大地的一部分，大地也是我们的一部分。青草、绿叶、花朵是我们的姐妹，麋鹿、骏马、雄鹰是我们的兄弟。树汁流经树干，就像血液流经我们的血管一样。我们和大地上的山峦河流、动物植物共同属于一个家园。

溪流河川中闪闪发光的不仅仅是水，也是我们祖先的血液。那清澈湖水中的每一个倒影，反映了我们的经历和记忆；那潺潺的流水声，回荡着我们祖辈的亲切呼唤。河水为我们解除干渴，滋润我们的心田，养育我们的子子孙孙。河水运载我们的木舟，木舟在奔流不息的河水上穿行，木舟上满载着我们的希望。

如果我们放弃这片土地，转让给你们，你们一定要记住：这片土地是神圣的。河水是我们的兄弟，也是你们的兄弟。你们应该像善待自己的兄弟那样，善待我们的河水。

印第安人喜欢雨后清风的气息，喜爱它拂过水面的声音，喜爱风中飘来的松脂的幽香。空气对我们来说也是宝贵的，因为一切生命都需要它。

如果我们放弃这片土地，转让给你们，你们一定要记住：

"这片土地是神圣的。空气与它滋养的生命是一体的，清风给了我们的祖先第一口呼吸，也送走了祖先的最后一声叹息。同样，空气也会给我们的子孙和所有的生物以生命。你们要照管好它，使你们也能够品尝风经过草地后的甜美味道。"

当有人要以十五万美元换取印第安人两百万英亩土地时，红人酋长发表了演说：

"如果我们放弃这片土地，转让给你们，你们一定要记住：这片土地是神圣的。你们一定要照顾好这片土地上的动物。没有了动物，人类会怎样？如果所有的动物都死去了，人类也会灭亡。降临到动物身上的命运终究也会降临到人类身上。

"告诉你们的孩子，他们脚下的土地是祖先的遗灰，土地存留着我们亲人的生命。像我们教导自己的孩子那样，告诉你们的孩子，大地是我们的母亲。任何降临在大地上的事，终究会降临在大地的孩子身上。

"我们热爱大地，就像初生的婴儿眷恋母亲温暖的怀抱一样。你们要像我们一样热爱它，照管它。为了子孙后代，你们要献出全部的力量和情感来保护大地。

"我们深知：大地不属于人类，而人类是属于大地的。"

是啊，在敖鲁古雅鄂温克人眼里，森林不属于人类，而人类是属于森林的，大家都是森林的子民，有话好好说。

在森林拍照的时候，一个同伴在一个立着的树桩上坐一下，就被同行的通鄂温克风俗的人叫了起来，说这是犯忌讳的，在鄂温克人眼里，那是山神爷才能坐的。

鄂温克人在森林里有很多的禁忌，我想，鄂温克人的那些禁忌是不能称为迷信的，应该是一种敬畏。人有敬畏之心是好事，这样做任何事都不会太放肆。

鄂温克人猎熊也有很多讲究，打熊不能打头，剥皮时还要不停地念叨，熊大哥，冬天来了，我需要一副手套过冬啊，说完再割熊掌，割熊耳朵时要吹哨，模仿树林被风吹过的声音，割熊腿的皮子还要念叨，有了手套我还要一副靴子来暖脚啊，当然，还要解释一下熊皮的用途，因为寒冷还需要一床熊皮褥子来御寒，就连吃熊肉时，也有讲究，大家围坐一圈"嘎嘎"地模仿乌鸦叫，意思是想让熊的魂灵知道不是我们在吃你的肉，而是乌鸦。

多么可爱的举止啊，永远有着神秘、天真的一个族群，他们的行为像孩童，有着我们现代人消失的诗意烂漫。

这种天真在流失，这种生活成了绝响。

森林里，我见到了一棵树枝挂着红绿布条的树，鄂温克人称为神树，鄂温克人在树下祈祷祭拜，有心事向她倾诉。

鄂温克人相信森林里每一棵树都有灵魂，她护佑着每一个鄂温克人，在森林里，当鄂温克人在路上遇到挡道的树，要是无法绕开的话，就会围着树祷告，然后才敢砍伐。

这样对待树的习俗，我称之为生命敬畏的哲学。鄂温克人在森林里生死，与树终老不离不弃，鄂温克人实行树葬，也称风葬。人死后，将尸体包裹后挂于树上或放在支起的木架上，任凭风吹日晒，待皮肉烂掉后拾骨埋葬。

鄂温克人就如一棵树，老了，就和森林的树木做伴，尽快融化于这片森林！

在敖鲁古雅，我听到一个故事，有个人患了绝症，想用上吊的方式结束自己的生命，但他不想让一棵生机勃勃的树为自己殉葬，害了这棵树，因为鄂温克人的习俗是凡是在树上吊死的那个人，一定要连同他吊死的那棵树一同火葬。

于是在一个夜里，他找了一棵枯干的树，吊死了。听毕这个故事，是人都要落泪的，是必然想到里尔克（冯至译）的那首诗：

此刻有谁在世上的某处哭，
无缘无故地在世上哭，
哭我。

此刻有谁在夜里的某处笑，
无缘无故地在夜里笑，
笑我。

此刻有谁在世上的某处走，

无缘无故地在世上走，

走向我。

此刻有谁在世上的某处死

无缘无故地在世上死，

望着我。

是啊，我想，这个吊死的鄂温克人在看着大家望着大家，望着你，望着我，若世间没有了这样的爱意，这世界该多么荒寒！如若世间没有了这样的悲悯，这世界就如史前荒寒如斯。

这是一个敬畏树的民族，也是一个敬畏火的民族，人说，一棵树可以造出无数的火柴，一根火柴可以毁灭无数的森林，于是鄂温克人为防止烟头可能会毁掉森林，就发明了一种烟：口烟。它是用碾碎的烟丝、茶以及炭灰三样东西调和而成的，这样的烟不用火，把它们捏出一点，塞到牙床上。

在敖鲁古雅的那棵神树下，我双手合十，然后说了一句：久违的亲人！

然后拍了一棵神树的照片，带回我遥远的南国，让神树时时提醒我，人，要有所敬畏，世间有其木，其木有其命，无论是遇到一棵树，还是遇到一根草，要知道低头，向生命致敬。

土反其宅，水归其壑，昆虫毋作，草木归其泽。树有其命，斧钺反其来路，安静做一个矿石，人束手，做一个好孩子。

地瓜，地瓜

这几年，我越来越觉得父亲的话就像谶语，我是地瓜命。我知道，木镇的人说谁没出息，就是吃地瓜的命。

但乡村是地瓜喂大的。在我的眼里，地瓜是泥土最结实最本分的孩子。它们埋在土里。为着乡村的暖老温贫，它们静静地贴着泥土的静脉和动脉。有的庄稼把籽实挑在头顶，如高粱，有的则把籽实别在腰间，如棉花。地瓜是沉稳大度的。记忆中曾有一副楹联，来形容地瓜或许也恰如其分，"立身苦被浮名累，涉世无如本色难"，地瓜是本色的，如泥土一样的颜色，黄壤的颜色，那是父老的肤色。

我知道，在许多民族的冬季，地瓜帮着人们走过漫漫寒凛。外面大雪盈门，灶下炭火红红，一块地瓜辗转在巴黎，辗转在莫斯科……但具体到木镇，地瓜就像苦难中神圣的经文，奶奶的豁嘴子读过，母亲的衣襟读过，姐姐的瘦小身躯读过。

地瓜生活低调，在岁月的深处走动，在地下走动，没人听到它的脚步声。当人们把它刨出来，人们才了解它的努力，知道了它的不易。在所有的作物里，地瓜陪伴乡村的日子最长久。白露、秋分、霜降时，地瓜一个个从土里走出，然后被礤成片，或者存到地窖里。

礤地瓜不是好活。这怨不得地瓜，你把它们分尸八块，你付出辛劳也是应该的。是的，你用手把地瓜往礤床的刀口送的时候，地瓜的生命结束了，它们被肢解成了地瓜片子。这时地瓜是不甘的，它们就会使点小小的坏，让礤床把你的手亲吻触摸一下，那你的手就会鲜血淋漓。可有谁会想到地瓜的痛苦？父母感知到了那白白的汁液，母亲说：地瓜苦啊，那是地瓜的泪。已经是白露霜降的夜里，一家人围在一堆地瓜旁，一盏风灯，亮在田野里，雪白的地瓜片从礤床滚出，如雪片，大人们礤地瓜片，小孩摆地瓜片，一直到露水变成白霜。那时的旷野里，麦子刚刚发芽，一垄一垄的播种不久的麦子，还对大地有着新鲜。它们刚睁开惺忪的眼睛，就看到一片片如雪的地瓜片开始覆盖大地。

在野外，鲜地瓜干子晒上三晌四晌，就可以往家收拾了。那晒得雪白的瓜干子，像孩子那么可人，捏在手里，如玉的质地，来年一个冬春的口粮就要靠这些白花花的瓜干子来填充了，在太阳落下前，篮子、布袋、麻袋、地排车，一切可以用得着的家什，都为地瓜干出力。

晒地瓜干时，屋顶是最好的地方。父亲在院子里往屋顶上撒，然后再把我弄到屋顶，把地瓜片子拨弄开，让每一片地瓜均匀享受阳光。那时的阳光，常一副笑容可掬的模样。

可别相信阳光，天气有时在人们粗心大意的时候，就要修理你一下，让你觉得真正的权威是天，你只能顺势。在自然面前，你别犟。

它的坏脾气确实让木镇欲哭无泪。别看白天天气好好的，艳阳高照，到晚上，突然一记重雷就能把乡村的人弄傻了，木镇家家都从床上跳起来往地里跑。只见村子里，鸡跳狗咬，路上、地里、河滩上，到处都是昏黄的风灯。在阳光下大意的人们，开始往晒地瓜的地头狂奔。大家在地里摸，风灯也不起作用，十个手指在地里抓挠。能在雨里抢一片地瓜，就少发霉一片地瓜。

晒地瓜干被雨淋是经常的事。淋湿了，太阳出来再晒干就是，只是晒出来的瓜干子色泽不鲜，口感不好。要是晒地瓜干遇上连阴天，木镇人就会说，那是老天爷不要木镇这一方的人了。我小时候，有礤地瓜片时是响晴的天，晒到地里也是满夜的星空，谁知过一天，老天拿出了咒语，一下阴雨连绵。把地瓜片子从地里抢回来，堆在堂屋里，头天，地瓜冒热气，隔了一天，地瓜开始有酒味，父亲把地瓜片子用手一抄，那些地瓜如牛粪一样，白花花的地瓜片不见了，成了一堆连猪都不吃的废物。一个春天的希望，夏季的等待，到秋季却成了虚空。父亲一边用手抄着，一边对母亲嘟囔说，日子咋过呢，咋过呢。

没了收成，来年春季，父亲腋下夹一条空布袋，从北集到南集，从东走到西，四处打听哪里的地瓜干子便宜——那是家里老少等待下锅的口粮啊。

我看到父亲哭了。从父亲虚空的眼神里我知道了生活的艰难，也隐隐觉得在这自然面前，你能改变的是如此的有限。人是如此的无力无助，像《圣经》里的约伯在旷野上呼号。父亲不知道约伯，但父亲感知到了命运的巨掌，天地不仁，以万物为刍狗。但地瓜是无辜的，日子该过还要过，于是木镇的屋檐下，人们用刀切一些熟地瓜，挂在屋檐下晒着，晾地瓜干。

童年最兴奋的事，是和父亲合作挖地瓜窖，就像地道战里的地道，直直地挖一个井，然后再向四处延伸。父亲在地窖底下挖，我往篮子里铲土，母亲则在上面提篮子、倒土。地窖挖得很深，有三四丈，里面黑洞洞的，然后就把地瓜存储进去，用沙土埋好，就像为地瓜盖上了被子。

地瓜是木镇农作物谱系里最纯粹的一员。它的叶子可以做稀饭，可以加辣椒爆炒，也可凉拌；它的梗子喂羊喂猪。这是和饥荒联系紧密的作物。在饥荒的年代，是地瓜给了乡村生命。但也许是因为地瓜离黄壤太近，诗意的乡村图景，常常忘了给这些在泥土里行走的弟兄位置。

地瓜给了乡村以生命，有时也给他们放纵。愁苦的乡村人在阴雨天好喝地瓜干子酿的酒，苦涩，酒劲大，那时乡村就有些热闹。

《板桥家书》里有郑燮叮嘱弟弟郑墨的话："天寒冰冻时，穷亲戚朋友到门，先泡一大碗炒米送手中，佐以酱姜一小碟，最是暖老温贫之具。"这场景在乡村，我也熟悉，但亲戚到来，是把有地瓜块子的粥捧出，然后是酱豆，或者是腌制的地瓜梗子，然后是缩着脖子喝稀粥，屋檐下一片喉咙响。

韭　花

风雅所钟，正在此物

花可食，往往连着风雅，而父亲作为一个农人呢，却有吃韭花的嗜好，这离风雅实远，离独好这一口近。

秋天了，那是诗人诗情勃郁的季节，也是最见人性情的季节，屈原有吃菊花的先例，陶渊明更是潇洒绝尘，檀道鸾《续晋阳秋》记："陶潜九月九日无酒，于宅边东篱下菊丛中，摘盈把，坐其侧。未几，望见一白衣人至，乃刺史王宏送酒也。即便就酌而后归。"把大把菊花当酒肴吞食，实在豪放得紧。渊明老兄是有豪气的，从他的不为斗米折腰，龚自珍灵眼看出了：二分梁父一分骚，那是很有烟火气肝火气的。

父亲非风雅之人，他是一文盲，旧历的年三十求着人写对联，见红纸上写有梅花，就如蛇咬一般，叫着重写重写，

338

如若红纸上写有猪肥羊壮，那就点头致意。

其实乡间也多有腹中储满诗意的人，董桥就曾在街头古玩铺觅得到一枚闲章"我是个村郎，只合篷窗茅屋梅花帐"，这村郎，肚子里有牛羊的嘶叫，也贮存了些墨水和蛙声。

父亲和韭花相守的是一种口味，是一种乡俗，到了深秋，泥土培植的味蕾就找韭花，就如雨珠子落在那天蓝的瓦上，才找到了归宿，找到了生存的意义。

秋天踩着韭花

在我的印象里，韭花的白莹，如秋夜的星搁浅在银河。

那种纯净的白，让人觉得是雪飘浮在苍茫的土地上和田埂上，也像是露珠，好像是父亲把裤腿挽起，生怕把那些露珠碰落，总找些田地里的缝隙走，那韭花就如星子在秋天挤压得稠密。

那种诱人的质感，那种清气，好像贴住人的视觉搅动。我们能感到乡间农人的喉咙的嚅动，父亲喉咙的嚅动，那些喉咙一排排跟着嚅动。韭花的香，是一种传承的香啊，如兄弟手足，代代贴着我们土地生长，陪伴着乡野。

是啊，到秋天了，好像是父亲口中的一句话，就把韭花逗开了，父亲是禁不得对韭花的一年的挂念的，躺在床上听秋风在户外来访，就腾身坐起，好像是秋风捎来了什么消息，哦，韭花开了。

果然，那地里的菜畦里的韭菜花，紧紧密密，交头接耳，肩并肩，手扯手，浮动在一片墨绿之上，一根一根绿色苔茎上，鸡心状的花骨朵儿，小如米粒，近看似银，远看如雪。

我看到了父亲眼中的火，那是积攒了一年的，终于等来的燃烧，好像一只羊一样，把脖颈伸进韭菜地里，对着那些韭花猛扑过去，大嚼一顿。或者如羊，依偎着心爱的草躺一会儿，那是一种安恬。

秋天踩着韭花来了，一朵花也就如人一样吗？也想出头的日子？

那些菜畦里的韭菜，只是如兰叶的叶片。等待着一茬茬地割去，毫无怨怼，到了秋天，伸出条枝，开出几瓣的花，看她们努力向上的姿势，那些白花的白，好像是有成斤的重，她们要给农人家的生活更多点晶莹，就如农村屋顶上的月光一样，好像格外比城里的大方，那成吨的月光，厚度丈量不了的月光，都倾倒在乡村里。

小时候，时常梦到猫在月光下的屋脊上叫春，那北斗七星的把柄正好翘着猫的尾巴，猫的尾巴上不知道是月光还是露水，往往那时，我就被尿憋醒了。

自己的小鸡鸡上也开始冒水。

杨少师一帖

近日我习字，从米芾入手，但拿笔比跟着父亲在地里拿锄头还别扭，也许，父亲的 DNA 给我的遗传是握锄头的手，小时候看父亲在锄地，那锄头幻化如飞，贴着土，把草斩草除根而不伤庄稼分毫，父亲割韭菜有一绝，不是镰刀，也非铲子，而是用碎的碗片，这样割韭菜没有铁腥气，父亲割韭菜时，在离里面二指的地方，碗片下去，那韭菜的茬子上突突冒出水珠子，如人的血，父亲就赶紧用草木灰小心地覆上，如乡间的郎中给人包扎受伤的手指。

韭花是开在地上的，韭花也绽放在书法史上，龚乃保《冶城蔬谱》："山中佳味，首称春初早韭。……秋日花亦入馔，杨少师一帖，足为生色。"

"杨少师一帖"，杨凝式《韭花帖》也。五代大书家杨凝式，秋日午睡醒来，腹中饥馁，恰友人送来韭菜花，杨以之蘸羊肉吃，其味美不胜收，立即提笔写信表示感激，那封信便是享誉书坛的《韭花帖》："昼寝乍兴，辄饥正甚，忽蒙简翰，猥赐盘飧，当一叶报秋之初，乃韭花逞味之始，助其肥羜，实谓珍羞，充腹之余，铭肌载切，谨修状陈谢，伏惟鉴察。"

杨凝式以《韭花帖》传世，而最有名的其实就这句："当一叶报秋之初，乃韭花逞味之始。"秋天一来，杨疯子就来劲了，好像人间饿鬼一般，饥来难忍，让人有对韭花匆匆饕餮未及细品之感。其实这样也好，一个人不必活得太严肃板滞，好不容易见到了好吃的韭花，那种欣喜和欢娱或者激动都是允许的。玉色碟盛韭花青，一箸一羹，再有墨香环绕，真是满室雅致皆咀嚼可矣。

我心仪的米芾，是眼高于顶的狂人，对二王对颜真卿、柳公权也以白眼视之，大言恶评，但米老却对杨凝式低眉，说杨"如横风斜面，落纸烟云，淋漓快目"，"天真烂漫，纵逸类颜鲁公争座位帖"。

于是在书法史上，韭花，如村妇们髻插的桂花，鲜艳了人眼，充塞了人的口鼻。

韭花灿烂入肺腑

父亲有一锡制的酒壶，乡下叫咂壶。这壶的好是盛酒后放在口袋里，里面的酒随着体温就能温好，即使壶口倒垂也不洒。要是想喝了，就用嘴咂一下。

下酒必有佐酒的菜肴，鲁迅笔下的茴香豆是和孔乙己相联系的，如若没有了茴香豆，那孔乙己还不知减色几多。一般的文人多嗜酒，那下酒物也不可少，人说金圣叹因哭庙案被处死，行刑前，儿子询问父亲有何遗嘱？金圣叹叫他们附耳过来，告诉他们下酒的秘诀，悄声说："花生米与五香豆腐干同嚼，有火腿味道，千万不要让那些刽子手知道，免得他们大发其横财。"然后慨然就戮，一道白光过处，金圣叹人头落地。那头颅滚出数丈，从耳内抛出两个纸团，监斩官将纸团打开一看，一纸团上写的是"好"字，另一纸团上写的是"痛"字。

在喝酒上，我继承了父亲的衣钵，但没继承父亲喝酒的时间长度，父亲从年少时赶集上会做面饭生意，常常忙起来顾不得吃一口饭，那就抽空喝一口酒，那时父亲就不讲究下酒菜，到了韭菜花下来的季节，在秋冬的空暇里，父亲就着韭花慢慢下酒，那是一种如土地收获后的沉醉。

我与友人饮酒，最好的作料是段子，比如金圣叹在科考时发挥《孟子·公孙丑上》里的一句话"如此则心动否乎"，金圣叹确是一妙人，在科考上也玩幽默，金圣叹写道："空山穷谷之中，黄金万两；露白葭苍而外，有美一人，试问夫子动心否乎？曰：动动动动动动动动……动心也。"一连三十九个"动"字。这是调侃亚圣，孟夫子不是说自己"四十不动心"嘛，这不正表明他在四十岁以前还是动过心的。

动心是正常，就像父亲见了韭花，那是一种痴，人无痴不好玩，有人说：美女而不淫便是泥美人，英雄而不邪乃是死英雄。色不可无情，情亦不可无色。一个泥胎的美女，冰冷拒人，无媚态，少诡谲，如死人一个，这样的人你会爱怜吗？

父亲对韭花也有着对妖娆女子的深情，到了韭花时节，他就早早到地里，小心把韭花一朵朵采摘，那是二十四节气的白露过后，乡间的韭花互相吆喝了一声，于是银银白白的韭花来了，如童话一样，好像在行走了一春一冬，终于走进了父亲的肺腑。

小时候，曾听姥娘说，天上的一个星星落了，地上就有一个人不在了，我常把韭花看作一个个的星星，她们也是一个个灵魂呢，她们进了父亲的肺腑，是否能回到天上？

父亲采摘韭花，是把托举韭花的"长葶"一块采回去。到家，父亲把韭花择下，"长葶"就给我编个小房子，把韭花用井水洗了，待水分控干，然后用中药的碾子把韭花碾碎烂了，回家把几个秋黄瓜去皮，切得碎碎的，再放入盐和姜等作料，搅匀，封坛，十来天后就可食用了。

灵　魂

韭花是有灵魂的，即使现在我还一直疑惑什么白色的韭花，做成菜了却成了翠绿？后来我想，大概是韭花呈现给人们的不只是好的口感，还有就是她们在粉身碎骨后，回返到她们的原型。我知道曹濮平原里有这样的说法：说的是人死了，人的魂要把生前留下的脚印一个个都捡起来，把生平经过的路再走一遍，最后走回母腹走回子宫，那原先的一切是有遗存的，你走的路线都在，你从八十走向七十六十五十——十三岁两岁一岁婴孩，人们说无论你的脚印原先是踏在车中船中，无论是桥上路上，无论是街头巷尾，脚印永远不减。纵然桥已坍了，船已沉了，路已翻修铺上柏油，河岸已变成水坝，一旦你的魂重到，你的脚印自会一个一个浮上来迎接你。

是否在进入父亲的肺腑时候的韭花也有如此的轮回呢？

如今，父亲逝去多年，我又去问谁呢？

图书在版编目（CIP）数据

暗夜里的灯盏烛光 / 耿立著. -- 武汉 ：长江文艺
出版社， 2021.12
    ISBN 978-7-5702-2245-2

    Ⅰ. ①暗… Ⅱ. ①耿… Ⅲ. ①散文集－中国－当代
Ⅳ. ①I267

中国版本图书馆 CIP 数据核字(2021)第 129691 号

暗夜里的灯盏烛光
ANYE LI DE DENGZHAN ZHUGUANG

封面题字：耿　立
责任编辑：周　聪　　　　　　　　责任校对：毛　娟
封面设计：颜森设计　　　　　　　责任印制：邱　莉　　王光兴

出版：长江出版传媒　长江文艺出版社
地址：武汉市雄楚大街 268 号　　　邮编：430070
发行：长江文艺出版社
http://www.cjlap.com
印刷：湖北恒泰印务有限公司

开本：880 毫米×1230 毫米　　　1/32　　印张：11　　　　插页：4 页
版次：2021 年 12 月第 1 版　　　2021 年 12 月第 1 次印刷
字数：206 千字

定价：52.00 元